Peter Horper • Blutsbande

Peter Horper

BLUTS BANDE

HIRSCHKÄFER verlag

1. Auflage, März 2020

Cover und grafische Gestaltung von Hirschkäfer Design/Coriander P.
Gedruckt in der EU

ISBN 978-3-940839-67-1

Besuchen Sie uns im Internet:
www.hirschkaefer-verlag.de

Mit Liebe gemacht.

I

Einen Moment lang sah sie es in seinen Augen. Flüchtig. Eine kalte Ahnung von Schmerz und Gefahr überkam sie, aber zu langsam, zu ungefähr, zu spät, um ihr nachspüren zu können. Viel zu spät, um es verhindern zu können. Keinerlei Sorge war in ihr gewesen, keine Angst, nicht das geringste Misstrauen. Sie war in den Wagen gestiegen, komm, ich bring dich schnell heim, es wird gleich regnen, nein, es macht mir nichts aus, liegt ja auf dem Weg, lächeln, danken, einsteigen, den Gurt anlegen. Diese Augen! Er sah sie an, aber er sah nicht sie. Was sah er? Wen sah er? Dann sein Griff in ihren Nacken, seine zupackende Hand, der beißende Geruch. Die Kräfte schlichen sich aus ihrem Körper. Seinen Blick nahm sie mit in die Dunkelheit.

1

»Zehnnullsieben!«

»Ja.«

»Was heißt hier ja? Ich hör wohl nicht recht! Sind Sie nicht mehr ganz frisch, Zehnnullsieben? Gehen Sie mal auf Kanal drei!«

Ich fingerte am Funkgerät, um den Kanal einzustellen, ohne die Straße aus den Augen zu lassen.

»Hier Zehnnullsieben«, sagte ich und wusste nicht so recht, wie nah ich mit meinem Mund an das Mikrofon gehen sollte.

»Was ist denn das bei Ihnen für ein Krach im Wagen?«

»Puccini.«

»Machen Sie das aus! Da steigt Ihnen erstens kein Fahrgast ein und zweitens kann ich Sie nicht verstehen.«

Ich würgte die Musik ab.

»Wie lange ist es her, dass Sie den Taxischein und den Funkkurs gemacht haben, Zehnnullsieben?«

»Ein paar Monate.«

»Viel ist anscheinend nicht hängengeblieben. Ok. Ich erklär Ihnen das jetzt ein einziges Mal, und wenn Sie mir dann noch mal auf Kanal eins rumpfuschen, entziehe ich Ihnen die Taxifunklizenz. Also. Wo fahren Sie grad rum?«

»In der Metzstraße.«

»Wo ist der nächste Stand?«

»Am Rosenheimer Platz.«

»Genau. Ich rufe also *Rosenheimer Platz*. Was machen Sie?«

»Ich melde mich mit Zehnnullsieben.«

»Falsch. Sie halten den Mund, weil Sie nicht am Stand sind. Sie kommen erst ins Spiel, wenn sich am Rosenheimer keiner meldet. Dann gebe ich die Adresse durch und den Auftrag frei. Wie mache ich das?«

»Sie sagen für und dann die Adresse.«

»Genauso ist es, Zehnnullsieben. Und wenn Sie sich schnell melden und nah genug sind, bekommen Sie den Auftrag. Und was machen Sie dann?«

»Ich wiederhole die Adresse und den Namen des Auftraggebers.«

»Richtig. Sie wiederholen die Adresse und den Namen, damit ich weiß, dass Sie mich verstanden haben. Haben Sie mich verstanden, Zehnnullsieben?«

»Ich habe verstanden.«

»Also, gehen wir zurück auf den Einser. Passen Sie auf!«

Ich lenkte mit der Linken um das Rondell am Weißenburger Platz, mit der Rechten stellte ich den Auftragskanal ein. Den Einser.

Wahrscheinlich war ich eines der ältesten Greenhorns im Münchner Taxigewerbe. Die Studenten waren bei der Auftragsannahme schneller mit den Fingern und hatten eine raschere Auffassungsgabe. Und wahrscheinlich glaubten sie daran, diesen Job irgendwann wieder an den Nagel hängen zu können. Spätestens wenn sie ihr Examen in der Tasche hatten. Für manche würde sich das allerdings als Illusion herausstellen. Vor allem für die Germanisten, Romanisten, Finnougristen, Philosophen, Politologen.

Und wie lange blieben angehende Privatdetektive an diesem Job kleben? Wie lange mussten sie sich anschnauzen lassen, wenn der gewählte Weg nicht der unumstritten kürzeste war? Wie lange mussten sie sich von Besoffenen ins Auto kotzen und von arroganten Tussis herumkommandieren lassen, Türen öffnen, Koffer verladen, warten und sich langweilen? Jahre? Für immer? Ich kannte keine Statistiken.

Eine Taxischicht pro Woche, um den Bezug zur Nacht und ihren Kreaturen nicht zu verlieren, aber ansonsten genug Kunden, um davon leben zu können. Das wäre optimal. Noch war das leider eine Vision. Doch Taxifahrer mussten Sitzfleisch haben, und die Detektei »Ludwig Fendt« gab es ja auch erst seit ein paar Wochen. Die Homepage, die mir Jan, mein Schwiegersohn in spe, eingerichtet hatte, war brandneu.

Außerdem fuhr ich nicht ungern. Der Job, so anstrengend und schlecht bezahlt er war, zeigte mir eine andere Welt. Menschen, denen ich sonst nie begegnen würde, von denen ich ohne diesen Job nicht einmal wüsste, dass es sie gab.

»Rosenheimer Platz!«

Keine Antwort. Mein Finger lauerte an der Taste. Es war drei Uhr morgens und ich war müde, aber diesen Auftrag wollte ich noch haben.

»Für Metzstraße!«

»Zehnnullsieben in der Metzstraße.«

»Zehnnullsieben! Metzstraße zwölf Schmidt.«

»Metzstraße zwölf, Schmidt.«

Ich rollte langsam durch die Straße, hielt vor dem Haus Nummer zwölf und wartete. Nach zehn Minuten stieg ich aus und schlenderte Achten auf dem Gehsteig. Es kam kein Schmidt. Wahrscheinlich war er in ein vorbeifahrendes Taxi gestiegen.

Ich hatte genug von der Nacht.

2

Ich hätte mich jetzt gern von Jonas Kaufmann beim Einschlafen »hinübersingen« lassen. Die Puccini-CD war in meiner Taxitasche. Aber Ines war da. Ines kam und ging, wann sie wollte. Sie hatte Schlüssel. Seit sie mit Jan zusammen war, blieb sie am Abend öfter mal in der Stadt. Wenn sie mit ihm unterwegs gewesen war und die letzte S-Bahn raus nach Solln verpasst hatte, schlief sie bei mir.

»Immer bei Jan schlafen? Wir wollen noch nicht, dass es zur Gewohnheit wird«, meinte sie.

Ich war mir nicht sicher, ob Jan das auch meinte. Aber meistens liefen die Dinge so, wie mein Töchterchen es wollte.

Sie hatte die Couch im Wohnzimmer bezogen. Ihre Bettwäsche lag immer bereit.

Nach der Trennung von Karin und ihrem Auszug mit Ines hatte ich mich an das Alleinsein erst wieder gewöhnen müssen. Dass niemand da war, wenn ich morgens aufstand. Dass die Wohnung leer war, wenn ich von meinen Taxischichten nach Hause kam, so wie der Kühlschrank, wenn ich vergessen hatte einzukaufen. Das Bett kalt. Keine Spuren von Leben außer denen, die ich selbst hinterlassen hatte. Das Auskommen mit mir allein war manchmal leidvoll, aber nicht allzu oft. Zu viel Krieg lag hinter mir, als dass ich den Frieden, selbst den einsamen, nicht hätte genießen können.

Bei Karin war bald Herbert auf der Matte gestanden. Herbert, erfolgreicher Immobilienmakler. Ich hasste Makler. Diese Schmarotzer, die sich an den grundlegenden Lebensbedürfnissen der arbeitenden Bevölkerung bereicherten. Ich erkannte den Sinn jedweden lebenden Wesens an. Schmeißfliegen, Tanzmäuse, Quallen, sogar Wespen waren nützlich, wenngleich ich nicht wusste wofür. Aber Makler! Passte jedenfalls zu Karin. Ein ehrgeiziger Ärmelhoch-Mann, der den Markt abfischte, während seine Karin als Studienrätin mit beamteter Sicherheit ausgestattet war. Sogar steuerlich waren die beiden eine Oase geworden. Herbert konnte so gut wie alles absetzen, was Karin käuflich erwarb.

Nein, ich war nie eifersüchtig gewesen, obwohl die Erkenntnis, gegen etwas Besseres ausgetauscht worden zu sein, schon etwas bitter war. Nicht eifersüchtig, aber gekränkt. Mein Ego hatte heftig geschwankt.

Ich setzte mich in die Küche, schenkte mir noch ein Bier ein, hantierte so leise wie möglich, aber Ines hatte den leichten Schlaf von ihrer Mutter geerbt. Gottseidank nicht viel mehr, dachte ich dankbar, als ich sie in der Küchentür stehen sah.

»Wie spät ist es? Wieso bist du schon da? Ist es nicht gut gelaufen?«

»Halb vier. Ich war müde. Nein.«

Die Angewohnheit, Fragen aneinander zu reihen, ohne den Antworten einen Zwischenraum zu lassen, hatte sie auch von ihrer Mutter. Die hatte ich vergessen.

»Heute Abend war eine Kundin hier!«

»Eine Kundin?«

»Eine mögliche Kundin. Sie hat nach dem Inhaber der Detektei Fendt gefragt. Das bist doch du, oder?«

»Ja, das bin ich. Noch bin ich nicht aufgekauft oder feindlich übernommen. Hat sie erzählt, was sie will?«

»Nein.«

»Wie sah sie aus?«

»Jung.«

»Jung? Wenn du das sagst, muss sie sehr jung gewesen sein. Oder nimmst du mich als Maßstab?«

»Nein, ich glaube, sie war sogar jünger als ich. Ich schätze mal, achtzehn, neunzehn. Grad Abi oder so.«

»Aha. Und weiter?«

»Paps! Das ist doch jetzt egal. Schau sie dir selber an! Sie hat eine Karte da gelassen und du sollst zurück rufen.«

»Ok. Aber ich hab gern eine Idee, mit wem ich es zu tun habe, bevor ich anrufe. Was für einen Eindruck hat sie gemacht?«

»Hübsch. Aufgetakelt. So geschminkt, dass sie vor dem Schlafengehen einen Spachtel braucht, um alles wieder abzukriegen. Teuer angezogen.«

»Also jung und vermögend. Das ist schon mal nicht uninteressant zu wissen, wenn's dann um die Honorarvereinbarung geht.«

»Ich geh wieder schlafen, Paps.«

Ines nahm mich kurz in den Arm, stellte sich auf die Zehenspitzen, küsste mich auf die Stirn, sagte »Du kriegst bald eine Glatze«, und verschwand im Wohnzimmer.

Jan war ein Glückspilz. Er hatte sich das Schönste und Beste und Liebenswerteste geschnappt, das ich in meinem Leben zuwege gebracht hatte.

Und sie hatte Recht. Ich war noch nicht kahl, aber es würde nicht mehr allzu lange dauern, bis sich meine hohe Stirn mit der nackten Fläche auf dem Dach zusammentun würde. Da machte ich mir nichts vor. Da war mal ein dunkler Lockenwald gewesen. Nicht so licht wie heute. Und die weißen hatte ich namentlich gekannt. Heute konnte ich die dunklen zählen.

Mit diesen trüben Gedanken und den schönen an die größte Liebe meines Lebens trank ich mein Bier aus und ging schlafen.

II

Sie schlug die Augen auf.

Ihr erstes Gefühl war Kälte.

Das Kleid hatte ihr am Leib geklebt, sie erinnerte sich. Obwohl schon spät, war es noch warm gewesen, zu warm, keine Frische mehr, keine Abkühlung in den Nächten, aber hier war es kalt. Sie fror.

Plötzlich wieder der beißende Geruch aus dem Tuch. Mit welcher Kraft er es ihr ins Gesicht gepresst hatte! Keine Chance, ihn abzuwehren, nicht durch Schlagen und um sich Treten, nicht durch sich Winden. Es war eng im Wagen, und er war stark. Und sie so überrascht. Ihr leidender Verstand trieb ihr den Geruch von neuem in die Nase.

Erinnerungen sprangen sie an wie aus einem Hinterhalt. Das Fest im Ballsaal des Hotels. Susan war auch da gewesen. Sie war früher gegangen, weil sie müde war. Dann die Männer an der Bar. Hotelgäste. Bleiben Sie doch noch! Einer wollte tanzen. Immer wieder. Aber sie hatte genug von dem Tag und dem Abend und sie hatte genug getrunken. Dann der Vorschlag, sie nach Hause zu fahren. Er mache es doch gern, und es sei kein Umweg. Er war so freundlich gewesen. So freundlich wie immer. So wie sie ihn kannte.

Wo war sie? Warum war sie da, wo sie war? Warum hatte er das getan? Fragen, auf die sie keine Antworten wusste. Keiner da, um sie stellen zu können. Oder war da jemand? Beobachtete er sie? Nichts war klar, außer ihrer Hilflosigkeit. Sie lag auf einem Bett. Ihre Arme und ihre Beine weit gespreizt. Fixiert an massiven Bettpfosten. Sie versuchte, sich zu bewegen. Das Ziehen und Zerren erhitzte die Haut an ihren Gelenken. Ein grobes Seil, das ihre Haut zerreiben würde, wenn sie nicht aufhörte. Unzerreißbar.

Sie schrie. Sie schrie seinen Namen. Sie schrie um Hilfe, in der Hoffnung, dass irgendjemand sie hören konnte. Sie rief wieder seinen Namen, als diese Hoffnung schwand.

Die Angst wie ein Tier. Ihr eigenes Schreien hatte es geweckt. Die letzte der Fragen. Was würde er ihr antun? Es war ihr jetzt egal, dass sie sich verletzte. Ihr Körper bäumte sich auf. Sie riss mit den Armen an den

Fesseln. Die Beine. Die Beine waren stärker als die Arme. Sie stemmte ihren Po fest in die Matratze. So fest sie konnte. Versuchte, die Beine anzuwinkeln. Die Stricke gaben nicht nach. Sie warf ihren Körper hin und her. Anfangs zielgerichtet. Bewegungen, die ihre Fesseln lockern sollten. Dann unwillkürlich. Dann geschah das Aufbäumen einfach. Dann Erschöpfung. Der Schmerz an ihren Gelenken. Sie blutete.

Sie hörte auf. Atmete wild, ihr Brustkorb pumpte. Lange lag sie so. Nur langsam gelangen ihr wieder Gedanken.

Irgendwann würde er kommen. Irgendwann würde sie das Warum erfahren. Nichts, absolut nichts konnte sie sich erklären. Sie musste warten. Auf ihn.

Seltsam, dachte sie. Betäubt, entführt, gefesselt, und nun liegt sie da und denkt. Fügt sich ihr Geist schon in die neue Lage, sondiert und erkundet, stellt Fragen, fügt sich in die Erkenntnis, dass sie jetzt nur abwarten kann, ruhig bleiben muss, nicht handeln kann? Ist der Mensch so? Ist Panik nur sinnvoll, wenn Flucht möglich ist und Angst die Beine schneller macht? Wie ein Wild, das vor dem jagenden Raubtier flieht, aber sich gefasst wendet und stellt, wenn es in die Enge getrieben ist.

Sie sah sich um. In ihrem eingeschränkten Blickfeld ein kahler grauer Raum im dämmrigen Licht einer einzigen schwachen Glühbirne an der Decke. Kein Fenster. Kein weiteres Möbel außer dem Bett, auf dem sie lag. Eine geschlossene Eisentür.

Es roch kalt und abgestanden und modrig. Es roch nach unter der Erde.

Sie war kein Wild, das fliehen konnte, und es war auch niemand da, um sich ihm zu stellen. Sie war erjagt und bereit gelegt. Eine Fliege, eingesponnen im Netz einer Spinne. Nun kam sie wieder angekrochen, die Angst. Nicht als Panik, wie nach dem Erwachen, sondern leise. Sie kroch überall hin.

3

Ich schlief durch bis zehn, schälte mich nach kurzem Kampf aus dem Bett, setzte Kaffee auf und stellte mich dem Montagvormittag einer neuen Woche.

Ines hatte das Wohnzimmer aufgeräumt, die Bettwäsche in der Truhe verstaut und gelüftet. Auf dem Tisch lag die Visitenkarte der gestrigen Besucherin: Susan Maiwald. Adresse im Lehel, gar nicht weit von mir, gute Gegend. Telefonnummer, E-Mail-Adresse.

So etwas hatte ich im Abi-Alter noch nicht unter die Leute gebracht. Ich hatte gerade zum ersten Mal im Leben bei der Eröffnung meiner Detektei Visitenkarten drucken lassen.

Das Lehel war eines der teuersten Innenstadtviertel. Nur ein Katzensprung von der Isar und vom Englischen Garten. Ich kannte keine Untersuchung, aber wenn es irgendwo in München gute Luft gab, dann dort.

Während die verkalkte Kaffeemaschine vor sich hin spotzte, ging ich ins Bad und widmete mich der neuen Ultraschall-Zahnbürste, die mein Zahnarzt mir ans Herz gelegt hatte. Der Spiegel über dem Waschbecken zeigte mir den Lauf der Zeit in meinem Gesicht. Die Augenringe waren eindeutig chronisch geworden und keinem Kater nach durchgefeierter Nacht in die Schuhe zu schieben. Auch keiner Taxinacht. Die Lachfalten blieben, selbst wenn es überhaupt nichts zu lachen gab.

Ich setzte mich in die Küche und trank Kaffee. Stark und schwarz. Mein Magen signalisierte, dass er vorerst in Ruhe gelassen werden wollte von Feststofflichem. Dann holte ich das Telefon und die Visitenkarte von Susan Maiwald.

Sie meldete sich nach dem ersten Läuten.

»Maiwald.«

»Guten Morgen, Frau Maiwald. Ludwig Fendt. Sie waren gestern bei mir. Möchten Sie mir erzählen, warum?«

Und Susan Maiwald erzählte. Sie erzählte von einer verschwundenen Mutter, von Angst, von einer Polizei, die sie nicht ernst nahm.

»Ich schlage vor, Sie kommen vorbei und erklären mir das alles nochmal in Ruhe. Und auch was ich für Sie tun kann.«

Ich schenkte mir die zweite Tasse Kaffee ein. Das Wohnzimmer musste noch etwas umgerüstet werden, um als professioneller Arbeitsraum der Detektei Fendt durchgehen zu können. Gut, dass es ohnehin ziemlich nippesfrei war, dachte ich. Ich mochte es nicht, wenn in Wohnungen zu viel Aufbewahrtes herumstand. Zeugen längst überholter Lebenszeiten. Ich mochte es nicht, wenn Menschen sich nicht trennen konnten, aus jeder Zeit Dinge in die nächste trugen, Erinnerungen, als ob man für das Schöne im Erlebten Eselsbrücken bräuchte.

Susan Maiwald sah nicht ganz so aus, wie Ines sie beschrieben hatte. Jedenfalls entsprach sie nicht der Erwartung, die bei mir nach der Schilderung meiner Tochter entstanden war. Sie war langhaarig und blond, gut frisiert, gut angezogen, die Klamotten bestimmt nicht billig. Aber nach Ines' Beschreibung hatte ich eine eitle aufgetakelte Göre erwartet. Das war sie nicht. Da stand eine junge Frau vor mir, die in die Eleganz noch nicht hineingewachsen war, die sie ausstrahlen wollte. Nylons, Pumps, Kostümchen. Eine kleine große Dame. Es war klar, dass es Ines da schauderte. Mein kleines Punkermädchen mit den kurzen lila Haaren und den großen Stiefeln.

Wir tauschten ein paar Förmlichkeiten. Ich platzierte sie in meinem Wohnzimmersessel, schenkte Mineralwasser ein, sie wollte keinen Kaffee.

»Jetzt erzählen Sie mal in Ruhe!«, sagte ich.

»Sie müssen meine Mutter suchen!«

»Das heißt, Ihre Mutter ist verschwunden?«

»Ja! Seit fünf Tagen. Wir waren verabredet, und sie ist nicht aufgetaucht. Einfach nicht gekommen. Wir wollten uns im Rischart treffen, einen Kaffee trinken und dann shoppen gehen. Ich hab gewartet und gewartet, angerufen. Nichts. Einfach verschwunden.«

»Wie heißt Ihre Mutter?«

»Anja Maiwald«

Sie nippte an ihrem Wasser, lehnte sich zurück und blickte erwartungsvoll in meine Richtung, so als wäre es ihr Part gewesen, das Problem zu schildern und ich wäre nun mit der Lösung dran. Aber bevor ich beginnen wollte, Fragen zu stellen, war es mir wichtig, möglichst viel aus ihrer Perspektive zu erfahren. Das kleine Einmaleins der Detektive. Reden lassen, zuhören, nicht zu früh und zu oft unterbrechen.

»Erzählen Sie weiter! Was haben Sie gemacht? Was haben Sie versucht?«

Sie nippte noch mal, räusperte sich, anscheinend hatte sie einen trockenen Mund.

»Ich bin nach Hause gegangen. Habe mit Mike geredet.«

»Wer ist Mike?«

»Mike ist mein Freund. Er meinte natürlich, dass sie sich schon melden würde. Ich sollte Ruhe bewahren. Aber sie meldete sich nicht. Dann habe ich alle Leute angerufen, bei denen ich mir vorstellen konnte, dass sie dort sein könnte oder mit ihnen unterwegs. Nichts. Niemand wusste was.«

»Kennen Sie denn alle ihre Freunde und Bekannten?«

»Die meisten bestimmt. Ihr Adressbuch habe ich nicht gefunden. Sie muss es bei sich haben.«

»Sind Sie zur Polizei gegangen?«

»Ja, nach drei Tagen.«

»Es läuft also eine polizeiliche Suche nach ihr.«

»Das glaube ich nicht.«

Der Satz kam dermaßen traurig rüber, traurig und resigniert, aber auch trotzig, anklagend. Sie lehnte sich zurück. Wir schwiegen beide und ließen dem Gesagten eine Pause, um sich zu setzen. Dann wiederholte sie: »Ich glaube nicht, dass man sie sucht.«

»Warum glauben Sie das nicht? Wie hat man denn reagiert auf Ihre Vermisstenmeldung?«

»Zuerst interessiert. Ich erzählte, sie hörten zu. Ich sagte ihnen auch, dass Mama kein Heimchen am Herd war. Dann ließ man mich eine Weile sitzen. Anscheinend haben sie irgendetwas Gespeichertes durchgecheckt. Mir war schon klar, was sie gefunden haben. Meine Mutter war schon zwei Mal verschwunden und beide Male unversehrt zurückgekommen. Und dann erklärten sie, dass es wahrscheinlich diesmal wieder so wäre. Das war's dann.«

»Aha. Wussten Sie davon?«

»Ja, sie hatte es mir mal erzählt. Es ist viele Jahre her.«

»Erzählen Sie mir auch davon!«, forderte ich sie auf. Ich befürchtete, dass der Fall oder der Auftrag gerade dabei war, sich von mir zu verabschieden. Eine Mutter suchen, die einfach mal ein paar Tage ihre Ruhe wollte und keine Lust hatte, ihr Töchterchen davon in Kenntnis zu setzen. Das war nicht mein Job. Allerdings, die geplatzte Verabredung war kein netter Start dafür. Aber vielleicht hatte sie das Treffen einfach vergessen.

Susan Maiwald begann zu erzählen. Ein wenig ängstlich, als befürchtete sie, dass ich ähnlich reagieren würde wie die Polizisten. Ganz Unrecht hatte sie nicht damit.

»Meine Mutter ist als kleines Mädchen mal ausgerissen. Sie war ungefähr zwölf. Sie wohnten in Bogenhausen in einer Villa. Da wohnen ihre Eltern heute noch. Sie war bis dahin immer ein braves Mädchen gewesen. Sie ist zu Fuß bis zum Englischen Garten gekommen. Hat sich zu einigen Spähippies, die Musik machten und kifften, auf die Wiese gesetzt. Ein paar von ihnen, völlig zugedröhnt, haben sie mitgenommen in ihre WG.«

»Und sie dort behalten?«

»Ja. Das süße Mädchen, das raus wollte aus der bürgerlichen Enge und mal ein anderes Leben sehen als das ihrer Eltern. Sie fanden es Klasse, und dem Mädchen ging's prima. Nach einer Woche war mal einer von ihnen nüchtern genug, einen Bericht über das vermisste Mädchen in der Zeitung zu entdecken. Fernseher hatten sie keinen. Sie haben sie dann zur Polizei gebracht, die sie natürlich überall gesucht hatte.«

»Das hat aber noch nicht gereicht, um heute eine Vermisstenmeldung in den Papierkorb zu werfen, oder? Was war das zweite Mal?«

»Das zweite Mal war kurz nach meiner Geburt. Sie war jünger als ich heute. Geld war genug da im Elternhaus. Aber mit einem Kind kam sie nicht klar. Meine Großeltern hatten reichlich Personal engagiert, um mich zu versorgen, aber sie hielt es trotzdem nicht aus und lief davon. Ich glaube, sie wollte aus ihrem Leben verschwinden.«

»Traurige Geschichte«, sagte ich. »Wie lange blieb sie weg?«

»Lange. Finanziell war das kein Problem. Sie hatte immer Zugang zu Geld, ihr Großvater hatte ihr eine große Summe hinterlassen. Mein Vater, also mein Erzeuger, hatte sich aus dem Staub gemacht. Er war bei meiner Geburt schon nicht mehr da. Und sie verschwand für fast drei Jahre ohne ihr Baby. Ließ mich einfach zurück, reiste herum.«

»Und wie kam die Polizei ins Spiel? Wie wurde das aktenkundig?«, unterbrach ich.

»Es hat über einen Monat gedauert, bis das erste Lebenszeichen kam. Meine Großeltern hatten sie als vermisst gemeldet. Glaubten an ein Verbrechen, eine Entführung. Warteten auf eine Lösegeldforderung. Die kam natürlich nicht. Die Polizei nahm die Vermisstenmeldung entgegen, riss sich aber keinen Arsch auf. Es kam ja auch kein Schreiben und nichts. Es gab keine Unfallmeldung, keine Leiche, sie war in keinem Krankenhaus eingeliefert worden.«

Ihr Gesicht war gerötet. Sie hatte schnell gesprochen. Anscheinend hatte sie sich die Geschichte bereits vor ihrem Kommen zurecht gelegt. Ich schenkte ihr Wasser nach. Sie hatte sie sehr distanziert erzählt. Als würde sie nicht von sich sprechen. Als wäre dieses verlassene Baby nicht sie. Ihre Mutter hatte offensichtlich aus dieser wenig schmeichelhaften Tat kein Geheimnis gemacht.

Sie unterbrach mein Nachdenken.

»Mama und ich haben uns ausgesprochen. Sie war jung und hat das nicht durchgestanden. Der Mann weg, das Baby und diese bescheuerten Eltern, die dachten, es wäre genug Hilfe, den Geldbeutel zu öffnen. Sie hat es nicht ausgehalten, und ich nehme ihr das heute nicht mehr übel. Sie ist jetzt eine andere Frau. Sie arbeitet, obwohl sie das nicht bräuchte. Hat eine Ausbildung zur Stadtführerin gemacht. Gebüffelt für die Prüfung. Arbeitet für ein Hotel.«

»Was macht sie da?«

»Sie macht Führungen durch die Stadt zu ganz verschiedenen Themen. Kunsthistorisch, geschichtlich, architektonisch. Sie nimmt das wirklich ernst und gibt sich Mühe. Außerdem ist sie ein bisschen das Mädchen für alles. Besorgt Theater- oder Opernkarten, berät Gäste bei der Restaurantwahl, reserviert Tische. Übersetzt. Sie spricht ziemlich gut Englisch, Französisch, Italienisch und Spanisch. Das hat sie alles erst nach der Schule gelernt. Sie hat viel geschuftet dafür.«

»Wie meinten Sie das mit ‚Sie ist jetzt eine andere Frau?‹«

»Sie ist nicht einfach mehr reiche Tochter reicher Eltern, die in ihrem Leben nie arbeiten musste, sich Luxus gönnt und meint, es muss so sein. So ist sie nicht.«

»Und heute sind Sie sicher, dass Ihrer Mutter etwas zugestoßen ist?«
»Ja.« Die Antwort kam ohne das geringste Zögern.

Als wir uns verabschiedeten, blieb sie in der offenen Tür stehen. Etwas hielt sie zurück. Ich sah, dass Tränen in ihren Augen standen. Ich hatte eine Tochter, die kaum älter war, und wenn es etwas gab, das ich ganz schlecht aushielt, dann waren es Tränen. Sie riefen mir Gefühle zurück, die ich Ines gegenüber empfunden hatte, als Karin und ich uns getrennt hatten. Das war das Schwerste gewesen. Schwerer und schmerzhafter als die Trennung selbst. Und das Wissen, das es keinen Weg gab, ihr das zu ersparen. Nur Bemühen, hilflose Versuche, ihr zu erklären, dass sie keinen von uns beiden verlieren würde.

Susan Maiwald war so anders als Ines, aber Tränen waren Tränen. Ich konnte nicht anders, als dieses Mädchen spontan in den Arm zu nehmen, und für einen Augenblick war diese Geste die richtige. Dann besannen wir uns beide und fanden zurück zu der angebrachten Distanz.

»Ich weiß, dass Sie mir auch noch nicht glauben können. Aber bitte versuchen Sie es! Versuchen Sie es einfach!«

Ich nickte, sie drehte sich um und verschwand im Treppenhaus.

Ich würde es versuchen. Das war ich der Traurigkeit dieses Mädchens schuldig, und ich würde natürlich bezahlt werden, was immer sich letztendlich als Grund für das Verschwinden ihrer Mutter herausstellen würde. Bevor ich sie zur Tür begleitet hatte, waren wir uns über mein Honorar einig geworden, fünfundvierzig Euro die Stunde plus Spesen. Ich war günstig. Sie hatte einen vorgefertigten Vertrag unterschrieben, und ich hatte ihr aufgetragen, mir eine Liste aller Verwandten, Bekannten und Freunde ihrer Mutter zu erstellen.

»Wie haben Sie mich übrigens gefunden?« hatte ich sie gefragt.

»Ich habe gegoogelt. Sie haben eine ansprechende Homepage.«

Ich sang innerlich ein Loblied auf Jan, meinen Schwiegersohn in spe.

4

Der Nachmittag verging mit Fragen, die ich mir stellte und die immer wieder bei der gleichen endeten: Wieso war das Mädchen so überzeugt davon, dass ihrer Mutter etwas zugestoßen war? War das ernst zu nehmen? War nicht die Haltung der Polizei viel nachvollziehbarer? Susan Maiwald war außer sich vor Sorge. Susan Maiwald wirkte nicht wie eine hysterische Göre, mit der ihre Hirngespinste durchgingen.

Ich kannte mich gut genug, um zu wissen, dass ich durch diese Grübeleien durch musste, um sie beenden und handeln zu können. Andererseits war es zu früh für Schlussfolgerungen. In dieser Phase ohne jede Unterfütterung mit Fakten mäanderten alle Theorien im leeren Raum dahin. Da war nichts zu ergründen. Mir fehlten alle Informationen. Alle! Da war nichts außer den Ängsten eines achtzehnjährigen Mädchens. Kein Anhaltspunkt, kein Startblock.

Karin rief an und wollte wissen, ob ich wüsste, wann denn Ines nach Hause käme. Ich wusste es nicht, was sie seltsam fand.

»Du lässt sie einfach so gehen?«

Ich war froh, dass ich solche in Fragen verpackte Vorwürfe nicht mehr beantworten musste. Dann rief Ines an und sagte, ich solle bitte Karin sagen, wenn sie anriefe, dass sie erst am Abend käme. Ich sagte ihr, sie solle ihr das bitte selbst sagen.

Um sechs Uhr holte ich den Wagen aus der Tiefgarage unter dem Motorama-Einkaufszentrum. Er war noch warm von der Tagschicht und die Sprituhr zeigte, dass ich erst mal an die Tanke musste. Während ich wartete, bis der Diesel eingelaufen war, funkte ich nach Hans, erwischte ihn irgendwo in Schwabing und verabredete mich um Mitternacht zur Pizza und zwei oder drei Blitzschachpartien.

Hans war mein Freund und Lieblingskollege. Hans war notorischer Single und gern mal unglücklich verliebt, hatte den messerscharfen Verstand eines Informatikers und die dazu gehörige fehlende Phantasie. Ich gewann jede Schachpartie, die wir ohne Zeitdruck spielten, und ich verlor jede Partie unter dem Druck der Schachuhr.

Karin hatte mal gesagt: »Du bist nicht dumm, aber langsam«. Und so recht sie hatte, ich war froh, es nicht mehr hören zu müssen.

Noch an der Tankstelle, ich hatte gerade die Rechnung unterschrieben, die mein »Besitzer« zu begleichen hatte, schlüpfte mir ein Pärchen auf die Rückbank.

»Hochleite, in den Biergarten.«

Knappe Ansage. Dann vergaßen sie mich.

Ich hatte die beiden eine halbe Stunde im Wagen. Die Grünwalder Straße war natürlich um diese Zeit verstopft. Die »Hochleite« war ein Biergarten, in den man nach Münchner Tradition sein Essen mitbringen durfte, allerdings nur in einen abgetrennten Teil. Im Rest des Gartens und im Gebäude wurde bedient, und die Harlachinger und Grünwalder Villenbewohner zahlten nicht zu knapp für ihre Mahlzeiten.

Ich war schon wieder weg, bevor ich sehen konnte, welchen Teil die beiden ansteuerten, stellte mich als einziges Taxi an die Bavaria Filmstudios und bekam nach kurzem Warten einen Stich zurück in die Innenstadt. Auch der Rest des Abends verlief ohne erinnerungswürdige Fahrgäste und ohne erwähnenswerte Trinkgelder. Kurz vor zwölf funkte mich Hans an. Er wartete schon im Nonstop und fragte, ob er für mich Pizza Funghi bestellen solle. Er sollte. Hans war meistens vor mir da, weil er grundsätzlich keine Zeit mit Parkplatzsuche verschwendete, sondern bedenkenlos auf dem Gehsteig parkte.

Ich fand einen Platz, einige Minuten zu Fuß vom Nonstop entfernt. Aber die paar Schritte taten gut. Als ich ins Lokal kam, winkte er bereits aus einer Ecke. Hans war immer leicht zu finden. Er war deutlich über eins neunzig und breit und blond wie ein Wikinger. Außer mir wusste niemand, dass er sein Haar färbte und dass er längst schlohweiß wäre. Wir berichteten uns bei unseren nächtlichen Treffen natürlich alles Erzählenswerte über die erste Hälfte der Nachtschicht, ich erfuhr aber auch das Wichtigste und Neueste seiner missglückten oder missglückenden Frauenbekanntschaften.

»Du bist ein Trödler!« begrüßte er mich. »Ich warte seit einer halben Stunde.«

Ich konnte ihn kaum verstehen, so laut war es um uns. Hier war alles, was nachts arbeitete und in der Bahnhofsgegend zu tun hatte.

Dazu Gruppen von Jugendlichen, die ein später Hunger überfiel, Reisende, die auf einen Zug warteten oder auf jemanden, der sie abholte, Touristen, die in einem der nahe gelegenen Hotels abgestiegen waren, manchmal Polizisten, die sich Stärkung besorgten für die nächtliche Streife.

Eine große üppige Bedienung, die auch in einem Bierzelt eine gute Figur gemacht hätte, fluchte, weil sie fast über einen Rollkoffer gefallen wäre und fragte laut rufend, für wen denn nun das Weißbier sei, das sie noch in der Hand hatte. Das Nonstop war eines der nicht mehr so zahlreichen Münchner Lokale, die wirklich wichtig waren. Die Pizza kam. Ich erzählte kauend von meinem neuen Fall. Wir beschlossen, heute die Blitzschachpartien ausfallen zu lassen, aßen auf, zahlten.

»Komm, gehen wir raus!«, meinte Hans. »Hier ist es heute einfach zu laut.«

Wir schlenderten zusammen über die Bayerstraße, die allerdings nur wenig leiser war als das Innere des Nonstop. Hans war ganz bei meiner Geschichte.

»Warum ist das Mädchen so sicher?«

»Ich weiß nicht.«

»Glaubst du ihr?«

»Ich glaube schon.«

»Du glaubst, dass du ihr glaubst. Das klingt nach einer seriösen und systematischen Ermittlung!«

Hans' Sarkasmus war meistens konstruktiv. Aber nicht immer.

»Ich werde bald mehr erfahren. Sie bringt mir eine Liste aller Bekannten und Verwandten und Freunde ihrer Mutter. Da wird sich dann schon ein Anhaltspunkt finden.«

»Hast du keine Ahnung, warum sie so überzeugt davon ist, dass ihrer Mutter etwas zugestoßen ist? Wirklich gar keine?«

»Nein, habe ich nicht. Noch nicht.«

»Ich weiß nicht, ob du den richtigen Job hast, Ludwig. Und ich meine nicht das Taxifahren. Denk doch mal nach!«

»Ich tu kaum etwas anderes.«

»Versetz dich in das Mädchen!«

»Hältst du das für eine leichte Übung?«

»Nein, aber für eine nötige. Ich denke, es gibt für sie keine schlimmere Vorstellung, als dass ihre Mutter wieder verschwunden ist, so wie damals, als sie ein kleines Kind war. Dass ihre Mutter sie noch einmal zurückgelassen hat, sich wieder aus ihrem Leben geschlichen hat. Vielleicht kann sie besser mit einer Mutter leben, die Opfer ist.«

»Westentaschenpsychologe!«

Wir standen vor meinem Taxi. Ich ließ Hans einsteigen, fuhr zurück zum Nonstop. Hans' Auto stand auf dem Gehsteig neben dem Eingang.

»Ruf mich an!«, sagte er.

III

Er stand neben ihrem Bett. Sie lauschte, tat, als schliefe sie, als wäre sie noch ohne Bewusstsein, aber alles in ihr lauerte auf Wahrnehmbares. Sie hörte seinen Atem. Mit irgendeinem ihrer Sinne, von dem sie nicht gewusst hatte, dass es ihn gab, fühlte sie seine Blicke auf ihr.

Die Augen hielt sie geschlossen. Wollte ihn nicht sehen. Ihn sehen, hieße, etwas tun müssen. Etwas sagen, sich widersetzen, schreien. Aber das konnte sie nicht. Nicht jetzt. Nicht in diesem Moment, in dem sie nicht verstand, was mit ihr geschah. Sein Anblick würde all die Furcht, vor der sie die Augen schloss, in ihr Inneres jagen. Doch sie wusste, dass ihm nichts entging. Nicht das kurze Flattern ihrer Lider. Nicht ihr Bemühen um einen stetigen Atem. Eben noch hatte ein verräterisch tiefer Zug ihre Brust gedehnt. Bestimmt hatte er ihn gesehen, vielleicht sogar gehört. Sie tat alles, um ihn nicht wahrnehmen zu lassen, dass sie wach war, und wusste, dass sie ihn nicht täuschte.

Er band sie los, ergriff ihre Hand, zog sie hoch, sie ließ es zu. Nacheinander nahm er ihre Gelenke in die Hand, versorgte die aufgeschürften Stellen. Das Desinfektionsspray brannte.

»Du kannst das Bad benutzen.«

Er führte sie in eine Ecke des Raumes, die außerhalb ihres Blickfeldes gewesen war, als sie in Fesseln lag. Das Bad war ein kleiner abgetrennter Raum, durch eine Schiebetür zu öffnen. Sie bemerkte erst jetzt, dass es ihn gab.

Es war ein karg ausgestattetes Badezimmer. Ein Duschkopf an der Decke. Das Wasser musste über ein Gefälle im Betonboden in einen Gully abfließen. Ein Waschbecken, neben dem eine Seife und ein Handtuch lagen. Ihre Handtasche hatte er dazu gelegt. In der Ecke eine Toilettenschüssel. Er hatte einen kleinen Klappspiegel aufgestellt, ein paar andere Dinge gebracht, von denen er wohl annahm, dass sie sie brauchte. Zahnbürste, Zahnpasta, einen Becher, Seife, Shampoo, einen kleinen Föhn.

Er schob sie in den Raum, schloss die Schiebetür hinter ihr und ließ sie allein.

»Beeil dich! Ich warte.«

Sie setzte sich auf die Toilette und entleerte sich, betätigte die Spülung. Sich auszuziehen, kostete sie Überwindung. Der Boden war kalt. Das Wasser war nicht wärmer als lau. Es war die freudloseste Dusche, die sie je genommen hatte. Dennoch wusch sie sich ausgiebig, auch die Haare, kämmte ihre langen dunklen Locken, schminkte sich. Die Dinge aus ihrer Handtasche waren alle da. Nein, sie wollte nicht verwahrlosen. Würdelos sollte er sie nicht sehen.

Sie trocknete sich ab, föhnte ihre Haare.

»Komm jetzt endlich raus!«

Sie zog sich an, ihre Haare noch feucht, schob die Tür auf. Er stand wartend im Raum.

»Leg dich wieder hin!«

Sie gehorchte. Er setzte sich auf den Rand des Bettes, verharrte, legte sich neben sie, eng, so entsetzlich eng. Er sprach leise, hauchte fast in ihre Achselbeuge, als wollte er, dass seine Worte dort endeten.

»Weißt du, dass meine Mutter die schönste Frau der Welt war? Und weißt du, dass du Augen hast wie sie? Und dass du lachst wie sie? Ich sehe sie so oft vor mir. Ich höre ihre Stimme, ich kann sie riechen, ihre Haut spüren. Weißt du, wie ich sie jede Nacht sehe? Sie steht vor dem Badezimmerspiegel und kämmt sich die Haare. Sie sind lang und dunkel, so wie deine, und wenn sie sie auskämmt, reichen sie ihr fast bis zum Po.«

Langsam ließ er seine Hand über ihren Bauch wandern. Tastete nach ihrem Atem. Sie hielt ihn an, als könnte sie sich damit wehren gegen seine Berührung.

»Sie stand eine Ewigkeit vor dem Spiegel und kämmte sich. Die Tür zwischen dem Badezimmer und ihrem Schlafzimmer stand offen. Immer wenn Papa nicht da war, lag ich in ihrem Bett und versteckte mich unter der Decke.

Es war unser Spiel.

›Ich bin so froh, dass ich den Kleinen hab‹, sagte sie manchmal zu Papa, wenn sie gestritten hatten, ›und dass er nicht nach dir kommt.‹

Ich erinnere mich an alles. Alles! Ich erlebe es. Wieder und wieder. Ich habe die Decke über den Kopf gezogen und mir mit der Hand ein

Guckloch offen gehalten. Sie steht immer noch nackt vor dem Spiegel. Jetzt ist sie fertig mit dem Kämmen und dreht sich um. Ich sehe ihren großen Busen mit den dunkelbraunen Spitzen und ihr schwarzes Dreieck in der Mitte, da wo die Beine aufhören.

Sie macht das Licht aus, kommt ins Schlafzimmer. Auf der Kommode liegt ihr Nachthemd. Sie streift es über. Es ist hellblau und ganz dünn und durchsichtig und so kurz, dass es gerade über den Po reicht.

›Ja, wen haben wir denn da‹, sagt sie und greift ganz schnell unter die Decke, kitzelt mich am Fuß oder wo sie mich halt grad erwischt.

›Solltest du nicht längst in deinem Bett sein?‹

›Gleich‹, sage ich.

›Mein kleiner großer Kuschelbär‹, sagt sie und legt sich neben mich.

Sie streichelt meine Haare und mein Gesicht.

Du bist mein Liebster, sagt sie. Aber jetzt musst du in dein Bett gehen und schlafen.

Gleich, sage ich.

Sie liegt auf dem Rücken. Mein Kopf auf ihrer Schulter. Meinen Arm habe ich über sie gelegt. Meine Hand ist auch da, einfach so, weil sie am Ende meines Armes hängt. Meine Hand liegt jetzt auf ihrer Brust. Sie ist so weich, und ich spüre die Spitzen unter dem dünnen Nachthemd.

Mein Bauch mit dem harten Pimmel liegt an ihrer Seite, an ihrer Hüfte oder an ihrem Schenkel.

Sie bewegt ihr Bein, und ich habe mich an sie gepresst und bewege mich auch.

Ich streichle ihre Brust und drücke sie sanft und spüre, wie ihre Spitzen ganz fest werden, und dann zuckt es unten bei mir.

In meiner Schlafanzughose ist es ganz nass geworden. Nass und klebrig.

Mama lächelt.

›Komm mein Großer‹, sagt sie, küsst mich auf den Mund. ›Marsch ins Bett!‹

Ich schäle mich aus der Decke und gehe zu der Tür, die in mein Kinderzimmer führt. Ich gehe ein bisschen seitwärts, so dass sie nicht sieht, dass meine Schlafanzughose noch immer vorn ausgebeult ist und einen nassen Fleck hat.«

Anja zitterte, als würde sie frieren.

»Verstehst du, verstehst du nun, warum du da bist?«

Ein Krampfen begann, sich von den Fingern und den Zehen her in ihren Körper zu schieben, durchwanderte ihre Glieder, packte sie in ihrer Mitte.

»Gar nichts verstehe ich!«, schrie sie. Und dann hörte es nicht mehr auf, das Schreien. Es bahnte sich seinen Weg heraus aus ihr, bis er zuschlug mit all seiner Kraft, bis seine Hand ihr Gesicht traf und es wieder dunkel wurde.

Er schmiegte seinen Körper an den ihren, presste sich an ihre Hüfte, ihre Schenkel, seinen Kopf in ihre Achselhöhle, wurde ganz klein, streichelte sie mit seiner Wange.

»Du bist so schön!«

5

Ich saß bei Kaffee und Rühreiern mit Speck. Gegen sechs war ich ins Bett gekommen. Die restliche Schicht hatte ich abgesehen von der Beförderung etlicher Fahrgäste damit verbracht, mir einzugestehen, dass Hans' Gedanken über Susan Maiwald eine Menge Substanz hatten. Vielleicht war die Hauptperson des Falls eine traumatisierte Tochter und nicht eine verschwundene Mutter. Aber dann war es nicht mein Fall.

Sie wollte gegen zwei kommen. Um zwölf läutete das Telefon. Es war Ines.

»Papa, darf ich eine Weile bei dir wohnen?

»Erzähl!«, antwortete ich. Jeder andere Kommentar wäre verfrüht gewesen.

»Jan will mit mir zusammenziehen.«

Mein Traumschwiegersohn in spe war ein wahnsinnig netter Kerl, aber diese plötzliche Geradlinigkeit überraschte mich. Jan war ein endloser Studiengangwechsler, politisch links, meines Wissens Mitglied bei ATTAC und noch in irgendeiner Antifa-Gruppe, fuhr auf Demos, seine berufliche Karriere stand eher hinten an. Er wollte Journalist werden, machte derzeit ein Volontariat bei einer Lokalzeitung, musste von Versammlungen der Volkshochschule oder anderen lokalen Ereignissen berichten, die ihn nicht die Bohne interessierten.

Für klare Verhältnisse zu sorgen, indem er mit seiner Freundin zusammenzog, das war eigentlich nicht Jan.

»Was ist denn in den gefahren?«

»Ist mir auch unheimlich. Platz hat er ja. Ein Zimmer ist frei. Da steht nur Gerümpel drin.«

»Aber?«

»Es geht mir zu schnell. Aber das ständige Heimfahren nach Solln raus ist unheimlich lästig. Nervt mich total. Immer schauen, dass ich die letzte S-Bahn nicht verpasse.«

»Ok. Jetzt erkläre mir bitte mal den Zusammenhang mit der Idee, bei mir einzuziehen.«

»Es wäre ein erster Schritt. Ich hätte noch meine eigene Bleibe, wir müssten nicht mehr ständig auf die Uhr sehen. Und mein Kinderzimmer ist doch noch da.«

»Natürlich ist es noch da. Wo soll es denn hin sein? Aber vielleicht ist dir aufgefallen, dass es inzwischen zu meinem Schlafzimmer geworden ist?«

»Aber das Wohnzimmer ist doch groß genug. Da habt ihr ja früher auch geschlafen. Es wär nur für eine Weile.«

Es stimmte natürlich, dass wir in der Wohnung, die ich jetzt allein behauste, zu dritt gelebt hatten. Und ich genoss es, allein zu sein, Platz zu haben. Nicht jeden Ort in der Wohnung multifunktional gestalten zu müssen.

»Ich verstehe. Mir mein Schlafzimmer wegzunehmen, wäre ein guter Kompromiss zwischen dem Wohnen in der Vorstadt und dem Zusammenziehen mit Jan. Was sagt denn deine Mutter dazu?«

»Sie ist sauer. Und beleidigt. Und Herbert auch.«

»Wie überraschend!«

»Du bist kein Umgang mehr für mich, sagt er. Hängst in der Luft, weißt nicht, wo es mit dir lang geht. Kannst mir keine Orientierung geben und so weiter.«

»Karin ist eifersüchtig, und Herbert ist ein Trottel. Und du bist, ehrlich gesagt, gerade ziemlich egoistisch, Töchterchen!«

»Wie meinst du das, Paps?«

Von irgendwoher kamen mir sehr trotzige Gefühle gekrochen. War ich jemand zum Abstellen und zum Aufwärmen bei Bedarf? Karin suchte das Weite mit ihrem Herbert, Ines hatte sich von Pool und eigenem Herrschaftsbereich mit Bad unter dem Dach bestechen lassen.

»Ich meine, dass du die Wahl hast zwischen einer ganzen Etage in einem Einfamilienhaus und einem Zimmer bei deinem Freund. Und finanzielle Unterstützung für ein WG-Zimmer haben wir dir auch zugesagt. Warum suchst du dir keins?«

»Weil ich noch ein bisschen Zeit brauche, um mir klar zu werden, was ich will. Einerseits würde ich gern mit Jan zusammenwohnen, andererseits hab ich ein bisschen Bammel davor.«

»Das verstehe ich gut. Aber warum du nicht einfach in deinem Dachgeschoß bleibst, bis deine Entscheidung gereift ist, das verstehe ich nicht. Warum ich deswegen meine Wohnung wieder umräumen soll, im Wohnzimmer schlafen und meine Kunden empfangen, das verstehe ich nicht. Warum alle anderen Opfer bringen und Kompromisse eingehen müssen, weil du nicht dazu bereit bist und jetzt alles hoppla hopp gehen muss, das verstehe ich nicht, Ines!«

Ines schwieg einige Sekunden. »Wieso alle anderen, Paps? Ich dachte, dass ich dich darum bitten kann, ohne dass du mich zur Schnecke machst. Sorry. Hab das wohl falsch eingeschätzt.«

Sie legte den Hörer auf und beendete das Gespräch.

Die Rühreier waren kalt geworden.

Ich versuchte, das bevorstehende Gespräch mit Susan Maiwald zu planen, aber daran war nicht zu denken. Die Unterhaltung mit Ines lag mir im Magen, daneben mein Nein, meine Sturheit, die Vorwürfe, die ich ihr gemacht hatte. Ich stellte sie mir am Frühstückstisch mit Herbert vor, bei Diskussionen über Politik, über Moral und Anstand, über Zensuren, Pläne, Ziele und Zielstrebigkeit. Mich schauderte.

Aus gekränkter Eitelkeit, weil sie sich damals sicherer gefühlt hatte an Karins Seite, wollte ich sie jetzt zurückweisen, wenn sie auf der Flucht vor biederem Vorstadtleben, kurz gemähtem Rasen und Herbert bei mir anklopfte.

Ich fuhr den Rechner hoch und schrieb die E-Mail, die ich dringend schreiben musste.

»Liebe Ines,

dass du damals nicht bei mir bleiben, sondern lieber mit Mama ausziehen wolltest, sitzt tief. Ich wusste das nicht mehr; verdrängt, vergessen, nun erinnere ich mich wieder. Ich weiß, das ist bescheuert. Ich weiß auch, in was für eine schwere Situation wir dich damals gebracht haben, so eine Wahl zwischen uns treffen zu müssen. Jetzt ist das alles wieder hoch gekommen. Frau weg! Kind weg! Und dann auch noch dieser Herbert. Hab ein paar Minuten zur Besinnung gebraucht, Ines. Tut mir leid. Klar kannst du kommen. Aber wirklich vorübergehend, bis zu dir überlegt hast, was du willst.«

Ich ging pinkeln, und als ich zurück an den Computer kam, war die Antwort schon da.

»Danke, Paps. Es geht wirklich nicht mehr länger hier. Herbert und ich zerfleischen uns, und Mama reibt sich auf beim vergeblichen Schlichten. Ich muss hier raus. Danke, dass ich kommen darf. Ich nehme auch die Couch im Wohnzimmer. Du hast ja Recht. Du musst dein Schlafzimmer nicht aufgeben. Ich komm nachher vorbei, und wir reden über alles.«

Ich war gerührt, und meine Reue riss mich mit.

»Nein, du kannst dein Zimmer wieder haben«, schrieb ich. *»Vorübergehend!«*

Dann setzte ich mich an den Küchentisch und begann mit der Gewöhnung an den Gedanken, dass es mit meinem Alleinleben als einsamer Großstadtwolf für eine Weile vorbei war.

Und gleich würde Susan Maiwald kommen. Die zweite junge Frau, die mein Leben durcheinander brachte.

6

Jeans, Turnschuhe, Shirt, Rucksack über der Schulter. Anscheinend glaubte sie, mir heute nicht mehr als jugendliche Grande Dame gegenübertreten zu müssen. Ihre Sonnenbrille nahm sie ab, als sie sich mit mir ins Wohnzimmer setzte. Die verheulten Augen waren schlecht überschminkt.

Ich stellte Wasser und Gläser zurecht. Sie öffnete ihren Rucksack, entnahm ihm ein Din-A4-Blatt und reichte es mir.

»Wenn Sie mir diese Liste bringen, dann heißt das wohl, Sie haben nichts von Ihrer Mutter gehört?«

Sie schüttelte den Kopf.

»Ich brauche übrigens auch ein möglichst aktuelles Foto. Das habe ich vergessen zu sagen.«

»Ich maile Ihnen eins. Ist das ok?«

»Ja, das ist ok.«

Ich las.

Da standen Mathilde und Ernst Maiwald, ihre Großeltern. Böhmerwaldplatz in Bogenhausen. Einer der Stadtteile, in denen die Häuser und Grundstücke nicht erst in den letzten Jahren zu Wert gekommen waren.

Einige Kolleginnen und der Besitzer des Hotels Olymp, drei Frauen und ein Mann einer »Laufgruppe«, eine Putzfrau.

»Das ist alles?«, fragte ich. »Das hätten Sie doch gestern auch aus dem Stegreif machen können.«

Sie sah mich betrübt an.

»Entschuldigen Sie bitte! Aber ich kann zurzeit nicht richtig denken. Kann mich einfach nicht konzentrieren.«

»Das verstehe ich. Machen Sie es nochmal in Ruhe! Gehen Sie systematisch vor! Ordnen Sie nach Kontexten! Familie, Arbeit, Sport, Hobby, Kunst, Ausbildung zur Stadtführerin. Dann werden Ihnen noch mehrere einfallen.«

»Ja, das mach ich. Tut mir leid! Ich bitte Sie, meine Mutter zu suchen, und dann krieg ich's nicht auf die Reihe, Ihnen dabei zu helfen.«

»Ich habe genug, um anzufangen.«

Sie rutschte unruhig auf dem Sofa herum, nahm ihr Wasserglas in die Hand, stellte es wieder ab, strich sich durch die Haare.

»Darf ich Sie etwas fragen?«

»Natürlich.«

Ich konnte mir nur eine Frage vorstellen, und die kam auch: »Glauben Sie mir?«

»Wollen Sie eine ehrliche Antwort?«

»Ja, bitte!«

»Ich weiß es nicht.«

Sie schwieg. Einen Moment lang schien sie mir unschlüssig, ob sie jetzt aufstehen und gehen wollte oder sollte oder bleiben. Sie blieb.

»Es kann gar nicht anders sein. Ich weiß es. Die Polizei kann mir nicht glauben, und Sie können es auch nicht.«

Ich wusste nicht, was ich darauf antworten sollte. Sie hatte Recht. Genauso war es. Ich hatte in dieser Sache nur ein einziges klares Gefühl, und das war, ihr jedes Bisschen ihrer Sorge und ihrer Angst zu glauben. Das musste ihr genügen.

»Ich bin nicht die Polizei, Frau Maiwald. Ich muss nicht Fakten abwägen, um zu entscheiden, ob ich handeln soll. Ich habe Ihren Auftrag.«

»Genügt das?«, fragte sie. »Ist das genug für Sie, um sich wirklich zu bemühen? Ich meine … verstehen Sie, Herr Fendt? Ich brauche Hilfe. Ich kann sie nicht allein suchen. Ich weiß nicht, wie sowas geht.«

»Sie können sich darauf verlassen, Frau Maiwald. Ich werde alles tun, was mir möglich ist. Schauen wir mal auf Ihre Liste. Ihre Großeltern. Haben Sie denen schon Bescheid gesagt?«

»Natürlich. Sie wissen nichts, und es ist ihnen auch egal.«

»Wie stehen Sie denn zu Ihren Großeltern?«

Dass da kein liebevolles Verhältnis zwischen Oma, Opa und Enkelin war, entnahm ich ihrem Kommentar, mehr noch aber ihrem Gesicht. Die verschiedenen Anteile von Zorn und Abscheu konnte ich nicht bestimmen, aber es gab sie beide.

»Meine Großeltern zählen sich zu den Besten der besseren Leute. Sie schämen sich für ihre Tochter, sie schämen sich für ihre Enkelin. Wir sind nichts Richtiges zum Vorweisen für ihre Gesellschaft. Waren wir nie. Eigentlich sind wir für sie gar nicht da.«

»Was machen Ihre Großeltern denn? Ich meine beruflich. Oder sind sie bereits in Pension?«

»Mein Großvater verdient Geld mit Immobilien. Und zwar ziemlich viel. Und meine Großmutter ist Psychotherapeutin.«

»Praktiziert sie noch?«

»Nicht mehr oft. Aber ein paar Privatpatienten hat sie noch, glaube ich.«

»Wie wurden Sie denn damals versorgt, als Ihre Mutter verschwunden war?«

»Sie haben jemand eingestellt. In der Zeit hatte ich sechs verschiedene Ersatzmütter. Als Mama zurückkam, holte sie mich ab, und wir zogen in eine andere Wohnung. Ich war dann schon alt genug für den Kindergarten.«

Es war eine weitere Emotion hinzugekommen. Traurigkeit. Ihre Stimme war leiser geworden. Ich fühlte, dass ich an einer tiefen Wunde gerührt hatte.

»Es tut mir leid, Frau Maiwald«, sagte ich. »Ich will Ihnen nicht wehtun. Aber je mehr ich verstehe, desto größer sind meine Chancen, irgendwo einen Ansatzpunkt zu finden.«

»Es ist schon gut. Ich glaube nicht, dass da ein Ansatzpunkt verborgen ist. Nicht bei meinen Großeltern. Ich habe lange gehofft, dass da irgendetwas versteckt liegt. Und jetzt meine ich nicht einen Ansatzpunkt für Ihre Suche. Ich meine Gefühle. Etwas, das sie vielleicht nicht gezeigt haben. Nicht zeigen konnten. Aber da ist nichts.«

»Ich glaube, ich kann verstehen, wie Sie das meinen, Frau Maiwald.«

Ich schenkte unsere Gläser voll. Sie kramte ein Tempo aus ihrer Tasche.

»Kann es sein, dass sich da etwas durch die Generationen schleicht?«, fragte ich. Ich konnte nicht anders, als diese Frage noch zu stellen, obwohl das absolut nichts mit meiner Ermittlung zu tun hatte. Mein Auftrag lautete nicht, in den traurigsten und schmerzhaftesten Bereichen ihrer Familiengeschichte zu wühlen.

»Ja, genau so ist es, Herr Fendt. Das, was da schleicht, ist Gefühlskälte, Egoismus, Unfähigkeit zu Nähe. Meine Mama ist als Kind davor geflohen. Und als ich da war, konnte sie nicht anders, als mich dem auszusetzen, was sie selbst nicht ausgehalten hatte. Aber wissen Sie was, Herr Fendt? Bei mir wird das enden!«

Da war jetzt nicht nur der Trotz eines jungen Mädchens, den ich in ihrem Ausdruck wahrnehmen konnte. Da war mehr. Auch wenn ihre Stimme ein wenig zitterte, als sie dieses »Bei mir wird das enden!« sagte. Da waren Verstehen, Verantwortung. Und Entschlossenheit. Ich fühlte, dass etwas Schweres auf den Schultern dieses Mädchens lastete, das schon lange vor dem jetzigen Verschwinden ihrer Mutter begonnen hatte. Sie sprach weiter.

»Ich habe viel darüber mit Mike gesprochen. Wir wollen noch kein Kind. Es ist viel zu früh. Aber unser Kind wird ein Wunschkind sein. Und es wird ein Maiwald-Kind sein, das sich geliebt fühlen wird.«

Ich ließ ein wenig Zeit verstreichen, die sie nutzte, um tief zu atmen, einen Schluck zu trinken, sich zurecht zu setzen, aufrecht, gefasst.

»Wie steht denn Mike zur Entführung Ihrer Mutter?«

»Ich denke, genauso wie Sie, Herr Fendt. Er weiß es nicht. Trotzdem steht er zu mir.«

»Wie lange kennen Sie sich denn schon?«

»Ein knappes Jahr erst. Ich weiß, das klingt jetzt seltsam, dass wir schon über Kinder reden. Wir sind Realisten, aber wir reden einfach über alles, was wir denken und fühlen. Eigentlich habe nicht ich ihn kennengelernt, sondern Mama. Er war in ihrer Laufgruppe, trainiert für einen Halbmarathon. Mama hat mich zu einem Grillfest mitgenommen. Es hat sofort gefunkt zwischen uns.«

»Laufen Sie auch?«

»Nein, das ist nicht mein Ding. Viel zu langweilig.«

»Gehen Sie bitte alle Personen dieser Laufgruppe durch, Frau Maiwald. Schreiben Sie mir alles auf, was Sie über jede einzelne wissen!«

»Gut, das mache ich. Viel ist es nicht.«

In diesem Moment öffnete sich die Tür zum Wohnzimmer. Ich hatte sie nicht kommen hören und dachte in dem Moment, dass wir vielleicht doch ein Läuten an der Wohnungstür einführen sollten. Oder war das nicht passend für eine Vater-Tochter-WG?

Ines stand in der Tür.

»Hallo, Paps!«

»Hallo, Ines. Frau Maiwald, das ist meine Tochter Ines. Ich glaube, Sie haben sich schon kennengelernt.«

»Ja, haben wir«, antwortete Ines und nickte Susan Maiwald freundlich zu.

»Wir reden nachher gleich, Paps. Ich habe mit Mama und Herbert gesprochen.«

»Wir sind eh fast fertig«, antwortete ich.

Ines verließ das Wohnzimmer.

»Ich möchte gern mit Ihren Großeltern sprechen, Frau Maiwald. Was halten Sie für geschickter? Sie anzurufen und um einen Termin zu bitten, oder ist es besser, Sie kündigen mich an?«

Susan Maiwald dachte kurz nach.

»Ich denke, sie würden Sie einfach abblitzen lassen. Sie haben ja keine Polizeibefugnisse. Ich rufe sie heute noch an und sage ihnen, dass ich Sie beauftragt habe und dass ich sie bitte, mit Ihnen zu reden. Das werden sie mir schon nicht abschlagen.«

Wir verabschiedeten uns. Ich begleitete sie hinaus.

IV

Es drang kein Tageslicht in den Raum. Sie hatte die Schwärze der Nacht erlebt. Die Stille. Die Angst, die manchmal leise war, manchmal brüllend, in Wellen wuchs und schwand, aber nie so weit verschwand, dass sie wirklich klare Gedanken fassen konnte. Und sie war müde. Kein Gefühl für Zeit. Sie wusste nicht, wie lang sie hier war. Der Tag hatte mit dem Abschalten einer einzigen schwachen Glühbirne an der Decke geendet. Und der nächste würde erst beginnen, wenn er sie wieder anschaltete.

Was wollte er von ihr? Seine Mutter! Warum erzählte er von seiner Mutter? Und er erzählte nicht nur. Es war, als würde er sich in das Kind zurückverwandeln.

Sollte sie es miterleben? Sollte sie zuhören? War es wie eine Beichte? Sie glaubte nicht, dass er sich damit begnügen würde. Er hatte keine Scheu vor Gewalt. Da war ein Schlag gewesen. Ein harter Schlag in ihr Gesicht. Sie hatte ihr verzweifeltes kleines Aufbegehren, ihren Schrei mit Schmerz bezahlen müssen. Ihr linkes Auge war geschwollen. Das fühlte sie, auch wenn sie noch nicht wissen konnte, wie sehr das ihr Sehen beeinträchtigte.

Sie hörte, wie an der Tür hantiert wurde, ein Schlüssel sich drehte. Sie öffnete sich, die Glühbirne machte Tag.

»Guten Morgen, Liebes!«

Sie antwortete nicht, blickte ihn an. Das Sehen war nicht eingeschränkt.

»Du wirst schon noch redseliger werden. Wir haben Zeit ohne Ende.«

Zeit ohne Ende. Sie hatte keine Zeit ohne Ende. Sie wollte ihre Zeit nicht hier verbringen, nicht mit ihm, nicht in der Rolle, die er ihr zugedacht hatte. Und sie wollte nicht »Liebes« genannt werden. Trotz ihrer Angst wollte sie ihm das entgegenschreien.

Als hätte er ihre Gedanken gelesen, beugte er sich über sie und betrachtete ihr Auge.

»Es wird vielleicht zuschwellen. Bleib ruhig, dann passiert so etwas nicht wieder!«

»Meine Handgelenke tun weh von den Seilen«, sagte sie leise.

»Ich lasse dich ohne Fesseln. Du kannst dich hier im Raum bewegen. Wenn du schreist und Lärm machst, hört das kein Mensch. Füge dich, dann wird es angenehmer! Tu einfach, was ich dir sage! Übrigens, der Lichtschalter ist für dich nicht nutzbar. Der Sicherungskasten ist anderswo und Strom fließt hier nur, wenn ich es will. Da kannst du lange knipsen. Deine Tage mache ich.«

»Wo bin ich hier?«

»Du bist bei mir.«

Er setzte sich neben sie. Sah sie an. Sein Blick entflog. Wieder dieser Tonfall. Als würde ihn etwas in weite Ferne versetzen, Gestalt annehmen, wiedergeboren werden.

»Manchmal lag Mama auf dem Balkon und sonnte sich. Meistens lag sie auf dem Bauch und bräunte sich den Rücken. Ihr Bikinioberteil hatte sie dann geöffnet oder ganz abgelegt, weil sie keinen weißen Streifen bekommen wollte.

›Willst du mich einölen, Schatz?‹

Seine Stimme veränderte sich, wenn er mit der ihren sprach. Er imitierte nicht, sie wurde nicht höher, aber es war nicht mehr seine. Es war, als lauschte er ihr nach, während er sprach.

»Ich ließ keine Stelle aus. Auch die nicht, an die sie selbst rangekommen wäre. Am liebsten mochte ich ihre Seiten. Wenn ich mit meinen cremigen Händen an ihnen entlang strich, hob sie die Brust ein bisschen, und ich konnte mit meinen Händen unter sie greifen. Aber nur kurz. Dann legte sie sich wieder fest auf ihr Handtuch. Auch den Teil von ihrem Po, den das Höschen nicht bedeckte, cremte ich ein.

›Magst du dich ein bisschen zu mir legen?‹ und ich legte mich ein bisschen zu ihr, bettete meine Wangen auf ihren weichen Po.

›Zieh doch auch deine Hose aus und deine Badehose an‹ und ich zog meine Hose aus und meine Badehose an.

›Ein bisschen Sonne würde dir auch gut tun. Soll ich dich auch einölen?‹«

Er ließ jetzt seine Hand über ihren Körper gleiten, befühlte die Weichheit ihrer Brüste. Sie hielt den Atem an, spürte schmerzhaft, wie sich alle Muskeln in ihrem Leib spannten, als würde eine Flüssigkeit in ihnen stocken und aushärten. Er zog seine Hand zurück.

»Zieh dich aus!«

Sie wollte widersprechen, wollte das nicht, auf keinen Fall, wollte nicht, dass er sie nackt sah. Sie blickte in seine Augen. Da war keine Nachsicht, kein Verständnis, da war nur wildes, wirres Begehren und eine fast kindliche Grausamkeit. Sie wusste, dass sie nicht Nein sagen durfte.

Ohne aufzustehen, streifte sie ihre Kleider ab.

»Den Slip kannst du anlassen. Dreh dich um und leg dich auf den Bauch!«

Sie tat, was er befohlen hatte. Alles in ihr war Furcht und Ekel. Er würde sie berühren.

Er zog eine Creme aus seiner Tasche, nahm etwas auf seine Hände und begann, sie auf ihrem Rücken zu verteilen. Sie fühlte nicht viel. Die Nerven in ihrem Körper schienen betäubt, als ob sie aus Mitleid beschlossen hätten, ihren geschundenen Geist zu schonen. Er verstrich die Creme auf ihrem Rücken, auf ihren Beinen, seine Hände wanderten über ihre Flanken.

»Komm jetzt etwas hoch!«

Sie gehorchte. Seine Finger schoben sich unter ihre Brüste. Er beugte sich über ihren Rücken, zu ihrem Kopf, seinen Mund ganz nah an ihrem Ohr.

»Du bist so schön wie sie!«

Sie fühlte seine Erektion an ihrem Po. Dann zog er seine Hände zurück, richtete sich auf.

»Ich wusste damals schon, was Männer mit ihren harten Pimmeln machen. Ich wusste es von Papa. Er hat es mir erklärt, als wir einmal auf einer Weide gesehen hatten, wie ein Hengst hinten bei einer Stute aufstieg. Ich wusste, dass Papa das mit Mama machte. Nicht nur einmal, damit ich auf die Welt kommen konnte. Öfter. Immer wieder. Ihr Schlafzimmer lag neben meinem. Nur eine Tür dazwischen. Ich hörte, wie sie sich herumwälzten. Hörte, wie Mama stöhnte. Von Papa hörte ich nichts, aber er ging danach immer ins Bad.

Mir gefiel das nicht. Mir gefiel nicht, dass er das mit Mama machte. Am liebsten hätte ich es ihr gesagt, aber das ging nicht.«

»Mir gefällt das auch nicht!«, schrie etwas in ihr, das sie nicht heraus ließ. »Ich hasse es! Ich habe Angst. Ich habe Angst vor dem, was du mir antun wirst. Ich fürchte es so sehr, dass ich es nicht denken kann!«

Aber sie hielt dieses panische Tier in sich zurück. Versuchte zu atmen. Einfach weiteratmen, liegenbleiben, die Augen geschlossen. Warten.

Dann war es vorbei. Er stand auf, ging zur Tür. Sie hörte, wie er sie öffnete.

»Bis bald, Liebes!«

7

Ich setzte Kaffee auf und ging zu meiner Tochter, die sich in mein Schlafzimmer zurückgezogen hatte. Oder in ihr Kinderzimmer, das sie wohl gerade planerisch in Besitz nahm.

Wenn Ines etwas wirklich wollte, konnte sie extrem schnell und effizient sein und völlig problemlos alle fundierten und nicht fundierten Meinungen und Ratschläge in den Wind schlagen.

Herbert zählte nicht und seine Meinung ebenso wenig. Er mochte mich nicht, und ich mochte ihn nicht. Das war allen Beteiligten klar und seine Ansicht zu Ines' Umzug war mehr von seiner Antipathie mir gegenüber geprägt als von berechtigter Sorge um Ines' Wohlergehen. Ich rechnete es Karin hoch an, dass sie das wusste und ignorierte.

Allerdings war auch sie nicht froh über Ines' Einzug bei mir. Und ich selbst hatte mich an mich gewöhnt. Meinem Haushalt gegenüber meine höchst eigenen Toleranzschwellen entwickelt. Und nun wieder Kompromisse? Debatten? Hast du eingekauft, und wenn nein, warum nicht? Vielleicht weil mir manchmal die Leere im Kühlschrank egal ist, weil nämlich der Dönermann gegenüber Döner hat.

Ade Freiheit, aber den Gedanken, jeden Tag ein kleines oder großes Gespräch mit meiner Tochter haben zu können, zu erfahren, wie es ihr ging, was sie beschäftigte, ihre liebevoll solidarische Anteilnahme an meinem Tun und Treiben, den Gedanken mochte ich.

Ich hatte nach meinem ersten reflexartigen Nein und meiner reuigen Umkehr beschlossen, das Ergebnis ihrer Auseinandersetzung mit Karin zu akzeptieren. Wie immer es auch ausfallen würde.

»Klar war Mama erst mal dagegen. Aber ich habe einfach im Moment so viel in der Stadt zu tun. Uni morgens und am Nachmittag. Dazwischen lohnt es sich nicht, heimzufahren. Und Jan will ja auch was von mir haben.«

»Prima Argumente! Vor allem das mit der Uni!«

»Was gibt's da zu grinsen, Paps?«

Mein Bauch hatte ihren Ellenbogen vermisst. Da war er wieder!

»Hast du ihr auch den anderen Grund erzählt, dass du es mit ihrem Lebensgefährten Herbert nicht mehr aushältst?«

»Nein, das weiß sie.«

»Und wann soll es über die Bühne gehen?«

»Morgen. Du brauchst dich nicht zu kümmern. Jan und ein Freund von ihm helfen, und ich hab nicht viele Sachen.«

Der Kaffee war durch. Wir setzten uns in die Küche.

»Sag mal, was hältst du eigentlich von dieser Susan Maiwald?«, fragte ich sie.

Ines nippte an der Tasse, stellte sie ab, fuhr sich mit den Fingern durch die Haare. Seit sie sich ihre Mähne schneiden hatte lassen, das war jetzt schon Monate her, war das eine Angewohnheit geworden. Als müsste sie die Länge überprüfen. Anfangs waren sie blond gewesen, das war rausgewachsen. Jetzt waren sie lila.

»Ich habe sie zwei Mal kurz gesehen. Was soll ich da sagen?«

»Was dir durch den Kopf geht. Einfach so. Ungefiltert. Oberflächlich. Wie wirkt sie auf dich?«

»Wieso machst du den Kaffee immer so stark, Paps?«

»Ines! Geht das jetzt schon los?«

Sie lachte.

»Na klar! Wir besprechen das jetzt und einigen uns auf den Kompromiss, dass ich ihn so kriege, wie ich ihn mag.«

»Ines! Mach mir nicht solche Horror-Flashbacks!«

»Ich muss doch schauen, dass du beziehungsfähig bleibst. Nicht so ein Eigenbrötler wirst, den keine Frau brauchen kann.«

»Das schaffst du bestimmt. Ich möchte aber gern eine Antwort, Ines! Sag mir was zu dem Mädchen!«

Wieder der Griff in die Haare.

»Sie hat heute normaler ausgesehen. Letztes Mal hatte ich das Gefühl, sie versucht, wie ihre eigene Mutter daherzukommen. Irgendwie wirkt sie traurig. Egal, was sie für Klamotten an hat und wie sie geschminkt ist. Kannst du ihr helfen?«

»Ich weiß es nicht.«

Ich erzählte Ines die Geschichte in groben Zügen. Sie schaute nachdenklich.

»Ich hab echt keinen Plan. Mir würde es gehen wie dir. Keine Ahnung, wie sie tickt. Ich würde ihr trotzdem helfen wollen. Zahlt sie dem Spitzenermittler wenigstens einen Spitzenpreis?«

Klassischer Ines-Themen-Totschlag. Manchmal fragte ich mich, was Karin und ich angerichtet hatten, dass sie Ernsthaftigkeit nie lange aushielt.

»Ich kann mich nicht beschweren«, antwortete ich.

V

Er schaltete das Licht an, brachte Frühstück, packte sie an den Schultern, hob ihren Oberkörper an und schob sie so kräftig nach vorn, dass sie aufrecht im Bett saß. Sie drehte ihren Kopf zur Seite. Er schmerzte. Der Hals schmerzte. Der Nacken. Alle ihre Muskeln schmerzten.

Er ging wieder.

Sie trank von dem Tee in einer henkellosen Tasse, aß ein bestrichenes Honigbrot. Sie stand auf. Es tat gut, sich bewegen zu können. Ihre Hand- und Fußgelenke taten ihr weh. Ihr ganzer Körper war eingerostet. Sie mochte diesen Körper, pflegte ihn, trainierte ihn. Aber jetzt fühlte er sich fremd an.

Sie dehnte ihre Muskeln mit Bewegungen, die ihr schwer fielen.

Der Boden in ihrem Gefängnis war kalt. Rissige alte PVC-Fliesen. Die Wände schmutzig-weiß. Unter dem Anstrich war etwas Weiches zu ertasten, eine Schicht, vermutlich isolierend oder schalldämmend. Fenster gab es keines.

Er schien den Raum für sie präpariert zu haben. Nichts war spontan gewesen. Alles von langer Hand geplant. Wann hatte das begonnen? Wann hatte er gewusst, was er mit ihr vorhatte?

Während sie sich in dem Raum bewegte, reihten sich in ihrem Geist Fragen aneinander. Warum hatte sie keine Ahnung gehabt? Nie, nie war ihr in den Sinn gekommen, dass etwas an ihm nicht stimmte. So vollkommen normal hatte er gewirkt, nett, freundlich, intelligent, charmant. Aber was war schon normal? Wie viel an ihr selbst war denn Fassade? Alles? Das meiste? Die gutaussehende Frau, die ihr Leben im Griff hatte. Offen, auf Menschen zugehend. Eine souveräne attraktive Frau, ungebunden, begehrenswert, mit beiden Beinen fest auf dem Boden.

Wer sah ihre inneren Blutungen, dieses bittere Gefühl, versagt zu haben als Mutter? Wer sah ihre Bemühungen, anders zu sein als ihre Eltern? Mehr zu sein als eine verwöhnte Frau, der das Schicksal die Freiheit von existentiellen Sorgen geschenkt hatte. Und damit die Freiheit von Zufriedenheit, die Freiheit von dem Gefühl, eigene Verdienste zu haben, etwas geschafft, einen Kampf gewonnen zu haben. Was wollte sie denn wieder gut machen in ihrem Leben? Alles Unverdiente, alles Geschenkte? Susan! Susan war ihr geschenkt worden. Susan war die Herausforderung ihres Lebens gewesen, ihre Chance. Wie kläglich hatte sie diese Chance vertan!

Sie setzte sich aufs Bett.

Denken half. Das Nachdenken half ein wenig gegen die Angst in ihren Eingeweiden. Nicht dauerhaft. Die Abgründe waren immer da. Er war zu allem imstande. Und Susan? Wenn er sie hier zurückließ in ihrem Gefängnis, ging er zu Susan. Allein die Vorstellung, dass ihre Tochter mit ihm allein war, sein Lächeln sah, sich betören ließ, vertraute, liebte! Und sie konnte ihr nicht helfen. Sie musste nachdenken. Ankämpfen gegen die Mutlosigkeit, die sie fortschwemmen wollte. Sie musste verstehen, um ihm nicht vollkommen ausgeliefert zu sein.

Seine Mutter. Seine Mutter war der Schlüssel. Hitchcocks »Psycho«. Der Verrückte hatte seine tote Mutter im Keller aufbewahrt. Trug ihre Kleider. Sprach mit ihrer Stimme. Persönlichkeitsspaltung. Bestimmt hatte Hitchcock recherchiert. So etwas gab es. Sie hatte den Film als junges Mädchen gesehen und danach nächtelang nicht geschlafen. Aber das hier war das reale Leben. Er wusste, dass sie Anja Maiwald war und nicht seine Mutter. Doch er schien dieses Wissen ausblenden zu können. Er machte sie zu ihr. Wurde wieder Kind. Benutzte sie. Und er wurde gewalttätig, drehte durch vor Wut, wenn sie sich widersetzte.

»Du bist so schön!«

Oh Gott! Noch nie hatten Worte mit diesem Inhalt sie so verstört! In diesem Moment, als sie diesen Satz hörte, fühlte sie, dass alles geschehen konnte. Alles! Eine wilde Panik hatte sie überwältigt, überflutet. Jede Kontrolle, jede Zuversicht, dass sie diese Situation in den Griff bekommen könnte, hatte sich davon gestohlen. Diese Worte, die er leise an ihren Körper geflüstert hatte und die in ihr hallten.

»Du bist so schön!«

Sie jagten Angst um Leib und Seele in sie hinein, Angst um ihr Leben. Und um Susan.

8

Als ich mir am Abend das Taxi holte, regnete es in Strömen. Ein warmer sommerlicher Wolkenbruch. Kaum Menschen auf der Straße, nur ein paar Versprengte, die es nicht mehr rechtzeitig ins Trockene geschafft hatten und sich zu Hause als erstes die tropfenden Kleider vom Leib reißen würden. Ich stieg schon durchnässt in den Wagen, die Scheiben beschlugen, und ich mochte meinen Job nicht. Das Geschäft würde auch nicht brummen. Keine Laufkundschaft zu erwarten und immer wieder raus ans Telefon an den Taxiständen.

Ich hatte ein Riesenglück. Mein erster Auftrag war der medizinische Notdienst. Das hieß, einen Notarzt zu seinen nächtlichen Patienten fahren, im Wagen bleiben können, die Adressen über Funk erhalten, die Uhr ticken hören und Zeit zum Nachdenken haben.

Der Notarzt war eine Ärztin um die sechzig, ruhig, freundlich, aber wortkarg, und während sie bei ihren Patienten war, wanderte mein Geist zur Familie Maiwald. Dass in dieser Familie etwas Dunkles lag, war offensichtlich. Doch ob dieses Dunkle wirklich ein »Fall« war?

Ich trat auf der Stelle. Meine Gedanken kreisten nicht, sie kreiselten. Umschwirrten ein achtzehnjähriges Mädchen, das manchmal erwachsen wirkte, manchmal wie ein trauriges Kind.

Sie brauchte Hilfe, aber brauchte sie die von einem Privatdetektiv? Oder vielleicht eher von einem Freund, einem Seelsorger, einem Therapeuten?

Durfte ich diesen Auftrag annehmen?

Nachdem ich kurz vor Mitternacht die Ärztin nach Hause gefahren und mein Auftragsbuch ausgefüllt hatte, fuhr ich ins Nonstop. Diesmal fand ich tatsächlich einen regulären Parkplatz vor der Tür und war vor Hans da.

Ich bestellte Pizza, extrascharf für ihn, alkoholfreies Weißbier. Das Essen und Hans kamen gleichzeitig.

Wenn Hans reden und essen wollte, empfand er es als Zeitverschwendung, die Dinge zu trennen. Ich verstand ihn trotzdem. Er hatte allem Anschein nach kaum weniger über meinen Fall nachgegrübelt als ich.

Während er mit einem stumpfen Messer im Boden seiner Pizza herumsäbelte, erklärte er mir das Ergebnis seiner Überlegungen zu meinem Problem.

»Die Mutter nimmt ihre Auszeit. Das scheint sie zu brauchen. Bindungsunfähig.«

»Aha«, antwortete ich. »Das ist ja mal eine klare Analyse.«

»Keinen Sarkasmus, mein Lieber! Im Ernst, für mich gibt's da keine andere Erklärung, die Sinn macht.«

»Ich hab das schon auch im Kopf. Allerdings noch nicht so abschließend wie du.«

Ich kaute nachdenklich und spülte mit dem Weißbier nach.

»Du hast das Mädchen nicht gesehen, Hans! Sie ist verzweifelt, und daran ist nichts aufgesetzt oder überspannt.«

»Das glaube ich dir. Doch das hat nichts mit den Fakten zu tun.«

»Wo sind denn da für dich Fakten?«

»Genau! Das ist es ja. Die Fakten fehlen. Die Mutter des Mädchens ist reich. Sie könnte entführt worden sein, aber dann gäbe es eine Forderung. Es könnte ihr etwas zugestoßen sein, aber dann wäre sie in irgendeinem Krankenhaus gelandet. Menschen, die verschwinden, wollen meistens verschwinden. Wenn man von den anderen Fällen in der Zeitung liest, dann deshalb, weil sie so selten sind.«

Hans ließ sich jetzt Zeit beim Sprechen. Aß, trank, redete und zwar hintereinander. Ein untrügliches Zeichen dafür, dass es ihm sehr wichtig war, verstanden zu werden.

»Mir tut die Kleine auch leid, Ludwig. Sie ist schon einmal in ihrem Leben von ihrer Mutter verlassen worden. So etwas ist tragisch und traumatisch.«

»Und die Mutter ist nun gewissermaßen vorbestraft und verdächtig. Wiederholungstäterin!«

»Höchstwahrscheinlich!«

Hans schob sich sein letztes Stück Pizza in den Mund. Ich wartete darauf, dass er weiter sprach.

»Und es gibt wahrscheinlich nichts, vor dem sich das Mädchen mehr fürchtet. Pest oder Cholera!«

»Erklär mir das!«

»Pest ist die grausam gemeuchelte oder entführte Mutter, die sie lieb hatte, Cholera die Mutter, die wohlauf ist, sich irgendwo mit ihrem Geld eine schöne Auszeit gönnt. Vielleicht hat sie irgendwo einen Lover, die Mutter, die kaum mal an ihre Tochter denkt und sich höchstens ein kleines schlechtes Gewisserchen macht.«

»Ein Gewisserchen! Du bist zynisch, Hans.«

»Nein, das bin ich nicht. Willst du einen Beweis? Frag mich, was ich an deiner Stelle täte!«

»Ok. Was tätest du an meiner Stelle?«

»Ich würde sie suchen. Ich kann ja Unrecht haben!«

9

Sie kamen, als ich beim Frühstück saß. Geweckt hatte mich Karin, um mir zu sagen, dass sie sich von mir wünsche, dass ich darauf achten solle, dass Ines sich regelmäßig bei ihr meldete. Ich versprach es.

Es waren Jan und zwei Kumpels. Ines war nicht dabei.

»Bleib einfach sitzen! Alles unter Kontrolle!«, meinte Jan.

Ich blieb sitzen, frühstückte weiter und erfuhr, was Ines so alles für nötig erachtete, um nur kurz und vorübergehend bei mir unterzuschlüpfen.

Ich beschloss, nicht hinzuschauen, und sah Truhen, Spiegel, Kisten, Körbe, Kleidersäcke, eine Tischplatte und Böcke an mir vorbeiwandern. Jan hörte nicht mehr auf zu grinsen. Er musste gesehen haben, wie ich immer kleiner wurde und in meinem Stuhl zusammensank. Nach einer halben Stunde waren sie fertig. Die Kumpels verabschiedeten sich, Jan ging in die Küche, schenkte sich einen Kaffee aus der Thermoskanne ein und setzte sich zu mir.

»Du siehst mäßig glücklich aus, Schwiegerpapa«, ulkte er. »Freust du dich nicht über die Heimkehr der verlorenen Tochter?«

In solchen Momenten, in denen ich ihn zum Mond schießen hätte können, dachte ich, dass ich mit ihm als Schwiegersohn prima auskommen würde.

»Du bist nur eifersüchtig«, antworte ich. »Damit muss man ja erst mal klar kommen, dass sie lieber zu einem alten Sack wie mir zieht, als sich Nacht für Nacht neben dich zu legen.«

Jan und ich hatten unsere eigene Sprache.

»Eifersüchtig gerade nicht, aber ein wenig enttäuscht war ich zuerst schon.«

Das war das Besondere zwischen uns. Der Schwenk zum ernst Gemeinten war zu jedem Zeitpunkt möglich. Ein paar Mal hatte ich versucht, Karin das begreiflich zu machen. Dass Ines' Freund nicht nur ein humorbegabter und gewandter Luftikus war, sondern auch Ernsthaftigkeit hatte, wenn es darauf ankam, und vor allem, dass er unsere Tochter sehr gern hatte. Und dass er links war, weil er Charakter hatte und empathiefähig war und einen Sinn für Gerechtigkeit hatte. Und dass er ein notorischer Studiengangwechsler war, weil ihm daran gelegen war, das Richtige für sich zu finden, und nicht einfach irgendeine Karriere hinlegen wollte.

»Du findest ihn so toll, weil er so ist, wie du warst. Aber soll er das werden, was du bist?«

An dieser Stelle mochte ich meistens das Gespräch mit Karin über Jan nicht mehr.

Er war also enttäuscht darüber, dass Ines noch nicht mit ihm zusammenleben wollte.

»Es ist für sie einfach noch nicht der Zeitpunkt, Jan. Es eilt nun wirklich nicht mit der Kleinfamiliengründung.«

Er grinste wieder, und ich wusste, was er sagen würde.

»Wenn ich mir so ansehe, was sie hier im Handstreich aus deiner Bude macht, dann denke ich, dass du Recht hast«, sagte er.

»Ich muss los.« Er trank seinen Kaffee aus, tätschelte mitfühlend meine Schulter, und als er vor der Tür stand, öffnete sie sich von außen.

»Du bist noch da!«, rief Ines und umarmte ihn. »Habt ihr schon alles reingetragen?«

»Ja. Ich muss, Ines.« Er küsste sie. »Und sei nett zu deinem Papa!«

Abgang Traumschwiegersohn. Ines umarmte nun auch mich.

»Du bist der beste Vater, den ich habe.«

Ich berichtete ihr von Karins Anruf und ihrem Wunsch nach Kontakt.

»Ich klär das schon mit Mama«, meinte sie. »Du musst mich nicht ständig erinnern.«

»Gut. Das ist auch nichts für mich. Erinnern vergesse ich regelmäßig.«

»Ich ruf sie heute Abend an, sobald ich fertig bin mit Einräumen.«

Das Telefon läutete, ich nahm ab. Es war Susan Maiwald. Sie gab mir die Telefonnummer ihrer Großeltern. Sie habe sie informiert darüber, dass ich anrufen würde. Sie seien alles andere als begeistert, hätten aber doch zugestimmt.

Außerdem, sagte sie, habe sie mir eine E-Mail geschickt, im Anhang ein Foto ihrer Mutter.

Ich legte auf, fuhr den Rechner hoch, loggte mich ein und öffnete das Bild.

Die blonde nordische Susan musste ihrem Vater ähnlich sehen, denn in dieser Frau, die mich aus dem Bildschirm anlächelte, sah ich sie nicht. Dunkeläugig, lange schwarze Haare, attraktiv war untertrieben. Das war Carmen pur. Aber Carmen war zu schön gewesen, zu leichtlebig, zu verführerisch. Carmen war nicht alt geworden.

In meinem inneren Ohr hörte ich sie singen. Für mich die Carmen schlechthin. Elīna Garanča, Habanera. »*L'amour est un oiseau rebelle.* Die Liebe ist ein wilder Vogel«. Vor meinem inneren Auge selbstverständlich mit schwarzen Haaren, Anja Maiwald nicht unähnlich. Obwohl Elīna Garanča, die baltische Diva, blond war und nicht schwarz. Hans hatte sich oft lustig gemacht über meine Liebe für große Sänger und große Arien. Er, der Purist, mochte natürlich die komplette Musik von der ersten bis zur letzten Note und nicht nur die Publikums-Highlights. Das war etwas für Banausen wie mich. Außerdem mochte er schwer zugänglichen Jazz und zeitgenössische Klassik, was für mich das Gleiche war.

Ines war in ihrem Zimmer verschwunden, das heute Morgen noch mein Schlafzimmer gewesen war, und hatte sich an die Vollendung ihres Werks gemacht.

Und ich wählte die Nummer, die Susan Maiwald mir gegeben hatte.

VI

Sie hörte Geräusche, Tritte auf Treppenstufen, etwas schlug an eine Wand. Die Tür öffnete sich. Er trug einen schwarzen ovalen Putzeimer, einen Wischmopp, schloss die Tür hinter sich, füllte den Eimer im Bad mit Wasser, stellte ihn in die Mitte des Raumes, warf den Mopp daneben, herrschte sie an: »Steh auf, Schlampe, und putz! Glaubst du, ich mach dir hier das Dienstmädchen?«

Er hatte sich neben ihr Bett gestellt und sah wütend auf sie herab. Woher kam diese Aggression? Sie hatte doch nichts anderes getan als hier im Bett gelegen und gewartet, dass er kam, dass Tag wurde, dass irgendetwas geschah. Sie entschied, sich nicht zu bewegen, nicht zu antworten. Als sie den Zorn in seinen Augen sah, wusste sie, dass diese Entscheidung nicht die richtige war. Eine grobe Hand packte sie an den Haaren und zerrte sie hoch.

»Lass mich los, ich mach doch schon!«, wollte sie rufen, aber die Worte fanden nicht aus ihrem Mund. Er schleifte sie zur Zimmermitte, gab ihr einen kräftigen Stoß. Sie kam neben dem Eimer zu liegen.

Er setzte sich aufs Bett.

»Nimm den Mopp und wisch den Raum aus. Das Bad auch. Du wirst das von nun an regelmäßig machen. Hier gibt's keine Putzfrau wie bei dir zu Hause. Hier putzt keine Zugehfrau aus Polen das Klo, in das du geschissen hast!«

Seine Stimme war jetzt leiser und beherrschter, aber da schwang etwas mit, das ihr Angst machte. Da war Gefahr. Nicht die, in der sie schwebte, seit sie hier war. Unmittelbarer. Es hatte mit ihrer letzte Begegnung zu tun, mit seiner Erregung, die sie gespürt hatte. Es war, als würde er sie und sich bestrafen wollen für die Schwäche und den Kontrollverlust, den er sie hatte sehen lassen. Als hasste und verachtete er sich selbst und würde nun sie dafür leiden lassen.

Sie nahm wortlos den Mopp, tauchte ihn ins Wasser und begann, den Boden zu wischen.

Er blieb auf dem Bett sitzen und sah ihr zu. Sie fühlte, wie er sie beobachtete, tat, als würde sie das nicht berühren. Wischte durch den ganzen Raum, dann im Bad, die Umgebung des Bettes fehlte noch.

Sie wollte nicht dorthin. Wollte nicht in seine Nähe, in seine Reichweite. Doch das Bad und der restliche Raum waren fertig. Natürlich wusste er längst, dass sie Angst hatte. Aber sie wollte es ihm nicht vor Augen führen. Sie nahm den Eimer, trug ihn durchs Zimmer, begann rund ums Bett zu wischen, er lachte, hob die Füße. Sie versuchte, ihn nicht anzusehen, ihre Arbeit zu tun. Als sie sich bückte, um mit dem Mopp unter das Bett zu gelangen, spürte sie seine Hand an ihrem Kopf. Seine leicht aufgesetzten Fingerkuppen auf ihrem Haar brannten, fraßen sich durch ihre Kopfhaut, durch den Schädel.

»Du entkommst mir nicht!«, sagten sie. »Nirgends kannst du dich vor mir verstecken. Ich habe immer Zugriff auf dich. Immer! Kann dich verletzen, leicht und tief, innen und außen, wann ich will, wie ich will.«

Sie wollte aufschreien, sich schütteln, ihn abschütteln, sammelte ihre ganze Kraft, hielt es aus, machte weiter, stellte, als sie fertig war, Eimer und Mopp neben die Tür. Wohin sollte sie jetzt gehen? Es gab keinen Ort für sie. Sie ging ins Bad, drehte den Hahn mit dem kalten Wasser auf. Eiskaltes Wasser ins Gesicht, bis es schmerzte. Als sie zurück ins Zimmer kam, stand er an der Tür. Er hatte sie bereits geöffnet, blickte zurück.

»Ich weiß, dass du nicht an unsere Zukunft glaubst. Du kannst nicht über die Mauern unseres Gefängnisses schauen. Kannst dich nicht lösen. Aber wir haben nur ein Leben und in diesem einen Leben sind wir füreinander geschaffen, Anja. Unser Leid, unsere Irrungen. Alles nur Umwege, die vielleicht nötig waren, um uns zusammenzuführen.«

Sie schwieg. Was hätte sie antworten sollen? Sie schwieg und sie verstand. Er hatte nicht vor, sie in ihr Leben zurückgehen zu lassen. Er hatte Anderes für sie im Sinn. Eine andere Zukunft.

»Wir gehören zusammen, Anja. Bis der Tod uns scheidet.«

10

»Maiwald.«

Es gibt immer nur einen ersten Eindruck, dachte ich, und der, den diese Stimme auf mich machte, war miserabel.

Frau Maiwald sagte mir in scharfem Tonfall und diesem einen Wort, ihrem Namen, dass ich ein Bittsteller war. Dass ich es mit einer Maiwald zu tun hatte, mit einem Menschen, der seine Zeit nicht gestohlen hatte und zu dessen Behelligung man schon einen guten Grund haben sollte.

Ich nannte ihr meinen Grund, stellte mich vor, bezog mich auf Susans Ankündigung. Sie war bereit, mich zu empfangen. Das wusste ich ja schon, und sie wusste, warum ich kommen wollte. Deshalb ersparte sie sich und mir detailliertere Fragen nach meinem Anliegen.

Ich hatte einen Termin um 10 Uhr morgen Vormittag.

Am nächsten Tag stand ich früh auf, duschte ausgiebig, rasierte mich gründlich, wusch mir die Haare und kochte eine Kanne Kaffee. Ines schlief noch.

Einen Anzug hatte ich nicht im Schrank, aber meine beste schwarze Jeans und ein relativ neues blaugraues Sommersakko.

Ich spazierte nachdenklich und sorgenvoll zum Max-Weber-Platz. Die Viertelstunde strammen Fußmarsches tat mir gut. Ein heißer Tag bahnte sich an, aber noch war es auszuhalten. Ohne den Grund für mein übles Vorgefühl so richtig greifbar zu haben, musste ich feststellen, dass es da war und auch nicht abzuschütteln. Bei den alten Maiwalds ahnte ich den Ursprung allen Übels, aber ich versuchte, meine Vorurteile einzudämmen. Ich wollte nicht eine Haltung einnehmen, zu der ich dann lediglich eine Bestätigung suchen würde. Professionell bleiben. Offen im Denken und in der Wahrnehmung!

Die U4 beförderte mich vom Max-Weber-Platz auf direktem Weg nach Bogenhausen, den Inbegriff für gehobenes Ambiente, erste Adresse für prominente Zweitresidenzsucher. Auch Boris Becker hatte sich mit seiner Babs dereinst hier niedergelassen. Bogenhausen war bestimmt auch ein Hochkaräter für Anleger und ein echter Wohltöner in Maklerohren wie denen Herberts.

Am Böhmerwaldplatz stieg ich aus. Noch war es früh. Ich wandte mich in eine kleine Nebenstraße, die nach Gras, Geld und Ruhe roch, besah mir die Villen und Vorgärten. Wenige Mercedes' und BMWs standen an den Straßenrändern, einige Zweitwagen, Polos oder Puntos für die mobile Hausfrau oder das Au-Pair-Mädchen. Die meisten Schlitten wohnten hier in Garagen, die so geräumig waren wie ein durchschnittliches Vorstadtreihenhaus.

Aber die Luft war gut. Einige Herrchen und Frauchen führten ihre Schätzchen Gassi. Ich setzte mich auf eine Parkbank und sah zu, wie ein Dackel vergeblich versuchte, am Hinterteil einer Afghanin hochzuspringen. Die Afghanin trug ein Strass besetztes Halsband. Daran hing eine Leine, an der wiederum ein verzweifelt zerrendes Frauchen.

»Weg da!«, entrüstete sie sich an die Adresse des dreisten Dackels. »Geh weg, du böser Hund. Pfui!«

Die Zeit verstrich langsam. Ich spazierte über den Rasen des Platzes. Es war jetzt fast zehn.

Um Punkt zehn stand ich vor der Tür und läutete.

Frau Maiwald öffnete. Erst einen Spalt, dann ganz.

»Grüß Gott, Frau Maiwald. Ich bin Ludwig Fendt. Wir haben gestern telefoniert.«

»Kommen Sie rein!«

Ich hatte kurz meine Hand ausgestreckt, sie dann aber wieder eingezogen, als ich merkte, dass sie keine Anstalten machte, danach zu greifen.

Sie wandte sich um, ging ein paar Schritte zurück in die Diele und schien einfach vorauszusetzen, dass ich ihr folgen und die Tür hinter mir schließen würde. Das tat ich auch.

Ich fragte mich, wie man lernen sollte, ohne Vorurteile zu sein, wenn sie sich so bestätigten. Frau Mathilde Maiwald sah aus, wie ich sie mir vorgestellt hatte. Nicht in jedem Detail ihres Äußeren. Soweit hatte ich meine Vorstellung von ihr nicht galoppieren lassen. Aber in ihrem Auftreten, ihrer Persönlichkeit. Sie war unangenehm aristokratisch. Sie erinnerte mich an die Böse in *101 Dalmatiner*. Mir war entfallen, wie sie hieß.

Mathilde Maiwald war groß, sehr schlank. Die grauen Haare hochgesteckt. Sie trug lange schmale Hosen, hohe Pumps. Ich fragte mich, ob sie die auch als Hausschuhe trug oder lediglich, wenn Besuch kam.

»Ich empfange Sie nur, weil Susan mich so inständig darum gebeten hat. Ich persönlich sehe überhaupt keinen Sinn darin.«

Wir standen in einer geräumigen hellen Diele, alles weiß, was das Auge sehen konnte. Die Wände, die Garderobe, ein Einbauschrank, dessen grifflose Türen kaum zu erkennen waren. Zwei Sessel, ebenfalls weiß bezogen. So weiß, dass nur wenige Hintern in ihnen gesessen sein konnten. Aber vermutlich wurden auch die wenigstens Gäste in der Diele abgespeist.

Mathilde Maiwald nestelte an ihrer Brille und sah mich fragend an. Ich war in der Bringschuld.

»Sie sehen persönlich keinen Sinn darin, Ihre Tochter zu suchen?«

»Nein.«

Sie setzte sich in einen der beiden Sessel und deutete auf den anderen. Ich setzte mich auch.

»Können Sie mir das bitte erklären, Frau Maiwald? Ihre Tochter ist verschwunden. Ist einfach zu einer Verabredung mit Ihrer Enkelin nicht erschienen und seitdem nicht mehr aufgetaucht. Halten Sie das nicht für einen Grund, sich Sorgen zu machen?«

Sie betrachtete mich argwöhnisch.

»Glauben Sie auch, dass man sie suchen muss oder ziehen Sie Susan einfach das Geld aus der Tasche, Herr … wie war noch der Name?«

»Fendt. Nein, ich ziehe niemandem das Geld aus der Tasche. Ich werde bezahlt für meine Arbeit.«

»Von Susan wahrscheinlich fürstlich! Aber es gibt keinen Grund, Anja zu suchen.«

Mathilde Maiwald rückte wieder ihre Brille zurecht, diesmal mit einer entschiedenen Bewegung, als wollte sie sagen, dass ihrer Meinung nach alles Sagenswerte gesagt sei.

»Wenn Sie da so sicher sind, dann wäre es nett, wenn ich den Grund dafür erfahren könnte, Frau Maiwald.«

Ich hatte beschlossen, mich hier nicht von einer Geste davonjagen zu lassen. Mathilde Maiwald schien gewohnt zu sein, dass eine subtile Andeutung einer Beendigung des Gesprächs genügen müsste, damit ich aufstünde und mich höflich verabschiedete. Ich sah Ärger in ihrem noblen kontrollierten Gesicht.

Und ich blieb sitzen.

»Ich spreche schon mit der Mutter von Anja Maiwald, oder? Sie sind nicht etwa eine entfernte Großtante?«

»Was erlauben Sie sich!«, fuhr sie mich an. »Unterstellen Sie mir Gefühlskälte?«

»Nicht generell, Frau Maiwald! Darf ich raten? Sie haben einen Hund. Ich vermute, einen kleinen. Der wird getragen, sollten Sie jemals mit der U-Bahn gefahren sein, damit er sich in der Rolltreppe kein Pfötchen klemmt. Und im Winter kriegt er ein Jäckchen, und wenn er einmal sein Näpfchen nicht leer schleckt, kriegt er einen Termin beim Tierarzt. Oder beim Veterinär-Heilpraktiker.«

»Machen Sie, dass Sie hinauskommen!«, schrie sie mich an, und jetzt erhob ich mich wirklich.

»Sie haben überhaupt keine Ahnung!« Ein rauer Bass wehte um die Ecke, dann schob sich ein Mann hinterher. Herr Maiwald. Groß, gewichtig, und eine stimmliche Autorität. Er war auf eine völlig andere Art imposant als seine Frau. Sie war schmal und gefasst und kontrolliert, er mächtig, ausufernd, barock und laut.

Er bedeutete mir, mich wieder zu setzen, und sprach weiter: »Mathilde! Alles, was er von uns weiß oder zu wissen glaubt, hat er von Susan.«

Und dann zu mir: »Eine Sache müssen wir unbedingt klarstellen. Wir lieben unsere Tochter. Wir haben sie immer geliebt. Anja war das nie genug. Wir haben getan, was wir konnten. Aber natürlich sind wir keine Eltern gewesen, die von morgens bis abends ihr Kind betüdeln konnten. Anja hatte es immer gut. Wir hatten ein wunderbares Mädchen für den Haushalt, eine Perle. Sie hat sich rührend gekümmert.«

Mathilde Maiwald schien sich auch wieder etwas beruhigt zu haben.

»Und das Kind war immer undankbar, aufsässig.«

Ich merkte, dass es das Beste für mich war, jetzt ganz ruhig zu sein. Die beiden hatten begonnen, auf Stichworte des andern zu reagieren. Ein gegenseitiges Versichern, eine Reinwaschung, und ich durfte Zeuge sein.

»Wissen Sie …« Wieder der Bass. »Bekanntheit, Ruf, Wohlstand sind Privilegien. Aber auch eine Verantwortung.«

»Ich verstehe«, sagte ich.

»Sie verstehen gar nichts«, sagte Mathilde Maiwald. Sie fand zu ihrer aggressiven Grundstimmung zurück. »Wir können uns vielleicht mehr leisten als andere. Aber wir können uns nicht leisten, uns zu benehmen wie Proleten.«

Gerade wollte ich fragen, was sie damit meinte. Doch Herr Maiwald hatte den Ball schon aufgefangen.

»Noch nicht mal in der Pubertät, da ist die Göre schon ausgebüchst. Unser geregeltes Leben hier war der jungen Mademoiselle nicht aufregend genug. Sie musste sich im Englischen Garten von ein paar drogensüchtigen Hippies auflesen und dann von der Polizei aufgreifen lassen. Tagelang vermisst und dann sowas. Was glauben Sie, was wir uns anhören mussten! Was unsere Bekannten von uns gedacht haben! Verwahrlostes Kind! Und das ist alles auf uns zurück gefallen. Da gab's dann Leute, die haben sich rar gemacht. Haben uns gemieden. Nicht mehr eingeladen. Einladungen abgelehnt mit fadenscheinigen Gründen.«

Frau Maiwald half: »Und ein paar Jahre später war sie schwanger. Wir haben alle Hebel in Bewegung gesetzt, um ihr zu helfen, aber sie wollte es haben. Bringt uns einen Bankert ins Haus. Vater gab's keinen. Wir mussten sie verstecken, wenn wir einen unserer Abende gaben. Eine Weile hat das funktioniert. Wissen Sie, wie sie uns das gedankt hat? Kam eines Abends mit dem schreienden Kind mitten in unsere Gästegesellschaft. Das war so unsäglich peinlich. Und dann setzt sie sich in eine Ecke, holt eine Brust raus und stillt. Und kurz drauf war sie verschwunden. Ließ uns mit dem Kind allein. Irgendwann nach Jahren ist sie wieder aufgetaucht, hat die Kleine eingepackt, und das war's dann. Kein Dankeschön, keine Entschuldigung, keine Erklärung.«

Ich wollte nur noch weg. Raus aus diesem Haus. In mir kochte eine heilige Wut. Wie konnte ein Kind mit oder unter diesen Menschen aufwachsen? Ich dachte an Anja Maiwald, die ich nicht kannte. Ich dachte an Susan. Ich hätte heulen können oder schießen, wenn ich bewaffnet gewesen wäre. Dann dachte ich an Ines, und das half ein wenig.

Weitere Fragen hatte ich nicht. Die beiden wussten nicht das Geringste von Anja Maiwalds Leben. Ich stand auf und ging. Den Weg hinaus fand ich selbst.

VII

Sie lag wach auf dem Bett. Noch war Nacht. Sie wollte nichts sehen. Die Dunkelheit gab ihr etwas Ruhe.

Ihre Gedanken waberten durch ihren Verstand. Sie musste sie ordnen. Sie musste verstehen, nur dann konnte alles, was sie tat oder nicht tat, irgendeinen Sinn machen.

Warum war sie hier? Warum hatte er sie entführt und hier eingesperrt?

Sie ahnte, dass es falsch war, ein klares Ziel und eine Strategie zu vermuten. Er war zerrissen, und das machte ihn gefährlich. Sie versuchte, sich alles zu verdeutlichen, was sie über ihn wusste. Viel war das nicht. Nie hätte sie geahnt, dass solche für ihn selbst unbeherrschbaren Kräfte in ihm tobten. Seine Mutter war der Schlüssel zu allem. Sie hielt ihn gefangen. Er war beherrscht von ihr. Missbraucht in seiner wachsenden Sexualität. Vielleicht hatte er sein Leben lang um Freiheit von ihr gekämpft. Vielleicht hatte sein Geist diesen Kampf aufgegeben. Er fügte sich. Ging zurück zu ihr. Ergab sich den Gefühlen, die in ihm schlummerten. Zurück zu seiner Mutter. Das war ihre Rolle, die Rolle, die er ihr zugedacht hatte in seinem Wahn.

Doch er war nicht verrückt. Er wusste um seine Gefangenschaft. Verachtete sich dafür, hasste sich. Und das ließ er an ihr aus. Als wäre sie schuld daran, dass er nie mehr in seinem Leben zurückfinden würde in diese kranke Geborgenheit. Es sei denn, er würde sich vollkommen darin verlieren.

Sie lag ganz still, atmete ruhig. Was geschah draußen in der Welt? Man würde sie suchen. Susan hatte auf sie gewartet. Erst ungeduldig, dann verärgert. Dann musste sie sich Sorgen gemacht haben, gefragt, gesucht, telefoniert. Irgendwann war sie sicher zur Polizei gegangen. Bestimmt suchte man sie.

Und hier drinnen? Vielleicht war sie nicht so machtlos, wie sie dachte. Er war ein Spielball der Kräfte, die in ihm wüteten. Wenn sie das Spiel verstand? Vielleicht bestand dann eine Chance, nicht mehr nur hilfloses Opfer zu sein. Aber es würde ein gefährliches Spiel sein.

11

Kommissar Mutzer war bereit, mich zu empfangen.

Als ich im Revier angerufen hatte, mich vorgestellt, darum gebeten hatte, mit dem Kollegen verbunden zu werden, der die Vermisstenanzeige von Susan Maiwald bearbeitet hatte, war ich alles andere als überzeugt gewesen, irgendwohin zu gelangen. Bestenfalls zu einem höflichen Verweis auf den Datenschutz. Vielleicht auch zu ein paar herablassenden Kommentaren zu meinem Beruf.

Aber ich wurde tatsächlich weitergereicht. Nicht direkt zu Kommissar Mutzer, aber schon mal in seine Nähe. Mehrmaliges Vorstellen meiner Person, wiederholtes Vortragen meines Anliegens, jede Menge Geduld, bereitwilliges Antworten auf Nachfragen, und schon sprach ich mit Hauptkommissar Mutzer vom Polizeirevier in der Ettstraße.

»Ich erinnere mich an diese Frau. Sie hat ihre Mutter als vermisst gemeldet.«

»Genauso ist es«, antwortete ich. »Deshalb würde ich gern mit Ihnen sprechen.«

Hauptkommissar Mutzer war erstens gerade zu beschäftigt, zweitens auch nicht willig, am Telefon darüber Auskünfte zu geben. Aber ich hatte einen Termin. Morgen früh!

Ich hielt die Taxischicht kurz, lag um drei im Bett, verzichtete auf mein mitternächtliches Treffen mit Hans. Trotzdem war früh aufstehen nicht mein Ding. Aber Mutzer hatte mir keine Alternativtermine angeboten.

Im Revier angekommen, hatte ich ein paar Klingelknöpfe zu drücken und zu warten, bis Türen summten. Dann stand ich an einem Tresen und wurde nicht beachtet.

»Ich habe einen Termin mit Kommissar Mutzer«, unterbrach ich einen jugendlichen Grünspecht bei der Aufnahme eines Protokolls über ein gestohlenes Fahrrad.

»Werden Sie es wiederfinden?«, fragte die junge Mutter hoffnungsvoll und wippte ein plärrendes Junges auf der linken Schulter. Das Junge krähte weiter, der Grünspecht schielte entnervt zu einem grinsenden Kollegen.

»Durch diese Tür, den Gang nach links, dritte Tür rechts«, erklärte er mir.

»Alter, Marke, Farbe, irgendwelche Aufschriften oder Besonderheiten?«, fragte er die junge Mutter und glotzte ihr auf die vollgesabberte Bluse.

Die Tür summte, ich zog sie auf, ging den Gang nach links und durch die dritte Tür rechts.

Hauptkommissar Mutzer war eine enorm stattliche Erscheinung. Glatze, Dreitagebart, ein kolossaler Bauch und ein neugieriger Blick.

Er saß an einem Schreibtisch, bot mir einen Stuhl an, ließ mich mein Anliegen vortragen und hörte interessiert zu. Dann hievte er sich in die Höhe, wandte sich zu einem Tisch, auf dem eine Kanne und Tassen standen, schenkte sich ein und mir einen fragenden Blick. Ich nickte.

Wir saßen uns wieder gegenüber, nun mit Kaffee.

»Interessant!«, sagte er. »Ich habe mich schon gefragt, ob und wie diese Sache weitergehen würde. Deshalb habe ich Ihnen auch einen Termin gegeben. Mir ist diese junge Frau nicht aus dem Kopf gegangen. Normalerweise stehe ich für Auskünfte dieser Art an private Ermittler nicht zur Verfügung.«

»Da habe ich ja Glück gehabt. Aber jetzt wo ich schon hier bin, wüsste ich gern, was genau Sie interessant finden, Herr Mutzer.«

Er lächelte vor sich hin, kratzte sich an seinem stoppeligen Kinn.

»Ich bin aus dieser Frau nicht wirklich schlau geworden.«

»Sie meinen Susan Maiwald.«

»Ja, Susan Maiwald, die Tochter. Ich hab mir vorhin das Protokoll nochmal angeschaut. Das wirklich Interessante steht da nicht drin.«

Und dann erzählte er, dass Susan zwar vom Verschwinden der Mutter geredet, aber auf Nachfragen bereitwillig eingeräumt habe, dass es nicht das erste Mal war. Anja Maiwald sei öfter mal einfach so für ein paar Tage verschwunden, auch als Susan noch kleiner gewesen war. Dass es diesmal anders war, würde sie »fühlen«. Sie hätten die übliche Routine ablaufen lassen. Mehr nicht.

»Und was ist nun das, was Sie besonders interessant finden?«

»Die Art, wie sie das vorgebracht hat. Sie wirkte einerseits völlig aufgelöst, verzweifelt, andererseits lieferte sie uns bereitwillig und weitgehend ungefragt die Argumente, die dafür sprachen, dass die Mutter einfach wieder mal abgetaucht war.«

»Und haben Sie das irgendwie interpretiert?«, fragte ich. »Haben Sie ihr geglaubt oder nicht?«

»Ich war mir nicht sicher. Dass sie uns die Gründe, nicht von einer Entführung auszugehen, geradezu vor die Nase gelegt hat, war seltsam. Fast so, als wäre die ganze versuchte Vermisstenmeldung eine Alibi-Aktion. Andererseits … Dass sie jetzt einen Privatdetektiv engagiert hat, spricht jedenfalls dafür, dass sie sich ernsthaft Sorgen macht. Sie machen den Job ja auch nicht umsonst. Die Mutter ist also immer noch nicht aufgetaucht?«

»Nein.«

»Und Sie glauben dem Mädchen?«

»Ich glaube ihr, dass sie an ein Verschwinden ihrer Mutter glaubt. Und zwar an kein freiwilliges. Und ich glaube ihr die Sorgen und die Angst.«

»Ich verstehe«, meinte Mutzer. »Genauso ging es mir. Der Unterschied ist, dass das bei Ihnen für Recherchen reicht, solange Sie bezahlt werden. Bei uns hier ist das anders. Wir brauchen schon den Glauben an den Sachverhalt.«

»Den brauche ich auch«, erklärte ich ihm. »Ich will nicht an den Gefühlen dieses Mädchens verdienen, wenn ich nicht zumindest an die Möglichkeit glaube, dass da etwas Reales dahinter steckt.«

»Das ehrt Sie, Herr Fendt«, meinte er nachdenklich und strich sich wieder die Stoppeln. Die Geste schien zu seinem Denken zu gehören. »Und das ist der Grund dafür, dass Sie mich aufgesucht haben? Sie wollten wissen, wie ich darüber denke.«

Ich nickte.

»Ich würde sie an Ihrer Stelle suchen. Das Mädchen ist keine Spinnerin.«

»Ich habe einen Bekannten, der ist der Meinung, die Kleine wünscht sich einfach so sehr, dass ihre Mutter sich nicht schon wieder freiwillig und egoistisch aus ihrem Leben verabschiedet hat, dass sie einfach an etwas Gewaltsames glauben will.«

»Ist Ihr Bekannter Psychologe?«

»Er ist Taxifahrer wie ich.«

»Ich dachte, Sie sind Detektiv?«

»Derzeit bin ich beides.«

»Aha. Na, vielleicht hat Ihr Kollege Recht. Vielleicht aber auch nicht. Ich kann Ihnen nicht weiter helfen, Herr Fendt. Tun Sie mir bitte einen Gefallen! Sozusagen als Gegenleistung für meine wertvolle Zeit.«

»Nämlich?«

»Sollte Ihnen irgendetwas begegnen, das mich als Polizist interessieren könnte, rufen Sie mich an!«

Er streckte mir eine Visitenkarte entgegen und stand auf. Der Kaffee war auch ausgetrunken.

12

Auf der Eisbachbrücke stand eine Menschentraube und beobachtete das Spektakel der Surfer, die in ihren schwarzen Gummianzügen auf einer Welle von einem Ufer des reißenden Bachs zum anderen und zurück ritten.

Jogger in Shorts, die aus dem Englischen Garten kamen, blickten über das eiserne Geländer hinunter zu der Dauerwelle, ebenso ein paar Besucher der Ausstellung im Haus der Kunst nebenan im längeren Beinkleid.

Ich blieb nicht stehen. Ich ging über die Brücke zum Eingang des Sportplatzes, in dem ich schon als junger Kerl im Gymnasium Sportunterricht gehabt hatte, manchmal Leichtathletik, lieber Fußball. Ich war schneller mit Ball als ohne.

Wie Susan Maiwald mir erzählt hatte, traf sich dort die Laufgruppe, an der ihre Mutter und Mike teilgenommen hatten. Bei einem Grillabend der Gruppe waren Susan und Mike sich zum ersten Mal begegnet.

Zwei Damen in den Vierzigern standen am Eingang der Sportanlage, die Gruppe schien geschmolzen zu sein. Susan hatte von mehreren gesprochen. Nicht nur Anja und Mike fehlten.

Die eine der beiden war klein und drahtig, wie man sich eine Langstreckenläuferin vorstellt. Sehr kurzes bereits ergrauendes Haar, blaue Augen, runde Brille, gebräunt und faltenreich, die andere groß, langes blondes Haar zum Pferdeschwanz gezurrt, etwas übergewichtig, sodass man ihr raten würde, erst mal mit Walken anzufangen.

Sie sahen mich zielstrebig auf sich zukommen, unterbrachen ihr Gespräch und blickten mich neugierig an.

Ich stellte mich vor, erklärte ihnen, dass Susan Maiwald mich damit beauftragt hatte, ihre Mutter zu suchen. Sie waren voller Mitgefühl.

»Du lieber Himmel! Die arme Anja. Und das Mädchen, das arme. Das muss ja umkommen vor Sorge!«

Die festere der beiden schien besonders mitfühlend. Sie begann, mich mit Fragen zu bewerfen.

»Seit wann ist sie verschwunden? Um Gottes Willen, sucht die Polizei? Warum nicht, das ist ja unerhört … « und immer wieder »Das arme Mädchen!«

Die andere, die kleinere, lauschte aufmerksam. Dann stellte sie sich und ihre Freundin vor. Martina Hellwig, das war sie, und Vroni Bergmann, Gründerinnen der Laufgruppe. Sie bereiteten sich auf einen Halbmarathon vor. Nur so zum Spaß. Nur für die Fitness. Eine dritte war verreist, ein älterer Herr krank. Etwas Ernsteres, aber darüber wolle sie sich nicht weiter auslassen, bemerkte sie taktvoll, ohne dass ich gefragt hätte. Und dann gehörten natürlich Anja dazu und Mike, der als letzter hinzugekommen war.

Mein Stichwort. Genau das wollte ich wissen. Wann war Mike zu der Läufergruppe gekommen? Und wie und warum?

Die festere, Vroni: »Eines Nachmittags war er mit Anja gekommen. Kannte sie aus dem Hotel. Ein bisschen Frischfleisch kann uns alten Damen nicht schaden, sagten wir. Warnten ihn aber, dass es bei uns nicht so professionell zuging. Für uns war der Weg das Ziel, erklärten wir ihm. Er fand das gut.«

»Und wie haben er und Susan sich kennengelernt?«, fragte ich, obwohl ich von dem Grillfest wusste. Aber ich war interessiert an ihrer Perspektive.

Vroni war die deutlich mitteilsamere der beiden.

»Ja, das war komisch. Ein sehr seltsamer Abend, stimmt's, Tina?«

»Stimmt«, meinte Tina.

»Wir hatten eine kleine Feier«, fuhr Vroni fort. »Hier drüben auf der Veranda vor den Umkleiden und den Duschen.«

Sie zeigte mit dem Finger auf den Ort.

»Da kann man gemütlich sitzen. Der Platzwart hat Bierbänke und Tische besorgt und einen Grill und was man sonst so braucht. Und wir Essen und Trinken. Anja brachte ihre Tochter mit und Susan und Mike waren sofort ein Herz und eine Seele. Mike hat sie angeflirtet, was das Zeug hielt. Wich ihr den ganzen Abend nicht von der Seite.«

»Und was ist daran so komisch? Susan ist eine fesche junge Frau«, fragte ich.

Zu diesem Thema hatte auch Martina etwas zu sagen.

»Nein, das war nicht komisch. Komisch war, wie penetrant der junge Kerl bis zu diesem Abend Anja den Hof gemacht hatte. Und zwar derart heftig, dass es sogar Anja zu viel wurde. Für uns anderen war es manchmal peinlich, das mit anzusehen. Er ließ sich beim Laufen zurückfallen, wenn Anja langsamer wurde. Hatte immer eine Extra Flasche Schorle für sie dabei, lachte sie an, war geballte Aufmerksamkeit, wenn Anja sprach. Seine Augen wichen nie von ihr.«

»Anja war es peinlich vor uns, aber es gefiel ihr auch«, meldete sich Vroni wieder.

»Sie ist sowas wie ein reif gewordenes Prinzesschen. Steht gern im Mittelpunkt. Liebt Komplimente, holt sie sich, wenn sie nicht von selbst eintreffen. Und Mike hat sie ihr geliefert bis zu diesem Abend. Dann gab es für ihn nur noch Susan.«

Was erfuhr ich da gerade? Ich versuchte, mir einen Reim auf diese Geschichte zu machen, während ich zuhörte.

Anja und Mike kannten sich aus dem Hotel, in dem sie beide jobbten. Der junge Kerl machte in ihrer Läufergruppe mit. Alle anderen doppelt so alt wie er oder älter. Er trabte mit Leuten durch den Englischen Garten, die in seinen Augen Grufties sein mussten. Er machte einer Frau so aufdringlich den Hof, dass es den anderen schon auf die Nerven ging, und auf einmal war Schluss damit. Susan war über ihn hereingebrochen, und seine Hormone schwirrten wieder in seiner eigenen Generation herum.

»Welche Jobs hatten denn die beiden in dem Hotel?«, fragte ich die Schlanke. Sie schien mir etwas sachlicher und weniger pathetisch.

»Viel haben sie beide nicht darüber geredet. Wenn ich mich recht erinnere, hat Mike dort als Nachtportier gejobbt. Das ließ ihm Zeit zum Schreiben, Lesen, Lernen, was auch immer, meinte er. Und Anja erzählte von kulturellen Führungen, Übersetzungen, Begleitungen.«

»Begleitungen?«

»Ja. Begleitungen. Ich weiß, was Sie jetzt denken.«

13

Hans und ich schafften es meistens, einigermaßen pünktlich zu sein, selbst wenn wir uns in weit voneinander entfernten Stadtteilen Münchens herumtrieben. Unsere Mitternachtstreffen waren uns wichtig. Dafür ließen wir auch mal winkende Fahrgäste stehen. Sogar im Regen.

Wir kauten auf unserer Pizza herum, wie meistens Funghi und scharfe Salami, tranken unsere alkfreien Weißbiere und sprachen mit vollen Mündern.

»Also ich fass mal zusammen«, meinte er. »Du musst ein bisschen Struktur in das Chaos bringen! Die Mutter ist verschwunden. Taucht einfach bei der Verabredung nicht auf. Das Mädchen geht zur Polizei. Gibt eine Vermisstenanzeige auf, aber erklärt gleichzeitig, dass ihre Mama das öfter macht, und unter diesen Vorzeichen starten die natürlich keine große Ermittlung. Richtig bis dahin?«

»Absolut richtig.«

»Und dann hast du angefangen, Bekanntschaft und Verwandtschaft abzugrasen.«

»Genau. Ich war bei den Eltern, ich war bei Anja Maiwalds Läufergruppe und als Nächstes werde ich an ihren Arbeitsplatz ins Hotel gehen.«

»Sehr gut! So ermittelt man, Ludwig. Genau so. Systematisch. Du machst das prima!«

»Ich bedanke mich ganz herzlich für deine anerkennenden Worte, Hans. Fühl mich geschmeichelt.«

»Kannst du auch«, sagte er grinsend und kauend. »Ich bin kein notorischer Bauchpinsler. Zurück zu deinen Recherchen. Dieser Mike ist liiert mit deiner Auftraggeberin. Davor war er ein Kollege ihrer Mutter im Hotel und Mitläufer in ihrer Sportgruppe. Außerdem junger und feuriger Verehrer der verschwundenen Mama seiner jetzigen Holden. Ein toller Bursche.«

»Aus der Rolle oder den Rollen von diesem Mike bin ich noch nicht schlau geworden.«

»Und wann hast du vor, den mal persönlich heimzusuchen?«

»Bald. Aber ich will erst ins Hotel, damit ich schon ein paar Infos habe, bevor ich mit meinen Fragen aufkreuze. Sonst kann er mir ja alles erzählen.«

Hans dachte nach. Wenn Hans nachdachte, strahlte er ein derartig heftiges »Stör mich jetzt bloß nicht!« aus, dass man ihn in Ruhe ließ. Seine Stirn wurde faltig, sein Blick leer und in die Ferne gerichtet, und keine noch so geschäftstüchtige Bedienung wagte es, ihn zu fragen, ob er noch ein Bier wolle.

Ich kannte das und verhielt mich ruhig, bis wieder Leben in seine Augen eingekehrt war. Er bestellte uns noch zwei Bier, schaute mich mit seinem »Nun los, frag mich schon!«-Blick an und lehnte sich zurück.

»Was denkst du?«, fragte ich so allgemein wie möglich, um das Spektrum seiner Ansichten nicht schon mit meinen Fragen einzuengen.

»Du willst meine ehrliche Meinung?«

»Ich bitte darum.«

»Mir ist das alles ein Rätsel. Dieser Typ Mike ist vollkommen im Dunkeln für mich. Die Vermisstenanzeige ist vorsichtig ausgedrückt eigenartig. Und die Maiwald ist höchstwahrscheinlich irgendwo mit einem Lover abgetaucht. Also Finger weg!«

»Ines würde mich mit dem Arsch nicht mehr anschauen!«

»Ines? Was hat Ines damit zu tun?«

Hans wirkte überrascht, und ich war gelinde gesagt erstaunt. Nicht über die Frage, sondern darüber, wie unwirsch sie daherkam.

»Ines hat Susan Maiwald auch kennengelernt. Hab ich dir das nicht erzählt? Sie fand sie zuerst ziemlich bescheuert. Einfach nicht der Typ, den man als kleines Punkermädchen auf Anhieb mag. Aber sie hat ihr ihre Besorgnis und ihre Not abgenommen. Und mein Mädchen hat ein großes Herz! Übrigens ist Ines bei mir eingezogen.«

»Ist nicht dein Ernst?«

»Klar ist das mein Ernst.«

»Will sie jetzt beides? Bei Bedarf Mama und Vorstadt und Garten mit Pool und die Innenstadtbude, wenn's mal spät wird? Und du machst da mit? Räumst brav wieder dein Schlafzimmer? Ludwig, du bist nicht mehr zu retten!«

Ich fühlte mich in der Defensive. Selbstverständlich hatte er Recht, selbstverständlich hatte er nicht den Hauch einer Ahnung, und selbstverständlich würde ich ihm nicht auf die Nase binden, dass ich vorübergehend seine Auffassung geteilt hatte. Hans schwieg und trank. Dann sprach er weiter: »Ines hat bestimmt ein großes Herz. Sie hat aber auch fundierte Kenntnisse darüber, wie sie ihren Vater um den Finger wickeln kann.«

»Wie meinst du das?«

»So, wie ich es sage.«

»Also jetzt mal langsam! Ich bin bestimmt nicht der einzige Vater, den seine Tochter um den Finger wickeln kann. Wenn du selber eine hättest, wüsstest du das.«

»Zweierlei!« sagte Hans und beugte sich etwas vor, um leiser sprechen zu können. »Erstens sollten dir Ines' Gefühle nicht gar so wichtig sein bei der Entscheidung, ob du diesen Auftrag fortführst. Schalt dein Hirn ein! Nichts, aber schon überhaupt nichts spricht für eine Entführung oder irgendeine Art von Verbrechen. Nichts außer der Phantasie dieser jungen Tussi. Und du willst dich vor diesen Karren spannen lassen! Den Kasperl machen!«

»Ok«, antwortete ich und beugte mich ihm entgegen. »Ich sag dir mal was, du Klugscheißer. Wenn ich wirklich überzeugt davon wäre, dass an der Geschichte nichts dran ist, würde ich es lassen. Auch wenn die Tussi mich gut bezahlt. Leider hab ich nicht deinen messerscharfen Verstand und deine detektivische Erfahrung. Und zweitens?«

»Sei mal nicht gleich eingeschnappt. Du wolltest meine Meinung. Was ist mit zweitens?«

»Du sagtest zweierlei, und bisher kam nur einerlei!«

»Ach ja, richtig. Du sagst zwar, dass ich keine Tochter habe und darum keine Ahnung. Aber wenn ich mich recht erinnere, ist deine Kleine ganz brav unter der Obhut der Mama in die Vorstadt gezogen. Und das, obwohl du ihr angeboten hattest, bei dir wohnen zu bleiben. Vielleicht sogar ein bisschen mehr als angeboten.«

»Stimmt. Ja und? Das war damals ihre Entscheidung. Es war schwer für sie. Soll ich jetzt einen auf beleidigt machen? Du musst mich nicht auf den Weg der Emanzipation von meinem Kind führen. Ich bin für

Ines da und zwar gern. Und klar stresst es mich, mein zusätzliches Zimmer wieder aufzugeben. Aber der Gedanke, mit ihr auf einer anderen Basis zusammenzuleben, gefällt mir. Ich versorge sie nicht mehr. Sie hat es satt da draußen in Solln, kommt mit meinem Nachfolger nicht klar, sie mag mit ihrem Freund noch nicht zusammenziehen. Was ist falsch daran, ihr zu helfen? Vielleicht auch mal ein Opfer zu bringen?«

Wie heftig die beiden Seiten unseres Disputs in mir gestritten hatten, dass meine erste Regung nach Ines' Bitte seiner sehr ähnlich gewesen war, musste Hans nicht wissen. Zumindest nicht jetzt.

»Vielleicht hast du Recht«, meinte er etwas reumütig. »Vielleicht quatsch ich wirklich nur so, weil ich keine Kinder habe. Vielleicht bin ich sogar neidisch. Und deine Ines ist ein tolles Mädel.«

»Na also. Dann sind wir uns doch einig.«

Wir zahlten. Die meisten Taxler machten nicht länger als eine halbe Stunde Mitternachtspause. Sie wollten schließlich Geld verdienen. Ich begleitete Hans zu seinem Wagen. Der Weg war kurz, weil er wie immer auf dem Gehsteig vor dem Lokal parkte. Wir nahmen uns kurz in den Arm.

»Du hältst mich weiter auf dem Laufenden, oder?« fragte er.

»Klar!«

VIII

»Tut mir leid, dass ich garstig war zu dir.«

Sie saßen nebeneinander auf dem Bett, und er tat zerknirscht. Zuckerbrot und Peitsche, dachte sie, allerdings eher intuitiv als geplant. Er hatte nicht alles unter Kontrolle, vor allen Dingen sich selbst nicht. Und sie war nicht zu seinem Vergnügen hier. Sie war hier, weil er sie brauchte.

»Aber irgendjemand muss hier ab und zu sauber machen.«

Er versuchte ein Lachen. Ließ ihr Zeit für ihres, das nicht kam. Dann seine Hand. Der Arm schlang sich um sie, die Hand legte sich auf ihren Rücken, tastete sich an den Wirbeln nach unten. Ein leiser Druck bedeutete ihr, nachzugeben, zuzulassen, dass ihr Oberkörper an seinen sank. Sie ließ es nicht zu.

»Erzähl mir von deiner Mutter!«, forderte sie ihn auf. Sie versuchte, es wie eine ältere Freundin, wie eine Vertraute zu sagen, nicht als Opfer und schon gar nicht als die, die sie für ihn sein sollte.

Wenn ich es schaffe, mit ihm über seine Mutter zu sprechen, kann er mich nicht zu ihr machen, dachte sie, hoffte sie.

Ihr Plan war so schlüssig, so klar, so durchschaubar. Er sabotierte ihn. Zog sie auf eine Ebene, die sie auf gar keinen Fall mehr betreten wollte.

»Du bist ihr so ähnlich«, antwortete er. »Die gleichen Haare«, und er griff nach ihnen und ließ eine lange Strähne durch seine Finger gleiten.

»Ein ebenso schönes Gesicht.« Und sein Handrücken glitt über ihre Wange.

»Mach nicht weiter!«, schrie sie innerlich.

Sein Daumen strich über ihre Lippen.

»Weißt du, ich muss nur meine Augen schließen, und du bist sie.«

»Dann lass sie offen!« Dieser Satz entkam ihr laut. Er hatte sich nicht zurückhalten lassen, und er ließ sich nun auch nicht wieder einfangen. Zu spät. Nun war es egal.

»Ich bin nicht deine Mutter!«, schrie sie. »Ich bin nicht deine gottverdammte Mutter. Ich werde sie auch nie sein, und wenn du mich hier noch so lang gefangen hältst. Geh zum Psychiater! Lass dich behandeln!«

Er schlug zu. Zwei Mal, drei Mal. In ihr Gesicht. Nicht fest, nicht unbeherrscht, sondern weil er die Machtverhältnisse zwischen ihnen klarstellen wollte. Du bist das, was ich will, sollten ihr die Schläge zeigen. Das verstand sie. Ihre Wangen brannten. Mit dem letzten Schlag hatte er einen Nebel von ihrem Gedächtnis vertrieben. Sie erinnerte sich, wie schockiert sie gewesen war, als sie erfahren hatte, dass seine Mutter sich umgebracht hatte. Der arme Junge, wie kann er denn damit leben! Das war ihre Reaktion gewesen. Wieso hatte sie das vergessen?

»Deine Mutter ist tot!«, schrie sie ihm mitten ins Gesicht. Mitten in sein wütendes, staunendes Gesicht.

»Tot! Geht das nicht rein in deinen kranken Kopf? Sie hat sich umgebracht. Warum? Sag es mir! Sag mir, warum sie sich umgebracht hat!«

»Sei still!«, sagte er leise. Bedrohlich leise, aber sie war viel zu aufgebracht, um die Gefahr hören zu können.

»Ich weiß, warum sie sich umgebracht hat. Weil sie es nicht mit ansehen konnte, was aus dir geworden ist. Was sie aus dir gemacht hat.«

Sie fiel zurück aufs Bett. Erschöpft. Vielleicht war sie zu weit gegangen. Nicht wehrlos wirken, das wollte sie doch. Aber sie wollte kein verletztes Raubtier aus ihm machen.

»Lass dir helfen. Du bist doch ein netter Junge.«

Das war nicht gut. Das war plump. Das war kein Satz, der aus Mitgefühl entstanden war. Er musste das spüren. Sie wollte raus. Sie wollte nur weg aus dieser Hölle, aus diesem Wahnsinn.

Es war gut genug für den Moment.

Er stand auf und ging. Wandte sich nochmal um, bevor er den Raum verließ.

»Hast du eigentlich überhaupt nichts verstanden?«

»Erklär's mir! Erklär mir, was ich hätte verstehen sollen!«

Er schüttelte den Kopf.

»Bist du so dumm? So dumpf im Kopf, dass du nichts begreifst?«

Sie antwortete nicht. Ihre Bitte stand im Raum. »Erklär's mir!« Aber wollte sie wirklich alles wissen? Wollte sie wissen, was auf sie zukam? Welche Rolle Mikes kranker Kopf ihr zugedacht hatte? Und sich selbst?

»Du glaubst, du wirst hier eines Tages rausgehen und weiterleben und in Ruhe abwarten, bis das alles nur noch Erinnerung ist?«

Ja, das hoffte sie. Sie wünschte sich inständig, dass das alles nur ein grauenhafter Albtraum wäre. Ein realer, aber einer der vorüber ging. Sobald Mike erkannt hätte, dass es nicht funktionieren würde. Dass es nicht funktionieren konnte. Sie war nicht die, die er suchte und würde es nie sein.

»Es wird hier enden. Anja!«

14

Das Olymp war ein nobles Haus. Keines, in dem Promis und VIPs abstiegen, keines, vor dessen Tür Groupies auf Autogramme lauerten und die Stars durch Hintereingänge flohen. Kein Vier Jahreszeiten, kein Bayerischer Hof, aber kaum weniger teuer. Gebucht von Gästen, die den Dollar, den Rubel oder den Riad nicht umdrehen mussten und ihre Ruhe wollten.

Schön war es nicht. Es war bombastisch. Ich stand vor dem wohl protzigsten, geschmacklosesten Eingangsportal Münchens.

Ich stieg die Marmorstufen hinauf und durchschritt einen von mächtigen Säulen getragenen Bogen. Ein goldgerahmtes Schild erklärte, dass hier keine griechische Gottheit residierte, sondern dass es sich um ein Hotel für auserwählte Erdenbewohner handelte. Das Olymp. Eine Glastür schloss sich hinter mir, großflächig und unbefleckt, der Stolz eines täglich wienernden Trupps türkischer oder osteuropäischer Putzfrauen.

Die Dame an der Rezeption war blond und drall und etwa in meinem Alter, und sie saß hinter einer mächtigen Theke.

»Sie wünschen?«, kläffte sie mir freundlich, aber mit einer Attitüde von Macht und Autorität entgegen. Ich wunderte mich, denn ich hatte gedacht, dass Zerberus vor der Unterwelt wachte.

Sie nannte sich »Frau Kienast«. Das Namensschild prangte über ihrer rechten Brust, die gemeinsam mit der linken eine hautenge schwarze Bluse so dramatisch spannte, dass ich vorsichtig Abstand hielt.

Ich trug keinen Burnus, keinen Kaftan oder wie auch immer diese weißen Umhänge hießen, die rings um mich durch das Foyer schwebten, gefolgt von schwarzen verhüllten Damen. Das Olymp schien eines der Häuser zu sein, in denen sich der Hofstaat reicher Araber niederließ, wenn einer der ihren in einer renommierten Münchner Klinik behandelt wurde.

Ich trug auch keinen Maßanzug, ich zog nicht mal einen Samsonite-Koffer hinter mir her.

Frau Kienast sah auf den ersten Blick, dass von mir nicht viel zu erwarten war. Dass ich meine besten Sachen angezogen hatte, wusste sie nicht zu würdigen. Eine nagelneue sommerliche Hose, legeres Sakko, keine Krawatte, geputzte Schuhe. Eindruck machte ich damit nicht.

Dennoch erklärte ich, wer ich war, warum ich hier war, dass es um das Verschwinden ihrer Kollegin Anja Maiwald ging. Frau Kienast sah mich an wie einen sprechenden Pudel.

»Anja Maiwald? Kenn ich nicht.«

»Sie hat bis vor kurzem hier gearbeitet. Wahrscheinlich eher frei als angestellt«, erklärte ich ihr. Sie wirkte mäßig interessiert.

»Ich bin noch nicht lange da. Und auch nur zwei Mal die Woche. Tut mir leid, ich kann Ihnen da nicht weiterhelfen.«

Frau Kienast wandte mir ihre Rückseite zu, verschwand grußlos in einem Glaskasten hinter der Rezeption und machte sich an einem Computer zu schaffen. Ich war offensichtlich für sie nicht mehr da.

Wo fand ein Schnüffler wie ich in so einer Situation einen Griff oder Tritt, um weiter zu klettern an dieser steinernen Wand? Sie war glatt und steil, der Griff »Frau Kienast« abgebrochen und kein weiterer in Sicht. Die Krux war klar: Mir fehlte die Autorität von Amt und Uniform, und mir fehlte der Nimbus von Macht und Geld. Alles andere war für eine Frau Kienast nicht interessant.

»Was ist mit Anja?«

Ich drehte mich um. Hinter mir stand eine Frau mittleren Alters, also etwas jünger als ich. Beiges Kostümchen, schwarze Nylons, hohe Pumps, kurzes blondes Haar, rote Lippen und wache Augen.

Ich muss sie verwundert angesehen haben.

»Sie haben doch gerade die Kienast nach Anja gefragt?«

»Ja, kennen Sie Anja Maiwald?«

»Ich hab sie seit einer Weile nicht mehr gesehen. Was wollen Sie denn von ihr?« Sie sah mich neugierig an. »Vielleicht kann ich Ihnen helfen.«

»Sie ist verschwunden, und ich habe den Auftrag, sie zu finden. Wenn Sie mir helfen könnten …«

»Ach so. Ok. Ich mache in einer halben Stunde Schluss hier. Wenn Sie rausgehen und nach rechts, kommt nach ungefähr hundert Metern ein Café. Warten Sie dort auf mich!«

Sie drehte sich um, war mit ein paar raschen Schritten im Lift verschwunden. Die Tür schloss sich hinter ihr.

Ich dachte nicht lange nach, warf noch einen kurzen Blick auf Frau Kienast hinter der Glaswand, die nicht aufsah von ihrem Bildschirm, und verließ den Olymp.

Das Café hieß Höflinger. Von der Kette gab es einige in München. Ich setzte mich an einen Tisch am Fenster, von dem aus ich den Weg sah, den ich gekommen war, und bestellte einen Milchkaffee. Er wurde, wie ich gehofft hatte, mit einem Glas Wasser serviert, das ich mit einem Schluck hinunter schüttete. Die Luft im Olymp war trocken gewesen.

»Vielleicht kann ich Ihnen helfen?« hatte sie gesagt. Die Betonung nicht auf »helfen«, sondern auf dem »Ich«. »Ich« anstelle der abwesenden Anja Maiwald. Ich war gespannt.

Sie kam pünktlich. Ich sah sie auf mich zu stöckeln. Ihre Pumps waren beeindruckend hoch, aber sie wusste, wie man in solchen Schuhen schreitet.

Sie hatte mich bereits durchs Fenster entdeckt, gab im Vorbeigehen bei der Bedienung ihre Bestellung auf, setzte sich mir gegenüber und blickte mir auffordernd ins Gesicht. Sie schien der Meinung zu sein, dass der Ball in meinem Feld lag.

»Sie kennen also Anja Maiwald?«

Die Bedienung brachte ihr ein Glas Prosecco.

»Was wollen Sie denn von ihr?«, fragte sie zurück.

Ich nippte an meinem Kaffee.

»Ok«, meinte sie. »Wenn wir beide fragen und keiner antwortet, haben wir alle zwei nichts davon. Sie erzählen mir, was Sie von Anja wollen, und ich erzähle Ihnen, was ich von ihr weiß. In Ordnung?«

»In Ordnung. Anja Maiwald ist verschwunden. Ihre Tochter Susan macht sich große Sorgen. Die Polizei nicht. Darum ist sie zu mir gekommen und hat mich beauftragt, ihre Mutter zu suchen.«

Sie wirkte etwas enttäuscht, setzte sich gerade hin. Ihr Blick etwas weniger auffordernd.

»Und jetzt klappern Sie alle ab, zu denen Anja Kontakt hatte.«

»Genau. Und Anja hat im Olymp gearbeitet. Führungen gemacht, Begleitungen, Mädchen für alles.«

Sie sah mich an, als wäre ich vom Mars, zumindest vom Mond, und begann zu kichern wie ein kleines Mädchen.

»Was ist daran so komisch?«, wollte ich wissen, nachdem das Kichern nicht enden wollte. Es steigerte sich noch. Dann hörte es auf. Abrupt. Sie fasste sich, schüttelte den Kopf, unwirsch, als wollte sie Gedanken vertreiben, trank einen Schluck Prosecco.

»Anja Maiwald war kein Mädchen für alles. Sie war ein Mädchen für das Eine.«

»Für das Eine?«

»Mein Gott, Herr Detektiv! Stellen Sie sich doch nicht gar so dämlich! Anja Maiwald ging anschaffen im Olymp.«

»Anschaffen?«

Ich merkte selbst, dass ich gerade keinen substantielleren Beitrag zustande brachte, als die Wiederholung ihrer jeweiligen letzten Worte. Mehr fiel mir nicht ein. Ich war vollkommen geplättet.

»Natürlich machte sie auch mal eine Führung. Sie hatte ja die Ausbildung. Klar ging sie auch mal mit zum teuren Abendessen oder in die Oper. Sie war eine Frau von Bildung und Format und guter Familie. Aber das war alles nur Akquise!«

»Sie ließ sich buchen?«

»Man konnte sie buchen. Bezahlen. Flachlegen. Wie wollen Sie es denn serviert bekommen? Sie konnte auch einfach nach der Oper mit den edlen Gästen an der Bar noch einen Absacker trinken, das Bein aus dem geschlitzten Abendkleid schlüpfen lassen und einen Kerl dazu bringen, einen Schampus aufs Zimmer zu bestellen.«

Ich hätte jetzt auch einen Absacker brauchen können. Zumindest Bedenkzeit, doch die hatte ich nicht. Ich wollte das Gespräch am Laufen halten.

»Und was ist Ihr Job im Olymp?«

»Meiner? Der gleiche! Ich war ganz gefragt, bis Anja Maiwald kam. Das Olymp brummt, und die Araber sind geil, vor allem wenn sie mal ohne Familientross unterwegs sind. Die Russen sowieso.«

»Wie war Anja zu dem Job gekommen?«

»Ich hab ihr geraten, es hier zu versuchen. Ich Volltrottel. Wir kannten uns aus dem Paradies. Das ist ein Club. Ein Freier hat mir den Job hier besorgt. Um Längen besser als in dem Puff, in dem wir waren. Zumindest anfangs. Ich habe Anja erzählt, dass man hier viel mehr verdient. Anja und Stefanie. Wir drei waren sowas wie Freundinnen dort. Nicht so eng, dass man auch privat etwas unternommen hätte. Aber dort im Club gab's nur uns drei und das ganze osteuropäische Jungvolk. Stefanie wollte nicht weg.

›In einem Hotel muss man die Kunden aufreißen‹, meinte sie. Und sie hatte keinen Bock darauf. Aber Anja kam.«

Ich hörte zu, überrascht, gespannt. Anja Maiwald als Prostituierte in einem Münchner Club. Was für eine Wendung!

»Anja hatte Bock zum Aufreißen?«

»Anja hatte Bock und Anja hatte Talent. Sie war auf einmal da. Hat wohl wirklich mal mit einer Führung angefangen und dann den Manager von ihren Qualitäten überzeugt.«

»Sie waren also Kolleginnen hier?«

»Ja. Aber sie hat mich ausgestochen. Ich habe nicht ihre Noblesse. Dieses Hochnäsige, das die Kerle anmacht. Aber wissen Sie, was der größte Unterschied war, Herr Detektiv?«

»Sagen Sie's mir!«

»Ich hab das für Geld gemacht. Anja zum Spaß! Ich hab die Einnahmen gebraucht, Anja nicht. Ich hab es gehasst, diesen Job machen zu müssen, und Anja hat es genossen. Sie hat alles genossen. Die Blicke, die Macht, die sie über diese geilen Böcke hatte, die Beulen am Schritt ihrer Anzughosen, wenn sie ihnen gegenüber saß und die Beine übereinander geschlagen hat. Anja hat nicht als Nutte gearbeitet, sie war eine. Ich war aus dem Geschäft. Und drum, Herr Detektiv, bin ich auch überhaupt nicht scharf darauf, dass sie hier wieder auftaucht.«

Sie atmete heftig. Ich fragte mich, was diese Frau alles unternommen hätte, um Anja aus dem Weg zu räumen.

Hätte oder hatte?

Ihr hysterisches Kichern, als ich von Anjas vermeintlichen Tätigkeiten gesprochen hatte! Es tobte in dieser Frau selbst beim Gespräch mit mir, einem vollkommen Unbekannten. Erinnerungen waren lebendig geworden. Gefühle. Aber welche? Wut, Hass, Eifersucht, Neid, Existenzangst?

»Kennen Sie einen Mike? Einen jungen Kerl, der auch im Olymp gearbeitet hat?«

»Mike? Klar kenn ich den. Ein fescher Jüngling. Den hätte ich nicht von der Bettkante gestoßen. Da wollte er nur leider nie hin. Hat eine Weile hier als Nachtportier gejobbt. Er war auch hinter Anja her. War ganz verschossen, das arme Schwein, und musste das alles mitansehen!«

Sie erhob sich von ihrem Stuhl.

»Ich muss, Herr Detektiv. Ich hatte mir anfangs von unserer Begegnung mehr versprochen. Aber wir müssen alle unseren Job machen.«

Ich übernahm die Rechnung.

IX

Er schritt im Raum auf und ab. Sie saß auf dem Bett, mit dem Rücken an die Wand gelehnt. Sah ihm zu, wie er seine Schritte maß. Fünf hin, fünf zurück. Immer die gleiche Schrittlänge, der gleiche Rhythmus. Wie ein Tier. Rilkes Panther. Aber sie war es doch, die gefangen war, nicht er. Doch! Er auch. Vielleicht noch mehr. Ihr Gefängnis bestand aus Wänden, seines bestand aus ihm selbst.

»Du wirst nie wieder über meine Mutter sprechen!«, sagte er.

Er wollte ihr die einzige Waffe rauben, die sie hatte.

»Du hast mir noch nicht geantwortet. Warum hat sie sich umgebracht? Warum? Sag es mir!«

Sie versuchte, leise zu sprechen und ihre Stimme trotzdem nicht zittern zu lassen. Sie war jetzt die Angreiferin. Da durfte sie nicht zittern. Ihr Körper nicht und ihre Stimme auch nicht. Laut schreiend wäre es leichter gewesen. Das Zittern übertönen. Aber sie wollte gefasst erscheinen.

Er blieb stehen.

»Du sollst nicht über sie reden. Habe ich das nicht eben gesagt? Hast du das nicht gehört? Hast du nicht gehört, dass ich dir gesagt habe, du sollst nie wieder über meine Mutter sprechen? Du Hure!«

Das Wort »Hure« schleuderte er ihr voller Abscheu ins Gesicht.

»Du Hure sprichst nicht über meine Mutter!«

»Warum nennst du mich so?«

Er stand jetzt in der entferntesten Ecke und sprach ins Leere. Blickte durch sie hindurch.

»Glaubst du, ich weiß nicht, was du im Hotel tust?«

»Ich arbeite dort. Ich organisiere Führungen, leite sie manchmal selbst. Habe eine Prüfung abgelegt, damit ich das darf. Ich reserviere Lokale, besorge Theater- oder Opernkarten.«

Er lachte. Lachte sie aus. Verließ seine Ecke und setzte sich neben sie aufs Bett. Sie wünschte, er würde irgendwann einmal einen Stuhl bringen. Gottseidank berührte er sie nicht.

»Und du begleitest die noblen Hotelgäste nicht in die Lokale, ins Theater, in die Oper?«

»Doch, manchmal schon. Ich übersetze. Ich kann vier Fremdsprachen.«

»Soso, du übersetzt. Und wie wollen die alleinstehenden Herren solche Abende ausklingen lassen?«

»Gar nicht! Ich weiß, worauf du anspielst. Aber sowas tu ich nicht mehr!«

»Sowas tut die Frau Maiwald nicht mehr!« Er packte ihr Kinn fest mit zwei Fingern. Zwang sie, ihn anzusehen. Sie wehrte sich nicht.

»Du verlogene Drecksnutte! Alle wissen Bescheid im Hotel. Fünfhundert der Abend mit Open End. Plus Extras.«

Sie schwieg. Was konnte sie anderes tun?

»Bist du so viel Geld überhaupt noch wert?«

Er griff mit einer Hand an ihre Brust. Drückte zu.

»So fest ist die nicht mehr. Ich denke, ohne BH ist das schon ein ziemliches Gebaumel. Und wie sieht's mit dem Arsch aus?«

»Hör auf! Bitte!«

»Was bietest du denn als Extraservice gegen Aufpreis? Rollenspiele? Verhauen? In Windeln legen? Oder einen Arschfick? Kommt man als Perverser bei dir auch auf seine Kosten? Alles eine Preisfrage, oder?«

»Was geht dich das an?«

Das sollte jetzt entschlossen und wehrhaft klingen, aber das tat es nicht. Sie schloss die Augen. Wollte ihn nicht mehr ansehen. Ertrug seinen Blick nicht.

»Warum?«

Sie antwortete nicht.

»Warum machst du das? Du hast genug Geld. Bist du nymphoman? Dauergeil? Sexbesessen?«

»Nein, das bin ich nicht.«

»Warum dann? Erklär's mir!«

»Das kann ich nicht.«

Sie konnte es wirklich nicht erklären. Warum ging sie mit diesen Männern aufs Zimmer? Warum ließ sie sich von wildfremden Männern ficken? Warum hatte sie sich immer wieder vorgenommen, damit aufzuhören, und konnte es nicht?

»Ich weiß es selbst nicht!«, sagte sie.

»Dann sag ich es dir!«

Mit geschlossenen Augen fühlte sie, dass er nach ihr griff. Dann war seine Hand in ihrem Haar. Riss an ihrem Kopf. Riss ihn ganz nah an seinen. Sie öffnete die Augen, erschrocken über den Schmerz. Es fühlte sich an, als würde er ihr die Kopfhaut vom Schädel ziehen. Ganz nah war sein Gesicht vor ihrem.

»Du tust es, weil es dir Spaß macht. Weil du durch und durch eine Hure bist. Und bei mir bist du zickig, wenn ich ein kleines Rollenspiel von dir will?«

Er ließ sie los. Sie stand auf. Brauchte Abstand zwischen ihm und ihr. Hätte viel mehr Abstand gebraucht.

»Ein kleines Rollenspiel nennst du das? Ich soll für deine tote Mutter einspringen! Du willst kuscheln bei mir. Soll ich meinen kleinen Jungen verführen? Soll ich nachfühlen, ob meinem Söhnchen schon was wächst in der Hose? Willst du noch ein bisschen nuckeln bei mir? Soll ich dir auch sagen, dass du mir viel lieber bist als der böse starke Mann, der dein Vater ist?«

»Sei still, Hure!«

»Soll ich nicht ein bisschen Hure sein und ein bisschen Mama? Magst du mir mal abends beim Kämmen zusehen? Ach, bring mir doch bald mal einen großen grobzinkigen Kamm. Gibt's bei DM. Dann kämm ich mich für dich. Soll ich mich dabei nackt aufs Bett setzen? Oder soll ich mich woanders hinsetzen und du wartest unter der Decke auf mich? Aber dann musst du auch einen Stuhl besorgen.«

Sie hatte ihre Waffen noch, und sie spürte, dass sie scharf waren. Ein klein wenig Triumph fühlte sie dabei. Sie, die Gefangene, die vollkommen in seiner Hand war. Und ein klein wenig Hoffnung. Zaghaft. Was sie sich am allerwenigsten eingestehen wollte, war dieses andere Gefühl. Das sollte jetzt keinen Platz in ihr haben. Das behinderte sie. Mitleid! Was hatte diese dumme gefallsüchtige Mutter diesem Jungen angetan! Vielleicht sollte sie ihm dieses Gefühl zeigen. Mitleid. Vielleicht brauchte er das mehr als das, war er suchte. Vielleicht wusste er es nur nicht.

»Kann es sein, dass du etwas suchst, das du nie mehr finden wirst?«

Vertauschte Rollen. Er saß auf dem Bett, sie stand. Sie war am Drücker. Sie war dabei, sich aus ihrer Machtlosigkeit zu befreien. Sie war gut dabei. Fast war sie ein bisschen stolz auf sich.

»Kann es sein, dass du die Situation hier völlig falsch einschätzt, Anja Maiwald?«

»Nein, das glaube ich nicht.«

»Ohne mich kommst du hier nicht raus.«

»Das kann sein. Aber was hast du davon, dass ich hier bin?«

»Mir ist klar, dass du das für krankhaft hältst. Und weißt du was? Du hast Recht. Aber ich mag nicht mehr dagegen ankämpfen. Seit ich dich zum ersten Mal gesehen habe, weiß ich, dass du es sein kannst.«

»Was kann ich sein? Ich bin einfach nur ich. Und ich bin die Mutter deiner Freundin.«

Er lachte laut.

Sie erschrak. Sie hatte nichts gesagt, wozu ein Lachen als Antwort passte.

»Meine Freundin! Du glaubst, dass Susan mich interessiert?«

In diesem Moment, mit diesem Lachen, verschwanden all die Schatten, die ihr den Blick getrübt hatten. Es war ihm nie um Susan gegangen. Nie.

»Susan war der Weg zur dir, Anja. Der Weg in dein Haus, der Weg an deinen Tisch. Nicht mehr.«

Nichts hatte sie verstanden. Hätte sie es sehen, hätte sie es ahnen können? Hätte sie es gespürt, wenn sie eine gute Mutter wäre? Susan war so verliebt. Was hatte sie zurückbekommen von ihm? Und sie, die Mutter, hatte einfach nur zugesehen.

»Nein, das stimmt nicht«, fuhr er fort. »Susan hat noch eine ganz wichtige Funktion. Sie wird für jeden Ärger, den du mir machst, bezahlen. In der gleichen Währung!«

»In der gleichen Währung?«

»Sagen wir es mal ganz drastisch und für jeden Idioten verständlich. Wenn ich deinen Arsch nicht kriege, nehme ich mir ihren.«

»Du bist so ein perverses krankes Scheusal!«

Diese Worte schrie sie.

Ihr Ausbruch schien ihn ruhiger zu machen. Fast versöhnlich. Niemals würde sie seine Stimmungsschwankungen verstehen können. Noch weniger vorhersehen.

»Es ist nicht deine Schuld, dass eine Nutte aus dir geworden ist.«

Anja schwieg. Anja wusste nicht, was sie antworten sollte. Sie hasste es, sich von ihm in die Richtung zwingen zu lassen, in die sein kranker Geist sie haben wollte. Sie hasste sich selbst, wenn es wieder einmal geschehen war. Wenn sie sich nicht gewehrt hatte.

Aber Widerspruch war gefährlich. Mike war gefährlich. Seine Reaktionen waren unberechenbar. Er hatte so viele Gesichter, so viele Dämonen, die ihn trieben.

Deshalb schwieg sie.

»Es waren diese anderen beiden Weiber.

»Niemand ist für mich verantwortlich. Niemand außer mir selbst!«

»Sei still! Ich weiß, wie du bist. Du bist nicht so.«

»Ich bin nicht so? War ich nicht gerade erst die Drecksnutte? Und jetzt bin ich nicht so?«

Mike betrachtete sie, als würde er in sie eindringen wollen, ihr Innerstes erforschen. Was suchte er? Ihre saubere Seele? Die Anja, die nicht schmutzig war, die nicht wahllos für zahllose Freier die Beine geöffnet hatte? Die Anja, die er lieben konnte, ohne sie hassen zu müssen?

Aber sie würde diese Wunsch-Anja nicht sein für ihn.

»Es waren nicht die anderen, Mike. Ich bin nicht die Verführte.«

»Sei still!«

»Nein! Ich bin nicht still. Ich weiß, welche Weiber du meinst. Stefanie und Sabine aus dem Club. Sie sind nicht schuld an dem, was aus mir geworden ist.«

»Sei still!«

Mikes Gesicht verdüsterte sich. Noch blieb er ruhig, aber Anja spürte, wie es in ihm tobte. Sie war dabei, ihm einen Ausweg zu nehmen, eine Möglichkeit, eine Zukunft. Eine Anja, die nicht schuldig war, die er retten konnte.

»Mich interessieren ihre Namen nicht. Sie haben dich mit in ihren Dreck gezogen.«

»Nein, Mike. Sie machen den Job, weil sie müssen. Wenn eine von uns eine Drecksnutte ist, wie du das nennst, dann ich.«

»Ich hasse die beiden. Ich habe sie immer gehasst. Ohne sie hättest du aufgehört.«

Mike stand auf, drehte sich um und ging wortlos. Vielleicht spürte er, dass er dieses Gefecht nicht gewinnen würde.

15

Ines hatte mich überredet.

»Tu es für mich!«

Und dann der Blick dazu. Was sollte ich machen?

»Wenn Mama schon dich schon mal zu ihrem Brunch einlädt.«

»Mir graut davor. Das wird fürchterlich. Du weißt, dass ich Herbert nicht ausstehen kann.«

»Er dich genauso wenig. Aber das ist mir egal und Mama inzwischen auch. Außerdem bin ich ja dabei.«

Wir fuhren mit der S-Bahn raus nach Solln, spazierten an wunderschönen alten Villen vorbei; Ines referierte über das langweilige Leben hier in der Vorstadt. Ich war voller guter Vorsätze. Netten Smalltalk machen, Ines' Vater sein, Karins Ex, ein freundlicher charmanter Mann, der über Gott und die Welt parlieren konnte.

Wir wurden begrüßt von einer herzlichen Karin, die Ines an sich drückte und auch mir eine kleine Umarmung und einen Wangenkuss gönnte. Dabei flüsterte sie mir ins Ohr: »Futter nicht wieder alle Buletten auf!«

Karins nordischer Ursprung hatte bewirkt, dass selbst Ines und ich unsere bayrischen Fleischpflanzerl mit »Bulette« ansprachen.

Ich lachte.

»Karin, du weißt, dass ich da noch nie widerstehen konnte.«

Ich war nicht zum ersten Mal hier, aber es kam mir so vor. Ich fühlte mich absolut fremd.

Hinter der Eingangstür öffnete sich eine breite Diele, in der eine Tischtennisplatte bequem Platz gehabt hätte. Sogar ein Rundlauf um die Platte wäre möglich gewesen.

Von dieser Diele gingen sternförmig die Gemächer ab. Karin hatte hier ein Zuhause gefunden, das ihren Ansprüchen genügte. Ob Herbert auch all ihren Ansprüchen genügte, wusste ich nicht.

In der Diele stand anstelle einer Tischtennisplatte eine Tafel mit angerichteten Speisen. Salate, diverse Aufläufe, Antipasti, vieles, das sich mir nicht auf den ersten Blick erschloss, und unverkennbar eine Riesenschüssel Buletten.

Am Ende der Tafel sah ich bereits eingeschenkte Sekt- oder Proseccokelche in Reih und Glied. Ich wollte mich gerade bedienen, da fühlte ich eine Hand auf meiner Schulter.

»Ludwig, mein Lieber. Ich freu mich. Du hast mir gerade noch gefehlt.«

Herbert trug einen saloppen Anzug ohne Schlips, die Haare wie immer akkurat kurz geschnitten, was seinem Gesicht die männliche Schärfe verlieh, die meine Karin sicherlich sehr mochte.

»Na, jetzt bin ich ja da.«

»Ich hab nämlich einen neuen Whiskey. Einen Arran, 18 Jahre alt, kostet einen knappen Hunni. Ich hab ihn von einem unangenehmen, aber dankbaren Klienten.«

Er schenkte mir ein, drückte mir das Glas in die Hand.

»Lassen wir das Sektzeug den Mädels!«, feixte er zwinkernd, und ich versuchte ein Lächeln. Eine Antwort fiel mir nicht ein, deshalb nippte ich. Einen besseren Whiskey hatte ich noch nie getrunken. Nicht rauchig, nicht kratzig, nicht seifig. Durch und durch Geschmack, der mir sanft die Kehle und die Eingeweide wärmte.

»Wie schmeckt er?«

Er schaute mich erwartungsvoll an.

»Racke Rauchzart reinigt besser«, sagte ich.

»Racke Rauchzart reinigt besser. Das ist gut. Klasse Slogan. Solltest du der Firma verkaufen.«

»Wenn ich so geschäftstüchtig wäre wie du.«

Im Raum war mittlerweile ein gedämpftes Gemurmel zu hören. Ich deutete Herbert mit einem Nicken zum Buffet, dass ich mir jetzt etwas zu essen besorgen wollte, und er verabschiedete mich mit einem »Ich hab Karin gesagt, sie soll doppelt so viele Buletten machen wie beim letzten Mal.«

Dann drehte er ab.

Ich griff mir einen Teller von einem Stapel weißen Porzellans. Eine Traube angeregt schwatzender Menschen nahte von rechts und bildete eine formvollendete Schlange. Zufriedene Gesichter, konzentriert, aber nicht verbissen vertieft in Gespräche, keine Ungeduld erkennbar, kein Hunger, nur gepflegte Vorfreude auf die Ergebnisse Karins liebevoller Zubereitung. Ich schlich mich listig von links an, um nicht warten zu müssen, bis sich alle Kaninchen ihr Grünfutter besorgt hatten, entschuldigte mich bei einer eleganten Mittfünfzigerin, die man mir bei früherer Gelegenheit als Kollegin von Karin vorgestellt hatte, für mein versehentliches Vordrängeln. Ich erinnerte mich nur dunkel an sie.

»Grüß Sie Gott, Herr Fendt, nett, Sie zu sehen!«

Ich griff mir eine Gabel und begab mich an die Stelle am Buffet, wo neben Kartoffel- und Gurkensalat eine Pyramide knusprig dunkler Buletten aufragte. Mit gut gefülltem Teller sank ich auf ein Sofa, schlug das rechte Bein über das linke und erstach die erste Bulette.

Von fern erhaschte ich Karins drohenden Blick. Die geduldige Kollegin hatte mittlerweile ein dezentes Salathügelchen auf ihren Teller befördert, nahm neben mir Platz und schlug das linke Bein über das rechte.

»Wir sprachen gerade über die deprimierenden Zustände an deutschen Schulen«, begann sie.

Ich kaute, und ihre bisherigen Gesprächspartner schleppten zwei Klappstühle herbei, um das für Pädagogen so bedeutsame Thema weiter beackern zu können.

»Herr Meißner und seine Frau«, stellte sie vor.

Frau Meißner streckte mir ihre Hand entgegen, sagte »Meißner«, dann kam die Hand von Herrn Meißner. »Freut mich«.

Ich deponierte die Gabel in der obersten Bulette, um die rechte frei zu bekommen, schüttelte, lupfte andeutungsweise meinen Hintern. »Herr Fendt, Karins Ex-Mann«, sagte die Kollegin, deren Namen ich vergessen hatte, was sie Gott sei Dank nicht wusste. »Herr Meißner ist Vertrauenslehrer an unserer Schule.«

In was für einen Zirkel war ich hier geraten?

»Wir sind der Meinung, dass vieles in den Familien im Argen liegt. Keine Führung, keine Grenzen, kein Interesse. Und die Lehrer werden es schon richten mit dem missratenen Sprössling.«

Herr Meißners Zusammenfassung der deutschen Erziehungsproblematik hätte präziser und knapper nicht sein können.

»Und dann noch die ganzen Ausländerkinder. Klar müssen die auch irgendwo hin. Klar müssen sie irgendwie integriert werden. Aber in dieser Überzahl an den Grundschulen! Das Ende jeder Elitenförderung. Und die braucht unser Land doch auch! Eltern beide in irgendwelchen Hiwi-Jobs. Er vielleicht schwarz am Bau und sie putzen. Kinder Fast-Food-Selbstversorger. Die Mutter bringt die Kleinen morgens zur Schule. In Hausschuhen, ungekämmt, ungeschminkt. Ich meine sie, die Mutter, nicht die Kleinen. Sie glauben nicht, was Grundschullehrerinnen da zu sehen kriegen. Kaum Deutsch, kein Interesse an Integration. Und so was bestimmt das Niveau in der Klasse. Ich sage Ihnen, Herr Fendt, wenn die Kinder in die Grundschule kommen, sind die Weichen schon gestellt. Und dann kritisiert man unser Schulsystem! Als ob das etwas dafür könnte.«

Ich entschuldigte mich, deutete auf meinen mittlerweile leeren Teller und stand auf. Als ich Ines sah, schickte ich ihr den flehentlichsten Blick, zu dem ich imstande war. Sie verstand und rettete mich.

»Armer Paps. Bist du den Meißners in die Hände gefallen?«

»Wieso lässt du mich so im Stich? Erst Herbert und dann diese Bande!«

»Keine Buletten mehr, Paps!«

Ich gehorchte eingeschüchtert und belud meinen Teller mit Krabbensalat und in Öl, Kräuter und Knoblauch eingelegten Tintenfischtentakeln.

»Kennst du die beiden dort drüben?« fragte sie.

Eine Gruppe von Männern stand an der Tür, linke Hände in Hosentaschen, rechte am Sektglas.

»Welche?«

»Die beiden da drüben, die jetzt reden.«

Ines nickte in Richtung Tür. Es war klar, wen sie meinte. Die beiden redeten nicht, sie dozierten, nahmen jetzt sogar die Hände aus den Taschen. Die anderen nickten beflissen.

»Keine Ahnung, wer das ist.«

»Das sind Herberts Gäste. In welcher Welt lebst du eigentlich? Der linke ist Franz Mayrsamer, zweiter oder dritter Bürgermeister.«

»Tatsächlich? Schwarz oder rot?«

»Weiß grad gar nicht. Ist doch egal.«

Herr Mayrsamer lehnte gelassen am Türrahmen, während seine Hände und seine Mundwerkzeuge arbeiteten.

»Und den anderen kennst du auch nicht?«

»Du weißt doch, dass ich mir keine Namen und keine Gesichter merken kann.«

»Was merkst du dir dann? Wer vor zwanzig Jahren bei einer Fußballweltmeisterschaft ein Tor in der Verlängerung geschossen hat.«

Ines hatte nicht ganz Unrecht. Ich reservierte die Stellplätze in meinem Gehirn für wichtige Informationen.

»Wer ist denn nun der andere?«

»Müller.«

»Müller?«

»Der bayrische Finanzminister Müller.«

Natürlich kannte ich Müller. Aber ich hatte nicht gewusst, wie er aussah.

»Wahrscheinlich macht ihnen Herbert die Steuererklärung«, meinte Ines.

Wahrscheinlich hatte sie Recht.

Meine Entspannungsphase endete schlagartig, als Herbert wieder auf mich zusteuerte und mir ein neues Glas Whiskey reichte. Ines ließ mich erneut im Stich und ging zu ihrer Mutter.

»Ich habe gehört, du hast die Maiwalds kennengelernt.«

»Die Maiwalds?«, wiederholte ich erstaunt. »Du kennst die Maiwalds?«

»Natürlich. Die Familie gehört zum ganz alten Kundenstamm unserer Firma.«

»Und woher hast du gehört?«

»Ines hat geplaudert. Und Maiwald auch. Er hat erzählt, dass so ein Schnüffler bei Ihnen im Haus war und sie beleidigt hat. Ich musste nur eins und eins zusammenzählen. Was ist da mit dir durchgegangen? Sozialneid?«

»Nein, Herbert. Da ist kein Neid. Nicht eine Spur davon.«

»Was wolltest du denn von ihnen?«

»Ich suche ihre Tochter. Sie ist verschwunden. Hat Ines dir das nicht auch erzählt?«

»Sie hat es Karin erzählt, und ich habe mit halbem Ohr zugehört. Ich kann dir versichern, dass sie ihre eigene Tochter nicht entführt haben. Tust du mir einen Gefallen, Ludwig?«

Ich wartete auf die Fortsetzung.

»Belästige sie nicht nochmal! Sie wissen jetzt von unserer Verbindung, für die ich zwar gar nichts kann, aber sie ist nun mal da. Sie sind wirklich gute Kunden.«

Herbert fürchtete um seine Kunden, wenn ruchbar wurde, dass es eine wenn auch noch so unfreiwillige Verbindung zwischen ihm und diesem impertinenten Schnüffler gab. Was für eine lächerliche Wendung.

»Würdest du mir im Gegenzug auch einen Gefallen tun?«

»Lass hören!«

»Wenn Sie so gute Kunden von dir sind, weißt du bestimmt, was Anja und was Susan Maiwald gehört? Ich meine vom Familieneigentum. Oder du kannst es herausfinden.«

»Spinnst du? Das sind absolut vertrauliche Dinge. Die kann ich doch nicht herumplaudern!«

»Na gut, Herbert. Dann gibt es da keinen Deal. Du brauchst gar nicht erst versuchen, mich mit Whiskey zu bestechen.«

»Ich kann dir so viel sagen. Weder Anja noch Susan Maiwald werden jemals arbeiten müssen, um leben zu können. Und sei bitte so gut und geh den Maiwalds nicht mehr auf den Sack!«

Damit beendete er die Unterhaltung. Das Gespräch hatte sich auf meine Nervenenden gelegt, was ihnen und mir überhaupt nicht gut tat. Ich war kein chronischer Migränepatient, aber manchmal suchten mich Attacken heim und dann meistens ganz plötzlich. So ein Gespräch mit Herbert tat das Seinige dazu. Etwa zwei, drei Mal im Jahr passierte das. Schmerzen, die mich aus den Schuhen hievten, aber meistens spürte ich sie rechtzeitig herannahen. Ein Augenflimmern an den Rändern des Sehfelds war so ein Vorbote. Dann brauchte ich dringend und schnell Tabletten. Jetzt war so ein Moment.

Ich ging hinüber zu Karin, entriss sie einer Unterhaltung.

»Ich glaub, ich krieg grad einen Migräneanfall, Karin. Hast du irgendwo Tabletten? Vielleicht Ibuprofen oder Paracetamol?«

»Ich nicht, ich habe so gut wie nie Kopfschmerzen. Aber Herbert. Auf dem Schreibtisch im Arbeitszimmer müssten Tabletten liegen. Da liegen sie immer. Sei bitte so gut und hol sie dir selbst, wenn es nicht warten kann. Du kennst dich ja aus. Ich kann grad schlecht weg.«

Sie wandte sich wieder den zwei Gästen zu, mit denen sie im Gespräch gewesen war, und die anscheinend so wichtig waren, dass sie mich allein durchs Haus schickte. Ein Mann und eine Frau, etwa in meinem Alter. Ich wusste nicht, wer die beiden waren, aber im Haus kannte ich mich einigermaßen aus. Bei meinem ersten Besuch hatte sich Herbert eine Führung durch sein Reich nicht nehmen lassen.

Und es konnte nicht warten. Ein paar Schritte durch die Diele, eine Drehung nach links. Ich öffnete und schloss die Tür hinter mir. Das Gemurmel aus dem Wohnraum war verstummt.

Das Arbeitszimmer war geräumig, aber nicht angeberisch. Der Schreibtisch stand vor dem Fenster. Auf einer Stiftablage lag eine Schachtel Ibuprofen. Ich nahm zwei Tabletten heraus, sammelte Spucke, schluckte sie. Wahrscheinlich würde ich zu Hause noch eine weitere Dosis brauchen, um die aufkommenden Schmerzen platt zu machen.

Als ich die Schachtel zurücklegte, sah ich an einer Ecke des Schreibtischs einen Stapel beschriebener Blätter aufgeschichtet. Wäre die Migräne bereits ausgebrochen, hätte ich wahrscheinlich meine Neugierde im Griff gehabt und die Augen kaum mehr öffnen können. Aber sie war nicht ausgebrochen. Ich ergriff das oberste Blatt, stellte fest, dass jeweils zwei zusammengeheftet waren, und begann zu lesen. Schon der Briefkopf mit dem Absender versprach Spannung pur:

Verein zur Unterstützung deutschgesinnter Erblasser e. V. prangte über dem Text.

Sehr geehrte Frau Theresa Vodermeier!, las ich weiter.

Ich vermochte meine Neugierde auf den Verfasser nicht zu zügeln, nahm das zweite Blatt, um einen Blick auf das Ende des Briefes zu werfen.

Ernst Maiwald, 1. Vorsitzender, stand da in fetten Lettern und darunter eine eingescannte Unterschrift.

Kopfschmerzen hin oder her. Beim Lesen des Namens »Maiwald« war der Detektiv in mir schlagartig erwacht und sagte: »Steck einen Brief ein und schau ihn dir zu Hause in Ruhe an.«

Ich faltete das Schreiben von Ernst Maiwald an Theresa Vodermeier zusammen und schob es in meine hintere Hosentasche.

Ich war einer der ersten Gäste, die sich von Karin verabschiedeten. Ines blieb noch.

16

Nachdem der Kopfschmerz bei meiner Ankunft zu Hause bereits einigermaßen vertrieben war und die Neugierde noch gewachsen, legte ich die zwei Din-A4-Seiten auf den Küchentisch und setzte mich. Das war Lektüre, bei der man besser saß als stand. Ich begann zu lesen.

Sehr geehrte Frau Theresa Vodermeier!

Älteren Herrschaften kommen manchmal unerwünschte Bettelbriefe ins Haus, sinistere Hilfsorganisationen wollen an ihr Erspartes, und dennoch, liebe Frau Vodermeier, bitte ich Sie, sich erst am Ende dieses Schreibens ein Urteil über mein Anliegen zu bilden.

Ich bin ein großer Freund des offenen Wortes, las ich.

Wir alle erreichen eines näheren oder ferneren Tages den Zeitpunkt, an dem wir uns dem Gedanken stellen müssen, in eine andere Welt einzutreten. Und wir alle wünschen uns die Gnade, dies mit dem Gefühl tun zu können, das Bestmögliche aus diesem befristeten Erdenleben gemacht und unsere Pflichten erfüllt zu haben.

Wir können einfach abtreten, schrieb Ernst an Theresa, *wir können aber auch, wie gläubige Menschen so treffend sagen, das Zeitliche segnen. Dies bedingt natürlich, dass wir unsere irdischen Dinge geregelt haben. Die Güter, die wir dieser Welt hinterlassen, sollen Gutes bewirken, sie sollen unseren Lieben das Leben erleichtern und nicht Neid und Zwietracht säen.*

Wenn wir jedoch allein sind in den letzten Tagen, wenn wir keine nächsten Verwandten haben, an die wir denken müssen, dann harrt unser eine schwere Entscheidung. Wer soll Nutznießer der letzten guten Tat sein, mit der wir uns von diesem irdischen Dasein verabschieden und auf den Weg in Gottes Reich machen? Wen sollen wir in unserem Testament bedenken?

Bravo, Maiwald! Der Plural an dieser Stelle war ein Meisterstück. Wir sitzen alle in einem Boot, nicht wahr, Theresa, auch wenn du demnächst über Bord gehst.

Soll es die Kirche sein, die vielleicht schon zu viel Weltliches verwalten muss, um dem Anspruch wahrer geistiger und geistlicher Führung zu genügen?

Sollen es Hilfsorganisationen sein, die aufgeblähte Verwaltungsapparate finanzieren müssen, bevor sie den Restgroschen Notleidenden zur Verfügung stellen können?

Ernst Maiwalds Fragen, die gesteigerte Direktheit seiner Rhetorik mussten die arme Frau Vodermeier natürlich zu der einzig möglichen Antwort führen. Ich soll es sein, ich Ernst Maiwald und meine Organisation! Brillant!

Soll es gar Vater Staat sein, der seit Jahren das Geld deutscher Bürger dazu benutzt, Wirtschaftsflüchtlingen aus aller Welt das Saugen am Tropf des deutschen Wohlfahrtsstaates zu ermöglichen, der Schulen finanziert, die das Kreuz aus ihren Klassenzimmern verbannt haben, ein Staat, dessen Vertreter bereits in dreistester Frechheit zugeben, aus unserem Deutschland ein Multikulti-Einwanderungsland machen zu wollen, ein Land, in dem das Geschrei der Muezzins die Kirchenglocken übertönt, in dem vermummte Frauen durch die Straßen unserer Städte schlurfen, in dem unsere Kinder in den Schulen neben Achmed, Drago und Mustafa sitzen und einen Unterricht für Analphabeten erhalten, ein Land, in dem Russenmafia, Albanermafia und Islamisten die Straßen beherrschen.

Welch heilige Entrüstung! In jedem der Worte hörte ich ein deutsches Herz schlagen.

Liebe Frau Vodermeier. Wenn Sie dereinst aus der Ewigkeit herabsehen auf dieses kleine Deutschland, werden Sie sich fragen: Habe ich alles richtig gemacht, bin ich der Verantwortung für mein Land gerecht geworden? Wir können Ihnen diese letzte Entscheidung nicht abnehmen, aber wir können Sie begleiten, beraten und Ihnen eine Alternative vorstellen.

Wir möchten Sie deshalb ganz herzlich einladen zu unserem informellen und zwanglosen Seniorentreffen am Samstag, 13. Juli um 19.00 Uhr in der Gaststätte »Zur Isarmühle«, Thalkirchnerstr. 43.

Natürlich werden wir Sie abholen. Pünktlich um 18.30 Uhr wird ein von uns bezahltes Taxi vor Ihrer Tür stehen. Der Fahrer wird Sie selbstverständlich von der Wohnungstür zum Taxi und in die Gaststätte begleiten.

Wir freuen uns sehr auf Ihr Kommen.

Mit herzlichem Gruß
Ernst Maiwald, 1. Vorsitzender

Ich las den Brief ein weiteres Mal. So verdiente Maiwald sein Geld? So kam man zu Ansehen und Reichtum?

Indem man senilen alten alleinstehenden Menschen, die alles Fremde fürchten, ihren Nachlass abschwätzte?

Ines kam erst kurz vor Mitternacht. Sie hatte Jan im Schlepptau.

Ich konnte gut nachvollziehen, dass ihr erster Weg zu ihm geführt hatte. Erinnerte mich daran, wie ich im Anschluss an längere Besuche bei meinen Eltern danach ganz dringend Personen brauchte, die mich fühlen ließen, wo sich mein eigenes Leben abspielte. Und Jan war ganz bestimmt jemand, der sie spüren ließ, dass sie in einem anderen Leben zu Hause war als bei Karin und Herbert. Jan war lustig, Jan war abenteuerlich, neugierig aufs Leben. Jan war links, Jan war ein gefühlvoller lieber Antifa-Aktivist. Jan war alles andere als eine sichere Bank, wenn man an ein wohlversorgtes, existentiell sorgloses Leben dachte. Karin war nie müde geworden, diesen Aspekt zu betonen. Für mich war Jan eine Bank, wenn man für sein Leben Vermeidung von Langeweile im Sinn hatte. Diesen Aspekt setzte ich regelmäßig dagegen.

Er kam auf mich zu, lang, dürr, wie immer in schwarzen Klamotten, und klopfte mir zur Begrüßung auf die Schulter.

»Hallo, Ludwig.«

»Hallo, Jan.«

»Ines hat mir grad erzählt, dass sie dich immer nach einer überstandenen Stunde mit Herbert für einen Traumvater hält.«

»Soll ich mich jetzt geschmeichelt fühlen?«

»Das kannst du machen, wie du willst«, meinte Ines. »Jan und ich haben beschlossen, dass wir irgendwo noch was trinken. Vielleicht einen Mojito? Magst du mitkommen?«

Ines kannte meinen Lieblingsdrink.

»Nein, Ines. Ich hab erstens Kopfschmerzen und vertrag jetzt bestimmt keinen Alk, und zweitens habe ich bei deinem Stiefvater etwas entdeckt, das ich noch in Ruhe wirken lassen möchte.«

Ines und Jan sahen mich fragend an.

Es war spontan. Ich wusste nicht, ob es richtig war, dieses düstere Geheimnis ihren Stiefvater betreffend mit meiner Tochter zu teilen. Aber ich fand, sie verdiente reinen Wein.

Ich reichte ihr die Blätter und holte noch einen Stuhl. Die beiden setzten sich an den Tisch, von dem ich eben aufgestanden war, und lasen.

»Woher hast du das, Paps?«

»Von Herbert.«

»Herbert hat dir das gegeben?«

»Nein. Ich hatte Kopfschmerzen. Hab deine Mama gefragt, ob sie Tabletten hat, und sie meinte, dass im Arbeitszimmer auf Herberts Schreibtisch welche liegen müssten. Ich bin rüber, hab die Tabletten eingenommen und dann hab ich einen ganzen Stapel davon gesehen. Was ihr da gerade lest, war der oberste Brief. Wahrscheinlich soll der ganze Schwung morgen eingetütet und frankiert werden und zur Post. Die Adressen stehen ja schon drauf.«

Sie lasen weiter.

Nach einer Weile hob Jan den Kopf und blickte mich an.

»Ist das Satire?«, fragte er.

»Schön wär's!«, antwortete ich.

»Wahnsinn! Weißt du, was der Typ ist?«

Jan hatte ruhig gelesen, aber man sah ihm an, wie aufgebracht er war.

»Der Typ ist ein kriminelles tiefbraunes Nazischwein! Und weißt du, was ich tun werde?«

»Du wirst nichts tun, Jan«, antwortete ich.

»Und ob ich was tun werde. Ich werde es zu meiner Gruppe mitnehmen. Das wird veröffentlicht. Das muss jeder erfahren, was hier abgeht.«

Ich stand auf.

»Irgendwie unter die Leute bringen kannst du es immer noch, Jan. Aber zuerst geh ich zur Polizei.«

»Zu den Bullen? Du glaubst doch nicht ernsthaft, dass die etwas unternehmen. Du hast auch gesehen, was sich da für Politprominenz rumtreibt, oder? Ines hat mir erzählt, wer da aller zugange ist, wenn's eine Einladung bei Herbert gibt.«

»Mag sein, Jan. Wenn das unter den Tisch gekehrt wird, kannst du immer noch loslegen. Aber das hier ist vielleicht auch strafrechtlich relevant. Betrug, arglistige Täuschung, Geldwäsche, Steuerhinterziehung! Keine Ahnung. Wenn er den Schuss zu früh hört, bringt er alles in Ordnung, und dann kann man ihn nur noch moralisch verurteilen.«

»Dein Glauben in den Rechtsstaat! Meine Güte! Aber ok.«

Jan war meinen Argumenten gegenüber tatsächlich zugänglich.

»Ich bring eine Kopie davon morgen zur Polizei. Ich kenne da jemanden. Es geht nämlich auch um das Verschwinden von Anja Maiwald. Die Tochter von den Alten. Da kann es eine Verbindung geben.«

»Glaubst du, Paps?«

Ines war plötzlich total aufgeregt. »Anja hat das rausgefunden und dann …«

»Mach mal halblang!«

»Klar, Paps. Vielleicht hat sie ihren Eltern gedroht, vielleicht hat sie sie erpresst. Und dann haben sie sie verschwinden lassen. Einen Auftragskiller engagiert!«

»Ines! Jetzt brems dich mal wieder ein!«

»Aber das kann doch sein, Paps.«

»Alles kann sein. Ich leg mich jedenfalls jetzt aufs Ohr. Schläfst du hier, Jan?«

»Nein, wir gehen wieder. Hab jetzt aber auch keine Lust mehr auf Kneipe. Ines pennt heute bei mir.«

»Gut! Dann brauch ich kein Bettzeug suchen.«

X

Was für ein Irrtum. Sie bekam immer mehr die Zügel in die Hand. Von wegen. Nichts hatte sie in der Hand, nicht das Geringste. Bei jedem Nein, bei jeder Weigerung, bei jedem Wort, jeder Geste, die ihn provozieren könnte, würde sie daran denken, wie Susan dafür leiden müsste.

Sie hätte alles erkennen können, wenn sie ein klein wenig mehr Aufmerksamkeit für ihre Tochter gehabt hätte. Schon bei dieser Grillparty, zu der sie mitgekommen war. Er hatte heftig mit Susan geflirtet; dennoch fühlte sie sich immer mit einbezogen. Als würde sein Mund Susan anlächeln, während seine Augen ihr zuzwinkerten. Kein Versuch, mit Susan allein zu sein. Im Gegenteil. Immer die Frage: Kommt deine Mutter mit? Wie blind konnte man sein? Und sie hatte Susan da hineinlaufen lassen. Keine Mahnung, keine Bedenken. Sie war ja erwachsen. Wie einfach sie es sich wieder mal gemacht hatte! Der rote Faden in ihrem Leben. Wegschauen. Davonlaufen.

Und nun? Was für eine Wendung! Zum Lachen, wenn es nicht so bitter wäre. Nun bekam sie die Quittung präsentiert. Nun musste sie Mutter sein. Zweifache Mutter sogar. Ihm zur Verfügung stehen, um damit die Tochter zu schützen.

Das Wort »Schicksal« hatte für sie nie eine Bedeutung gehabt. Und jetzt wurde sie von etwas ereilt, das man nicht anders nennen konnte. Ein brutales, gnadenloses, rächendes Schicksal. Doch vielleicht kein ungerechtes.

Natürlich war er verrückt. Vollkommen durchgeknallt. Und das Schlimmste war, er wusste es. Gestattete es sich, hatte sich damit arrangiert und lebte es. Mit ihr. Mit einer Hure! Einer Nutte, die sich von geilen reichen Hotelgästen ficken ließ. Das Geld war nur ein Alibi für sie. Sie brauchte es nicht. Aber das, was diese Männer in ihr hinterließen, das brauchte sie auch nicht. Vielleicht hätte sie ihm sagen sollen, dass sie im gleichen Boot saßen. Zwei Verfluchte, zwei Seelenkranke auf der Suche nach einem verlorenen Schatz, der längst nicht mehr zu heben war. Er hatte den Kampf aufgegeben. Wollte nur noch zurück in das vereinnahmende mütterliche Dickicht, aus dem er die Welt ausschließen konnte.

Und sie? Mütterlichkeit hatte es in ihrem Leben nicht gegeben. Keine Enge, keine Zwänge, nur Freiheit. Freiheit von allem. Freiheit von Geborgenheit, Freiheit von Anteilnahme, Freiheit von Fürsorge. Sie hatte sie bis zum Überdruss genossen, diese Freiheit.

Wie stolz man sie damals herumgezeigt hatte, die kleine Anja, das hübsche Mädchen, das kluge Mädchen. Wieviel Taschengeld sie hatte, wie viele teure Klamotten. Danke! Danke für alles!

Das gleiche Boot. Er saß am Heck und sie am Bug. Dazwischen ein Bett für den verzweifelten Kampf.

Sie wusste, dass jetzt alles anders war. Kein Kampf mehr. Keine Gegenoffensive. Sie musste nicht mehr nachdenken. Es war völlig egal. Keiner von ihnen beiden würde zurückbekommen, was das Leben ihnen gestohlen hatte. Nicht er und nicht sie. Es war egal, wenn er es in ihr suchen wollte. Sollte er.

Nur ihre Tochter zählte. Vielleicht konnte sie ihn bitten, ihr Kontakt mit Susan zu erlauben. Nur um herauszufinden, wie es ihr ging. Um ihr zu sagen, dass sie lebte. Vielleicht eine anonyme Mail. Aber das war wohl nicht möglich. Die Polizei würde sofort herausfinden, wo sie abgeschickt worden war. Darauf würde er sich nicht einlassen. Vielleicht gab es einen anderen Weg.

Sie hatte ein Lebenszeichen von ihm verlangt. Nein, nicht nur ein Lebenszeichen. Einen Beweis dafür, dass es Susan gut ging. Dass sie wohlauf war.

»Bring mir irgendetwas! Etwas Lebendiges! Einen Videoclip, eine Aufnahme, auf der ich ihre Stimme höre. Egal was.«

Sie musste wissen, dass all das, was sie erlitt, nicht umsonst war. Es war für Susan. Was, wenn er sie genauso quälte wie sie?

Sie hatte befürchtet, dass er sie auslachen würde. Ihr klar machte, dass sie gar nichts zu fordern hatte. Aber er hatte gelächelt.

Und nun kam er nicht.

»Mike!«

Sie hatte sich an die Tür gestellt und rief: »Mike, komm zu mir! Bitte, Mike! Ich muss mit dir reden.«

Niemand kam.

»Mike!« Ihr Körper war an die Tür gelehnt. Ihre Hände pressten sich an das kalte Metall.

»Mike! Bitte!« Ihre Knie wurden schwach. Langsam sank sie in sich zusammen. Lag vor der Schwelle wie ein gekrümmtes Kind im Leib einer Mutter.

»Mike!« schrie sie flüsternd.

Sie hörte eine Tür. Schritte. Einen Augenblick lang empfand sie Dankbarkeit. Er hatte sie erhört.

Sie stand auf. Er öffnete die Tür.

Sein Lächeln war noch das, mit dem er sie verlassen hatte. Sie ahnte, dass es keinen Grund zur Dankbarkeit gab.

»Setz dich aufs Bett!«

Sie setzte sich. Er setzte sich neben sie, hantierte an seinem Smartphone, drückte es ihr ans Ohr.

»Halt selbst!«, sagte er. »Du wolltest ein Lebenszeichen. Das ist ganz frisch. Es ist noch warm!«

Sie nahm ihm das Smartphone aus der Hand, hielt es sich ans Ohr, lauschte.

Sein Lächeln veränderte sich nicht. Es war wissend, erwartungsvoll, höhnisch.

Sie schloss die Augen. Wollte ihn nicht sehen.

Susans Stimme. Da war nichts Fröhliches. Ihrem Mädchen ging es nicht gut. Aber da war noch etwas anderes, das sie aus jedem ihrer Worte klingen hörte, an ihrer Art zu sprechen, ihrem Tonfall: Vertrauen, Zuneigung, Wärme.

Oh Gott, Susan! Du ahnst nicht, wem du diese Gefühle schenkst! Er hatte es gewusst. Daher sein wissendes Lächeln. Er hatte gewusst, wie sich das für sie anfühlen würde, ihre Tochter voller Liebe zu ihm.

Sie lauschte grauenhaften Sätzen: »Wenn ich dich nicht hätte! Ich bin so froh, dass du da bist! Lass mich bitte nicht allein! Halt mich fest!«

Sie konnte es sehen, wie er sie im Arm hielt. Wie er zärtlich über ihr Haar strich. Sie lauschte dem Schweigen. Hörte Susan atmen.

Sie öffnete die Augen. Er lächelte. Sie schloss sie wieder. Das wollte sie jetzt nicht sehen. Doch das, was sie hörte, war keinen Deut weniger schrecklich!

Susans Atem war schneller geworden. Was tust du mit meiner Tochter, du elender Mistkerl! Sie wusste, was er tat.

Sie hörte ein Shirt, das über den Kopf gezogen wurde, das Zippen eines Reißverschlusses, einen Gürtel, der geöffnet wurde. Susan! Das ist ein Wahnsinniger! Ein Teufel!

Susans Keuchen, die Laute ihrer Erregung. Sie wollte das nicht hören. Aber sie konnte nicht aufhören zu lauschen.

Der kurze Moment der Atemlosigkeit, als er eindrang. Ihr Stöhnen, das heftiger wurde. Heftiger und doch gedämpft, als ob sie in seinen Hals atmen würde. Oder an seine Brust.

Sie wurde gewahr, dass sich Susans Laute mit ihren eigenen vermischt hatten. Sie war am Ende mit ihrer Kraft. Ihrer Beherrschung. Öffnete die Augen. Da saß er immer noch. Sein Lächeln war zu einem Grinsen geworden. Ein Weinkrampf begann sie zu schütteln. Sie ließ das Handy fallen. Er fing es auf. Stand auf. Lachte laut. Ging zur Tür. Hörte nicht auf zu lachen. Sie hörte es noch auf der Treppe.

17

Wir kamen beide ein wenig reumütig angekrochen. Wahrscheinlich hätte ich sie nicht angerufen. Diesmal war Karin die Klügere. In der Zeit unserer Ehe war sie das selten gewesen.

Wir trafen uns im Café im Hof, fanden einen Tisch in einer schattigen Ecke der Terrasse. Das Café im Hof war ein Ort, den es schon gegeben hatte, bevor Haidhausen zu einem besseren Viertel geworden war. Der Zugang durch eine Toreinfahrt war schlecht beschildert, so dass sich Touristen aus anderen Stadtteilen selten hierher verirrten. Steffen, den Besitzer kannte ich noch aus meiner Fußballzeit vor fast dreißig Jahren, ein wöchentlicher Treff auf dem gepflegten Rasen der Schulsportanlage hinter dem Landtag mit ehemaligen Mitgymnasiasten und intakten Menisken. Lang, lang her!

Vormittags saß man dort zwischen feschen Müttern, die ihre Kleinen auf den Schößen wippten, stillten, fütterten und sich über die Höhepunkte ihres Lebens austauschten. Neuerdings waren sie schlecht zu sprechen auf Steffen. Er bestand darauf, dass Kinderwägen draußen im Durchgang stehen blieben, weil sie sonst den Bedienungen den Weg versperrten.

Aber jetzt am späten Nachmittag war Feierabendzeit. Zeit der Männer, die von der Arbeit kamen und keine Lust hatten, früher als unbedingt nötig ihren Frauen zu Hause in die Arme zu laufen. Wahrscheinlich waren es die Ehegatten der Mütter, die vormittags hier gesessen hatten.

Steffen kam selbst, nahm unsere Bestellung entgegen, dann redeten wir miteinander. Es war Karins Wunsch gewesen, und es schien ihr sehr wichtig zu sein. Zumindest am Telefon hatte es sich so angehört.

»Wir müssen reden, Ludwig.«

Hier im »Café im Hof« hatten wir in der Zeit unserer Ehe manche Krisengespräche geführt, und einige waren gut und klärend gewesen.

»Wir gehen beide nicht besonders souverän mit der Situation um«, begann sie.

»Welche Situation meinst du?«

»Ich meine dich und mich. Und Ines. Dass sie jetzt bei dir wohnt. Und Jan. Und Herbert.«

Karin war schon immer eine Meisterin der Einleitungen gewesen, die einem Gespräch alle Richtungen offen ließen. Nein, wir waren nicht souverän. Ich mochte ihren Herbert nicht. Ich mochte ihren Herbert nicht nur ein bisschen nicht, ich verabscheute ihn, und dass er mit Maiwald wirtschaftlich verbandelt war, kostete das letzte Bisschen von meinem Verständnis, das ich wegen Karin und Ines aufzubringen versucht hatte. Und ich hatte auch nicht vor, Karin meine Einschätzung zu ersparen. Im Gegenteil. Ich rieb es ihr vollkommen schonungslos unter die Nase. Holte nur kurz Atem, als Steffen uns eine Holunder- und eine Rhabarber-Schorle auf den Tisch stellte.

»Weißt du, was das Schlimme ist, Ludwig? Ich finde da nicht mehr raus.«

»Aus was? Aus der Situation? Aus dem Schlammassel? Aus der Beziehung?«

»Das ist das Gleiche!«

Sie nippte an ihrer Schorle und sah mich so traurig an, wie sie in der ganzen Zeit unserer Ehe nie aus ihren blauen Augen geschaut hatte. Fast war ich eifersüchtig.

»Ich komm nicht los von ihm. Er behandelt mich wie ein kleines dummes Mädchen, und wenn es so weiter geht, dann bin ich bald eines. Anfangs mochte ich seine männliche Stärke. Seine Art, Probleme und Zweifel vom Tisch zu fegen. Aber allmählich weiß ich nicht mehr, wer ich bin.«

Ich konnte Probleme nie vom Tisch fegen. An mir konnte sie sich reiben. Mit mir konnte sie kämpfen. Karin hatte sich verändert.

»Er nimmt mir mein Selbstbewusstsein, Ludwig. Es bleibt nichts übrig von mir. Manchmal wünsche ich mir den Mann zurück, der Schwächen hat und kein Problem damit, sie zu zeigen.«

»Mich?«

»Ja, dich! Reden wir darüber nicht weiter. Ich weiß, dass du mit dem Thema durch bist.«

»Du stehst an der Seite des Gewinners und sehnst dich zurück zu mir Loser?«

»Jaja, gib du mir auch noch Saures! Hast ja Recht.«

Sie kramte in ihrer Handtasche nach einem Tempo, wischte sich die Augen und schnäuzte sich die Nase. Es war so, wie sie sagte. Ich war mit dem Thema durch. Es hatte lang genug gedauert.

»Mir ist klar, dass es vorbei ist. Es war mein Weg, und ich muss jetzt damit zurechtkommen. Bei dir hat mir auch etwas gefehlt.«

»Das weiß ich, Karin.«

»Begeisterung für irgendetwas, Leidenschaft. Sehen, dass dir etwas wichtig ist. Und Tatkraft. Tatkraft macht sexy, Ludwig.«

Da war es wieder. Und es würde sofort wieder über uns herfallen, sollten wir je einen Neuanfang ins Auge fassen. Meine Laune begann zu kippen.

»Wir müssen nicht mehr wühlen, Karin«, antwortete ich. »Die Trennung war richtig. Unsere Beziehung hat uns beide gelähmt.«

Karin sah mich nicht an. Sie blickte in ihr halbleeres Glas, verscheuchte eine Wespe.

»Du wolltest mich nicht treffen, um mit mir über unsere Beziehung zu reden, oder?«

»Nein, Ludwig. Ich wollte dir etwas anderes sagen.«

Ich widmete mich jetzt auch einer Wespe, die anscheinend den Geruch von Rhabarber mochte, wartete darauf, dass Karin fortfuhr, nippte von meiner Schorle, nachdem die Wespe weggeflogen war.

»Ich bin froh, dass Ines jetzt bei dir ist. Das wollte ich dir sagen.«

Ich war überrascht.

»Aber bitte pass auf sie auf. Herbert gibt ihr keinerlei Anerkennung, hackt ständig auf ihr rum, lässt kein gutes Haar an ihrem Jan.«

»Viele gute Haare hast du ihm auch nicht gelassen!«

»Ich weiß. Ich bin klüger geworden. Jan ist ein lieber Kerl, er mag sie wirklich, und er hat Charakter.«

»Und laut Ines warst du nicht besonders begeistert davon, dass sie zu mir zieht?«

»Nein, das bin ich noch immer nicht. Ich habe Angst, sie zu verlieren. Ich spüre, dass sie beginnt, mich zu verachten. Ihre Mama, die sich so unterbuttern lässt.«

Das Café hatte sich inzwischen gefüllt, die Nebentische waren belegt, und wir unterhielten uns flüsternd.

»Ich habe nie verstanden, was du an Herbert gefunden hast. Klar, ich war eifersüchtig, verletzt, gekränkt. Und da war so ein Gefühl: Wenn sie so einen mag, dann weiß ich nicht, was sie je an mir gemocht hat.«

Karin betrachtete mich lange. Auf einmal konnte sie auch schweigen.

»Du weißt wirklich nicht, was ich an dir gefunden habe?«

»Nein! Ich hatte zunehmend den Eindruck, dass du es selbst längst nicht mehr wusstest.«

»Oh, doch. Ich wusste es immer. Ich mochte deinen Charme, deine Leichtigkeit. Ich mochte deine Art zu denken. Ich mochte, dass wir die gleichen Dinge genießen konnten.«

»Kommt jetzt schon wieder das Aber?«

»Die Abers haben wir uns lang genug um die Ohren gehauen!«

Und nun geschah etwas, was während unserer Ehe nur ganz selten geschehen war. Wir fielen nicht kopfüber mitten hinein in den Streitstrudel, sondern wir lächelten. Am Ende unsere Ehe war es uns nur noch sehr selten gelungen, so ein offenes Gespräch zu führen. Als hätten wir genau diesen Abstand gebraucht. Kaum führt man mit dem anderen keine Ehe mehr, schon kann man ihn lassen, wie er ist. Zumindest weitgehend. Ein trauriger Gedanke. Ich teilte ihn Karin mit.

»Ja, so scheint es«, meinte sie resigniert. »Wirklich traurig. Und jetzt habe ich einen gefunden, bei dem ich mich selbst verliere. Mein Selbstwertgefühl als Mensch, als Frau, sogar als Mutter. Herbert pulverisiert mich.«

Sie war den Tränen nahe.

»Vielleicht brauchst du einfach den Richtigen. Ich war es nicht, und Herbert ist es auch nicht.

Sie schwieg lange.

»Ich muss weg von ihm, Ludwig.«

Ich griff über den Tisch und nahm ihre Hand. Sie gab sie mir bereitwillig. Die Hand war heiß und trocken.

»Kann es sein, dass wir alle voller möglicher Rollen stecken?«, fragte sie. Mehr sich selbst als mich. »Jede Partnerschaft fördert andere zutage. Man lebt mit ihnen so lange, bis man spürt, dass man in einer Sackgasse steckt.«

»Und dann fängt man mit einem anderen von vorn an.«

Sie lächelte wieder und hielt meine Hand fest. Ein Gespräch mit einer Art von Konsens am Ende. Wann hatten wir das zum letzten Mal gehabt?

»Und du passt mir auf Ines auf, ja?«

»Versprochen.«

Wir zahlten, standen auf und umarmten uns zum Abschied lang und innig.

18

Ich beobachtete ihn beim Lesen.

Das System Maiwald musste funktionieren. Es musste funktionieren, sonst würde weder das Einladungsschreiben noch der ganze Verein irgendeinen Sinn machen. Es musste einsame alte Menschen geben, die mit so einer Rhetorik zu gewinnen waren. Und es gab Menschen, die das wussten und für ihre Zwecke nutzten. Ob es strafbar war, aus der Dummheit ein Geschäft zu machen? Sicher nicht. Da brauchte es schon noch etwas mehr, um einen Staatsanwalt aufs Parkett zu locken.

Hauptkommissar Mutzer legte die Blätter zur Seite und sah mich nachdenklich an. Wie ich an dieses Material gekommen war, hatte ich ihm bereits erklärt, zusammen mit einem Bericht über meine Recherchen. Jan hätte mich ausgelacht für mein Vertrauen in die Obrigkeit.

»Ich glaube, ich weiß von diesem Verein«, sagte er schließlich. »Mir ist da irgendetwas in meinem Gedächtnis. Wollen Sie noch Kaffee?«

Ich wollte. Er schenkte mir nach.

»Kann ich Sie mal allein lassen? Ich hoffe, Sie haben ein bisschen Zeit.«

»Zeit wofür?«, fragte ich.

»Zeit, zu warten. Ich will mal schauen, ob wir etwas hier haben. Ich geh nach nebenan zu einer Kollegin. Die ist bedeutend schneller als ich beim Recherchieren im System. Kann aber trotzdem ein bisschen dauern.«

»Ok.«

Ich war zufrieden damit, dass er sich ganz offensichtlich der Sache annahm und mich nicht einfach abwimmelte, wie Jan das befürchtet hatte.

Hauptkommissar Mutzer verließ den Raum, und ich versenkte mich in Gedanken über die drei Generationen der Familie Maiwald. Ich musste mich tief versenkt haben, denn als er zurückkam, war eine halbe Stunde vergangen, und mir war nicht langweilig geworden.

»Wir haben tatsächlich etwas. Der Verein ist bekannt. Dass Ernst Maiwald sein Vorsitzender ist, auch.«

»Und was ist noch bekannt?«

»Es ist außerdem bekannt, dass vor zwei Jahren auf eine Anzeige hin die Staatsanwaltschaft zu der Erkenntnis gekommen ist, keinen Anlass zu einer strafrechtlichen Verfolgung zu haben.«

»Ich verstehe«, sagte ich. »Wenn Dummheit nicht strafbar ist, dann ist es das Ausnutzen von Dummheit auch nicht.«

»Trotzdem hätte man die Sache durchleuchten können. Da kann es andere Tatbestände geben als das Ausnutzen von Dummheit«, meinte Mutzer, und er sah etwas schuldbewusst aus, als er mir das erklärte. Oder resigniert.

»Man hätte können, aber man hat nicht.«

»Nein, man hat nicht. Und ich glaube mich sogar daran zu erinnern, dass ein Kollege, der das anders gesehen hatte, einen gewaltigen in den Arsch gekriegt hat. Herr Fendt, ich fürchte, ich kann in dieser Sache nichts tun.«

Jan hatte also doch Recht. Ich erhob mich.

»Warten Sie, Herr Fendt. Eine Sache noch.«

»Aha?«, sagte ich.

»Wenn sich herausstellt, dass das Ganze etwas mit dem Verschwinden von Anja Maiwald zu tun hat, dann kann ich etwas tun. Dann reiße ich dieses braune Arschloch an den Backen auseinander. Meine Ausdrucksweise bleibt unter uns, ja?«

»Versprochen. Und wer soll das herausfinden?«

»Sie, Herr Fendt. Sie verdienen Geld damit, und ich würde meinen Job riskieren. Um mich mit denen anzulegen, mit denen ich mich anlegen müsste, hat der Verdacht noch viel zu wenig Substanz.«

Mutzer konnte auch lächeln. Oder war das schon eher ein Grinsen?

»Wissen Sie, wen ich mir noch vorknöpfen würde? Den jungen Zwei-Generationen-Lover. Wie heißt er noch gleich?«

»Mike«

»Genau. Mike!«

XI

Er kam, machte das Licht an und warf ihr ein Knäuel Stoff aufs Bett. Sie saß aufrecht, es landete neben ihr. Sie blickte ihn kurz an, nahm es auf, entfaltete es. Es war ein dünnes hellblaues Hemdchen. Ein Nachthemd oder ein Negligé. Sie wusste, was es war. Es war alt. Viele Jahre alt.

Das Nachthemd, das seine Mutter getragen hatte. Wenn sie saß und sich kämmte, wenn sie sich zu ihm umwandte, wissend, dass er unter der Decke lag und sie beobachtete, wissend, dass seine Augen an ihren Brüsten hingen, an ihren Brustwarzen, die sich durch den Stoff abzeichneten.

»Findest du es schön?«

Sie fand es nicht schön. Sie fand es ordinär, und sie fand es besudelt. Und sie wusste, dass es auf ihrer Haut brennen würde.

»Zieh das an!«

»Jetzt?«

»Ja, jetzt!«

Sie stellte sich seine Kinderhand auf dem Busen seiner Mutter vor.

»Ich will das nicht tragen!«

»Ich kann mich nicht erinnern, dich gefragt zu haben.«

Nein, er hatte nicht gefragt. Er fragte nie mehr. Er sprach Sätze mit Ausrufezeichen. Er sprach sie nicht laut, das musste er nicht mehr. Und er musste nicht mehr fragen.

»Steh auf dabei!«

Sie stand auf. Streifte ihre Kleider ab. Streifte das Hemdchen über.

Es war kalt. Sie wusste, dass ihre Brustwarzen sich zusammenzogen, wenn sie fror. Sie wusste, dass das auf alle Frauen der Welt zutraf, und sie wusste, dass das keine Rolle spielte. In seinem Kopf lief bereits ein anderer Film. Er starrte sie an.

»Leg dich aufs Bett! Auf den Rücken.«

Sie legte sich aufs Bett, schloss die Augen.

Lange geschah nichts. Er betrachtete sie. Sie fühlte in diesem Augenblick, dass sie zu nichts anderem da war, als ihm diese Reise zu ermöglichen. Die Reise zurück, die Reise nach Hause, zu seinem wahren inneren Zuhause, von dem er sich niemals entfernt hatte.

Er trat zu ihr ans Bett, zog sich aus, sie hörte, wie er aus seiner Hose schlüpfte. Er setzte sich auf den Rand, legte sich neben sie, streckte sich, presste seinen Körper an den ihren. Er suchte die Enge, wollte keine Luft lassen zwischen ihrem Körper und dem seinen. Nirgends. Seine Beine pressten sich an ihren Schenkel, sein Unterleib an ihre Hüfte. Sein Gesicht an ihren Hals. Sie fühlte seinen Atem, warm, erregt, Seine Hand legte sich auf ihre Brust, tastete, streichelte. Sein Unterleib begann, sich an ihr zu reiben. Sie fühlte seinen harten Penis.

Das war ihre Bestimmung. Ihn wieder erleben zu lassen, was seine dumme gewissenlose Mutter angerichtet hatte. Wie immer, wenn sie begann, ihn oder seine Mutter zu verurteilen, kroch diese bösartige Frage in sie: »Bin ich besser?«

So schmerzhaft diese Frage war, sie hielt damit leichter aus, was mit ihr geschah.

Er bewegte sich jetzt heftiger. Seine Hand packte zu, knetete ihre Brust, ein gepresster Atemstoß, ein kurzes Zittern. Dann hielt er still. Blieb liegen.

Nach einer langen Weile stand er auf. Zog sich an.

»Du bist eine Hure«, flüsterte er.

Sie öffnete die Augen. Seine waren voller Hass und Abscheu.

Sie wusste, dass er sich in diesem Moment vor sich selbst ekelte, aber das half ihr nicht.

19

Ich hatte mir eine ruhige, kontemplative Schicht gewünscht. Freundliche, unauffällige Fahrgäste, die wussten, wohin sie wollten, und möglichst auch den Weg dorthin, die ihn mir im Bedarfsfall verrieten, ohne über meine Ortsunkenntnis zu meckern, und ansonsten den Mund hielten.

Mein Kopf brauchte keine Aufregung, sondern Sammlung. Es kam anders.

Am Ostbahnhof stieg ein älterer, extrem beleibter Mann ein und wollte ins Schiller 13 am Hauptbahnhof. Er roch säuerlich.

Ich legte ihm die S-Bahn ans Herz, mit der er um diese Uhrzeit bei dem Feierabendverkehr wesentlich schneller als mit mir am Ziel wäre.

Aber er wollte mich.

Eine gute halbe Stunde später saß ich im Schiller 13, dem verrufensten Pornokino der Stadt, rechte Sitzreihe, ungefähr Mitte. Ein Ächzen der strapazierten Federung, ein Schwanken der ganzen Reihe, und da saßen wir und starrten gemeinsam auf die Leinwand, wo ein Prachtexemplar von Mann hinter einer knienden Frau stand und in atemberaubendem Tempo rammelte.

Mein Fahrgast holte sich ein Bier von der Bar.

Die Luft war miserabel. Ich fühlte, wie mein Essen von heute Mittag, ein kräftig gewürztes Döner, den Rückweg antrat.

Ich würgte es zurück an seinen Platz, stand auf und ging Richtung Klo.

Die Toilettentür war links neben der Leinwand. Ich stemmte sie auf und trat ins grelle Neon. Die Tür schloss von selbst hinter mir, aber sie schloss sich langsam und erlaubte einem weißen Lichtschein, über die Wand des Saals zu wandern. Ich sah den Schein, als ich mich umwandte, Schattenköpfe hüpften über kurzbeleuchteten Rauputz. Ich war allein.

Kaltes Wasser und ein Liter Flüssigseife. Ich rieb und schrubbte und versuchte das letzte essigsaure Geruchsmolekül, das ich an mir fühlte, in Nivea-Duft zu ersticken.

Was tat ich hier?

Ich hatte ganz hinten am Taxi-Standplatz vor dem Schiller 13 geparkt, um abzurechnen und meinen Fahrgast aussteigen zu lassen.

»Lassen Sie die Uhr laufen, und kommen Sie für eine Stunde mit! Ich bezahle den Eintritt und gebe Ihnen ein Bier aus.«

»Warum das denn?«, hatte ich gefragt. »Und ich trinke kein Bier, wenn ich fahre.«

Allerdings … die Uhr lief im Stand zwar langsamer, aber sie lief, und um diese Zeit wäre ich wahrscheinlich die meiste Zeit ohne Fahrgast im Stau und an Ampeln gestanden.

»Ich bin süchtig nach diesem Scheiß«, hatte er erklärt. »Wenn ich allein gehe, bleibe ich bis zum Ladenschluss. Aber wenn die Taxi-Uhr läuft und ich weiß, dass mich die Zeit eine Stange Geld kostet …«

Was für eine ausgereifte Methode der Selbstdisziplinierung! Der Mann hatte meinen Respekt.

»Die Stunde ist um!« sagte ich nach meiner Rückkehr von der Toilette. Ich hatte nicht auf die Uhr gesehen, doch gefühlt war schon eine halbe Nacht vergangen.

Er erhob sich brav, wir verließen das Kino, gingen zum Taxi. Er zahlte, was die Uhr anzeigte.

Zurück fuhr er mit der S-Bahn.

Es war tatschlich nicht einmal eine Stunde gewesen. Ich lüftete ausgiebig, und nun erhielt ich vom großen Taxifahrer-Manitu für eine Weile die Sorte Fahrgäste, die ich mir für diesen Abend gewünscht hatte. Einsteigen, Fahrziel nennen, fahren, schweigen, zahlen, aussteigen.

Ich hatte Gelegenheit nachzudenken. Um Mitternacht würde ich Hans treffen, und Hans würde einen glasklaren Bericht haben wollen.

Er wartete schon, wie meistens. Hatte allerdings noch keine Pizza vor sich.

»Ich hatte Zoff mit Amelie«, erklärte er, als er meinen fragenden Blick sah. »Mir ist der Appetit vergangen.«

Gestern war Amelie noch seine Derzeitige gewesen, jetzt war sie seine Verflossene.

Ich verzichtete auch auf Pizza, wir beließen es beim Trinken, und Hans erzählte mir in aller Kürze vom Ende seiner kurzen und heftigen Liaison mit Amelie. Das Muster war immer das Gleiche. Ich kannte Hans lange genug, um die Parallelen zu sehen. Er kannte sich selbst schon viel länger und wusste auch Bescheid. Es ging um Sehnsüchte nach Ankommen auf der einen Seite und Bindungsangst auf der anderen. Es ging um einen, wie er selbst sagte, völlig bescheuerten Freiheitsbegriff.

»Morgen werde ich im Bett liegen, keine Amelie, keine Wärme, keine zweite Zahnbürste im Bad, keine unaufgeräumten Schminksachen. Ich muss nicht mehr Tee zum Kaffee machen und ich werde mich alles andere fühlen als frei.«

Ich hatte kurzzeitig den Eindruck, Hans wollte ausnahmsweise mal von sich reden und nicht von mir und meinem Fall. Aber nur kurzzeitig. Hans beschäftigte sich mit sich und seinen Problemen lieber allein grübelnd als kommunikativ. Ich war vielleicht der einzige, bei dem er gelegentlich eine Ausnahme machte, weil er wusste, dass ich zuhören würde und nicht weiter in ihn dringen, als er es zulassen wollte.

»Jetzt erzähl von deinen Recherchen!«

Und ich erzählte. Von meinem Gespräch mit Anjas Läuferfreundinnen. Von meiner Unterhaltung mit der Freudendame vom Olymp. Von Maiwalds braunem Erbschleicherbrief, den ich bei meinem Nachfolger gefunden hatte. Vom Gespräch mit Hauptkommissar Mutzer und seinem Geständnis vom angeordneten Versickern der Ermittlungen gegen Maiwalds Verein.

»Du stocherst, Ludwig. Das ist kein Ermitteln.«

»Kann sein. Ich schau mir die Leute an, die Anja kennen, und ich höre zu. Was soll ich denn sonst machen? Soll ich sie verhaften und verhören?«

»Versteh mich nicht falsch! Du verschaffst dir einen Eindruck, ein Gefühl für Anja Maiwalds Leben. Das ist vollkommen ok. Aber jetzt ist es Zeit für Thesen und deren Überprüfung. Sonst kommst du nicht weiter.«

»Ich habe Thesen.«

»Ok. Lass hören!«

»Anja hat sich mit einem neuen Lover abgesetzt und lässt es sich gut gehen. Geld genug hat sie dafür, und das erste Mal wäre es auch nicht.«

»Überzeugend! Weiter!«

Er grinste.

»Da gibt's nichts zu grinsen! Das ist wahrscheinlich das Wahrscheinlichste. Oder die Hotelnutte ist neidisch, vielleicht auch panisch oder verzweifelt, weil sie sich von Anja in ihrer Existenz bedroht sieht, und bringt sie um. Das ist ein zwingendes Motiv für drei Morde. Aber warum hätte sie mir das freiwillig auf die Nase binden sollen?«

»Gute Einwände gegen die eigenen Thesen sind sehr hilfreich. Weiter!«

»Eine der Läuferinnen steht tierisch auf Mike und ist höllisch eifersüchtig. Er macht nacheinander Mutter und Tochter den Hof, und sie geht leer aus.«

»Hmmm …« meinte er. »Kann sein, dass das tatsächlich so ist. Aber für wie viele Morde reicht das?«

»Einen halben?«

»Höchstens. Ok, Ludwig. Komm zur Sache. Wir wissen beide, wo es am meisten stinkt.«

»Gut. Anja Maiwald weiß seit kurzem oder seit langem, dass ihr Vater ein rassistisches Arschloch ist und ein gewissenloser Betrüger. Sie droht ihm. Sie erpresst ihn. Keine Ahnung. Der Mann sieht sein ganzes Leben und seine Existenz auf dem Spiel stehen. Da schützen dann keine Blutsbande.«

»Ja, Ludwig. Das seh ich auch so. Die erste oder die letzte These!«

Dann schwieg er, und ich schwieg mit. Seine Hand lag auf dem Tisch. Er begann mit einem Finger zu klopfen, bemerkte es, hörte auf, sah mich an. Sein Blick, dieses Schelmische, Ironische, nichts davon war mehr da, und ich hatte gar nicht mitbekommen, wie es sich davongemacht hatte.

»Amelie fehlt mir, Ludwig. Ich bin so ein Volltrottel.«

»Du bist ein Angsthase.«

»Ja.«

»Mit einem bescheuerten zwanghaften Freiheitsdrang.«

»Ja.«

»Einer, der seine Gefühle nur zeigt, wenn er sie vorher säuberlich in Ironie, Sarkasmus und einen Hauch Abgeklärtheit eingepackt hat.«

»Ja.«

»Du magst sie sehr?«

»Ja!«

»Zeig ihr das, Hans! Lass sie das sehen! Lass sie dich sehen, sie ahnt dich doch eh schon.«

Er lächelte, nickte und stand auf.

»Ich muss gehen, Ludwig. Du zahlst.«

XII

Susan lag auf einem schmalen Bett. Ihre Hände und Füße waren mit Ketten an Haken fixiert, die in das Holz des Rahmens getrieben waren.

Sie war nackt. Ihre Haare wirr um ihren Kopf, das Gesicht gerötet, die Schminke verschmiert, die Augen starrend.

Vor ihr stand ein Mensch. Ein Mensch in einem schwarzen Overall, schwarz von Fuß bis Hals, der Latz geöffnet, ein gigantischer Penis, der aus ihm herausragte, vor dem Gesicht eine Maske mit schmalen Schlitzen.

Susan starrte auf ihn. Sie schrie. Was sie schrie, war anfangs wohl ein »Nein« gewesen. Jetzt waren es nur noch Laute, die entfernt so klangen.

Sein Penis war riesig, er würde sie pfählen, durchbohren.

Susans Körper bäumte sich auf in seinen Fesseln. Ihr Schreien war zu Heulen geworden, nicht von Wortgrenzen unterbrochen. Es ebbte ab zu einem Weinen, schwoll wieder an.

Er näherte sich ihr.

Sie stand in einem Nebenraum. Nur eine Glasscheibe zwischen ihr und dem Raum, in dem Susan lag. Sie schlug mit der Hand dagegen. Das Glas zerbarst nicht. Sie schlug nochmal, fester, mit all ihrer Kraft, immer wieder. Und sie schrie. Susan musste sie hören. Sie hörte sie doch auch. Auch der Mensch bei ihr musste sie hören.

Er griff mit einer Hand nach seinem Penis, mit der anderen hinter sich, löste etwas, einen Verschluss, eine Schnalle, nahm den Penis ab, ließ ihn zu Boden fallen.

Sie sah eine rasierte Vagina. Ein schmaler, kurz getrimmter dunkler Haarstreifen auf dem Venushügel. Wie bei ihr.

Der Mensch führte die Hände zum Gesicht. Streifte die Maske ab. Es war sie. Anja Maiwald.

Und ihre Tochter schrie, als ob sie erst jetzt den Gipfel allen Schreckens erreicht hätte.

Ihre Decke, ihr Kissen, das Leintuch auf dem sie lag, alles war nass von ihrem Schweiß, als sie erwachte.

20

Paradies-Club. Mein wahrscheinlich letzter Stich für heute. Es war zwar erst Mitternacht, aber ich war müde, und mir tat das Kreuz weh.

Paradies! Zwei Fliegen mit einer Klappe, denn der Club war auf meiner Liste. Nach den Angaben der olympischen Hotelnutte hatte sie selbst dort gearbeitet, ebenso Anja und noch eine dritte namens Stefanie. Dass sie Wichtiges zu meiner Ermittlung beizutragen hatte, bezweifelte ich allerdings. Aber Fragen war gratis. Jedenfalls ersparte ich mir die Extra-Anfahrt.

Ich stellte den Wagen direkt vor der Eingangstür ab. Die Kundenkarossen standen aus Diskretionsgründen wohl hinter dem Haus oder es waren keine da. Jedenfalls war mein Taxi der einzig sichtbare Wagen.

Die Dame, die mir öffnete, war in meinem Alter, offenbarte viel Fleisch hinter wenig Stoff und sparte sich die Mühe, mich mit einem huldvollen verführerischen Lächeln zu begrüßen. Sie hatte mich eingeordnet.

»Taxi?«

»Taxi!«

»Kommen Sie rein. Wir brauchen Sie für eine Besorgung.«

Ich war schon mal im Paradies gewesen. Vergangenen Herbst, wenn mich meine Erinnerung nicht trug. Der Laden war voll gewesen. Ein rötlich gestrichener Raum mit Plüschmöbeln in allen Ecken, in denen die Frauen mehr auf als neben den Männern saßen. Ich stand an der Bar und wartete auf einen Fahrgast, der noch nach seinem Mantel suchte. Aus einer Ecke erreichte mich eine flötende Stimme: »Schatzi, gibst du mir einen Sekt aus? Dafür bin ich ganz lieb zu dir.«

Ich sah mich um, aber ich war nicht gemeint. Trautes Getuschel zwischen Männern und jungen Frauen mit wenigen Textilien am Leib, die ihren potentiellen Kunden schon auf den Barhockern an die Wäsche gingen. Ein tätowierter Kerl mit furchteinflößenden Muskeln schenkte ein. Gedränge auf der Treppe, die nach oben zu den Zimmern führte. Endlich war der Mantel gefunden, und ich fuhr dahin mit einem nicht mehr sehr nüchternen älteren Herrn, für dessen Spesen wahrscheinlich eine Firma aufkam.

Heute herrschte hier Leere und Tristesse.

»Das Taxi ist da. Wer will jetzt eine Pizza?«

Diverse »Ichs«, kurze Diskussionen über Pizzabeläge. Dann wandte sie sich wieder an mich und konkretisierte ihre Bestellung: »Sie kennen das Mezzogiorno drüben am Schatzbogen?«

Ich nickte.

»Also. Fünf Pizzen. Drei mit Schinken, eine mit scharfer Salami und eine Funghi. Also nur Pilze. Alles klar?«

»Alles klar.«

»Können Sie's auslegen?«

»Wär traurig, wenn ich das nach sechs Stunden Arbeit nicht könnte«, entgegnete ich.

Um diese Zeit kurz nach Mitternacht war auch das Mezziogiorno leer. Ich befürchtete, man würde mir sagen, dass der Pizzaofen schon kalt war. Aber ein junger Kellner hinter dem Tresen, der müde aussah, nahm die Bestellung entgegen. Ich orderte noch einen Espresso und setzte mich an einen Tisch. Ein Koch oder Pizzabäcker in Weiß kam aus der Küche, sagte irgendetwas zu dem Kellner, der daraufhin an meinen Tisch kam.

»Wir haben keine frischen Champignons mehr. Wir können für die Funghi nur eine Dose aufmachen.«

Ich überlegte kurz.

»Nein, machen Sie einfach eine Margherita.«

Er verschwand in der Küche.

Zehn Minuten später bezahlte ich, bekam fünf Schachteln in die Hand gedrückt und fuhr zurück ins »Paradies«.

Diesmal öffnete mir eine andere Dame.

Sie lag altersmäßig irgendwo in der Mitte zwischen meiner Ines und der älteren, die mir zuvor geöffnet hatte. Wahrscheinlich doch näher an der älteren, dachte ich beim zweiten Hinsehen. Blass, dunkles langes Haar, rote Lippen, etwas ramponiertes Makeup. Vielleicht ein überzeugender Schneewittchen-Typ, wenn sie auf unschuldig machte.

»Kommen Sie rein«, sagte sie und führte mich an die Bar. Die Ältere stand hinter dem Tresen. Sie öffnete eine Kasse und drückte mir drei Zwanziger in die Hand.

»Stimmt so, oder?«

Fünfunddreißig Euro die Pizzen, die Wartezeit, die kurze Strecke in die Pizzeria und zurück. Das war mehr als genug. Ich wunderte mich immer wieder, wo ich in diesem Job Großzügigkeit und wo Geiz begegnete.

»Danke. Ist mehr als genug«, sagte ich. »Wer hat denn die mit Pilzen bestellt?«

»Das ist meine«, antwortete der Schneewittchen-Typ, der mich eingelassen hatte.

»Die hatten keine frischen Champignons mehr. Ich hatte die Wahl zwischen Dosenpilzen oder einem anderen Belag.«

»Und was haben Sie genommen?«

»Eine Margherita.«

»Das war gut. Champignons aus der Dose sind eklig. Schlechter Schinken auch. Billigsalami sowieso. Ich hätte auch die Margherita genommen. Haben Sie Hunger?«

Ich muss sie ziemlich verwundert angesehen haben. Sie lachte mir ins Gesicht, und ich fand, dass dieses Schneewittchen ein wunderbares Lachen hatte.

»Ich schaff nie und nimmer eine ganze. Teilen wir sie uns?«

»Gern«, sagte ich und wünschte, ich hätte einen etwas längeren und gewinnenderen Satz hervorgebracht.

Schneewittchen öffnete die Schachteln, rief die Beläge in die Runde. Die Pizzen fanden ihre Abnehmerinnen. Sie riss zwei Servietten von einer Küchenrolle, die neben dem Spülbecken hinter dem Tresen lag, nahm die Pizza und fragte mich: »Die sind schon vorgeschnitten. Brauchen Sie Besteck?«

Ich schüttelte den Kopf und folgte ihr an einen Tisch. Wir aßen mit den Fingern, redeten nicht viel und wenn Belangloses. Ich betrachtete sie beim Kauen, beim Mundwischen, antwortete, als sie mich fragte, wie meine Schicht bisher verlaufen war, wie lange ich heute noch fahren wollte. Sie war anders als ihre Kolleginnen. Ich konnte nicht sagen, warum. Klar, sie war älter als die meisten Mädels, soweit ich das beurteilen konnte. Wahrscheinlich die älteste hier bis auf die Puffmutter. Aber vor allen Dingen gefiel sie mir. Ich überlegte, ob ich mit ihr aufs Zimmer gehen würde, wenn das Angebot bestünde und ich für so etwas Geld ausgeben würde. Die Antwort war Nein, und der Grund dafür war, dass ich sie nett fand, dass ich sie mochte. Vollkommen ungeeignete Gefühle für die Freierrolle.

Außerdem war ich ja als Ermittler hier.

»Gibt's hier eine Stefanie?«, fragte ich.

»Ja die gibt's. Sie essen gerade eine Pizza mit ihr. Warum fragen Sie? Bin ich empfohlen worden?«

Sie lachte.

Ich erklärte, dass ich außer Taxifahrer auch noch Privatdetektiv war und den Auftrag hatte, eine gewisse Anja Maiwald zu suchen, die verschwunden war. Und dass ich von einer gewissen Kollegin, die im Hotel Olymp arbeitete, die Information hatte, dass sie alle drei hier angeschafft hatten.

»Das stimmt. Wir waren früher mal zusammen hier und wir haben uns ganz gut verstanden. Dann ging Sabine ins Olymp, später auch Anja, aber für mich wäre das nichts gewesen. Wissen Sie, ich sehe das hier einfach als Job. Ich habe meine Arbeitszeiten. Die Freier kommen oder sie bleiben eben aus. Im Hotel müsste ich offensiver arbeiten. Das will ich nicht. Wahrscheinlich könnte ich es auch nicht.«

Ich hatte befürchtet, dass es vorbei wäre mit ihrer Nettigkeit, sobald ich anfangen würde, sie auszufragen. Aber es war nicht so. Sie antwortete mir ruhig und unverändert freundlich.

»Wann haben Sie denn das letzte Mal von Anja gehört?«

»Von Anja? Das ist ewig her. Mit Sabine habe ich mal telefoniert. Sie hat erzählt, dass sie nicht besonders glücklich war im Hotel, und dass sie vielleicht wieder in einen Club gehen wollte.«

Ich wusste keine Fragen mehr. Wir hatten fertig gegessen. Ich stand auf, gab ihr die Hand, nachdem ich sie abgewischt hatte, verabschiedete mich.

»Vielen Dank für das Abendessen.«

»Sie lächelte. »Vielleicht sieht man sich mal wieder.«

»Ja, vielleicht.«

Eine Stunde später lag ich im Bett. Ich fand trotz meiner Müdigkeit keinen Schlaf und unterhielt mich mit den Frauen in meinem Leben. Mit Ines, mit Karin. Sehr lange unterhielt ich mich mit Susan Maiwald, aber sie sagte nichts, aus dem mir klar wurde, was sie für mich bedeutete. Ein Geheimnis? Ein junges Mädchen, das meine Hilfe brauchte? Mein erster Auftrag, der Beginn meiner Laufbahn als Detektiv? Und am Ende, kurz bevor der Schlaf kam, besuchte mich noch Schneewittchen. Die erste Frau nach meiner Trennung, bei der ich ansatzweise wieder spürte, dass ich ein Mann war.

21

»Jan will wissen, wie es bei der Polizei gelaufen ist.«

Ines hatte Croissants besorgt, Kaffee gemacht. Ich konnte mich nicht beschweren. Manches war stilvoller und weniger improvisiert geworden, seit mein Töchterchen wieder im Haus war. Die Technik, das Hörnchen in die Tasse zu tauchen, es vorsichtig herauszuheben, damit es nicht abbrach, und es sich lustvoll in den Mund zu schieben, hatte sie als Kind erlernt und nie wieder aufgegeben.

Ich konnte es auch noch.

Sie saß in ihrem weißen kurzen Bademantel am Tisch, die Beine hochgelegt, und genoss unser Freistilfrühstück.

»Herbert und Mama haben jeden Morgen gemotzt, dass das unappetitlich ist. Dabei es ist appetitlich pur, gerade wenn es tropft. Aber jetzt sag schon: Wie ist es gelaufen?«

Ich berichtete von meinem Gespräch mit Hauptkommissar Mutzer. Ines hörte schweigend zu.

»Also hat Jan Recht. Die werden nichts unternehmen.«

»Nein, werden sie wohl nicht.«

»Dann lass ich Jan von der Leine, Paps.«

»Ja, mach das. Ich hab den guten staatsbürgerlichen Weg probiert. Er führt nirgendwo hin.«

Ines wischte sich den Mund, stand auf und verschwand im Bad. Ich bereitete mich gedanklich auf mein bevorstehendes Gespräch mit Susan Maiwald vor. Sie hatte angerufen, kurz bevor der Kaffee durchgelaufen war, und mich gebeten, vorbeikommen zu dürfen.

Sie wollte den Stand der Dinge erfahren. Ich hatte ihr einiges zu erzählen über ihre Mutter und ihren Großvater. Dafür wäre allerdings ein gutes psychologisches Einfühlungsvermögen nützlich. Offen und ehrlich aber schonend. Wie machte man so etwas?

Ines verabschiedete sich. Das Bad war frei.

Ich betrachtete einmal mehr diesen älter werdenden Mann, der immer noch nicht wusste, was er vom Leben wollte, obwohl es vermutlich zu zwei Dritteln vorbei war.

»Das Leben muss einfach gelebt werden«, hatte ich kürzlich irgendwo gelesen. Ein Satz, den man notorischen Sinnsuchern unter die Nase reiben konnte. Aber war das nicht doch ein bisschen zu kurz gesprungen?

Ein wenig beneidete ich Hans. Hans stellte sich im Moment bestimmt keine so müßigen Fragen. Er lebte Sehnsucht, Hoffnung, Begehren. Vielleicht auch ein Quantum Verzweiflung. Er spürte sich.

Und ich? Was waren meine intensivsten Gefühle in den letzten Jahren gewesen? Da war mein Rosenkrieg. Da waren Entfremdung, Kälte, manchmal auch noch ein wenig Nähe, manchmal wilde enthemmte Attacken. Karin und ich kannten uns gut. Kannten unsere verletzlichen Stellen. Dennoch fühlte sich der Schmerz manchmal so an, als würde er einen Betäubten peinigen. Als würden all die Verletzungen nicht wirklich mich meinen. Ich war so ein Panzertier geworden. Karin hatte das gefühlt, und darin lag wohl auch ein Grund dafür, dass wir uns verloren hatten.

Ich war so froh um Ines. Der einzige Mensch in meinem derzeitigen Leben, der all das auslösen konnte, was in meinen Untiefen an schönen Gefühlen schlummerte.

Mit Hans hatte ich oft darüber gesprochen. Er verstand mich, weil es ihm oft ähnlich ging. Im Moment allerdings führte er ein sehr lebendiges Leben. Hans wurde gerade anständig verwirbelt.

Ich setzte nochmal Kaffee auf, stellte eine Flasche Mineralwasser kalt. Ich würde jetzt Susan Maiwald verwirbeln.

Sie kam eine halbe Stunde später und sie kam nicht allein, sondern in Begleitung einen jungen gutaussehnenden Mannes.

Allerdings ganz anders gutaussehend als der Freund meiner Tochter, der auch ein fescher Kerl war. Der junge Mann, der mit Susan Maiwald in meine Wohnung kam, war wahrscheinlich der Traumschwiegersohn aller Mütter. Blond, blauäugig, modischer Kurzhaarschnitt, Dreitagebart, legeres Sakko, Hemd ohne Krawatte, feine Sneakers an den Füßen und eine samtene dunkle Stimme, als er mich begrüßte, nachdem Susan ihn als ihren Mike vorgestellt hatte.

Jetzt waren meine Pläne verwirbelt. Ich hatte vorgehabt, Susan damit zu konfrontieren, dass Mike zumindest in den Augen von Anjas Mitläuferinnen eine seltsame Rolle gespielt hatte. Jetzt musste ich improvisieren.

Wir setzten uns.

Susan erzählte, wovon ich ohnehin ausgegangen war: Dass es von ihrer Mutter kein Lebenszeichen gab.

Mike wirkte ernst, gefasst, hielt ihre Hand. Susans Trost und Halt.

Ich fragte ihn ganz direkt: »Was denken Sie eigentlich über die Geschichte? Sie kennen Anja ja auch recht gut?«

Ich wusste nicht, ob die Süffisanz meiner Bemerkung bei ihm angekommen war. Jedenfalls ließ er sich nichts anmerken.

»Ich weiß nicht. Ich weiß nur, dass sich Susan große Sorgen macht.«

»Berichten Sie doch mal, Herr Fendt!«

Susan übernahm die Rolle der Auftraggeberin.

»Was haben Sie unternommen? Was haben Sie rausgefunden?«

Wenigstens hatte sie nicht gefragt, womit ich ihr Geld verschwendete.

Ich berichtete. Erzählte von meinem Besuch bei ihren Großeltern.

»Und was halten Sie von den beiden?«

»Ehrlich gesagt, bin ich sehr froh, dass ich nicht mit ihnen verwandt bin. Liebevolle Eltern oder Großeltern stelle ich mir anders vor!«

»Ich auch, Herr Fendt. Ich habe sie mir nicht ausgesucht und Mama auch nicht.

»Zum Verbleib Ihrer Mutter haben sie absolut nichts zu sagen. Sie lassen aber durchblicken, dass sie ihnen völlig egal ist.«

Susan nickte traurig.

»Ja, das ist wenigstens ehrlich. Mama und ich waren ihnen immer egal.«

»Wussten oder wissen Sie von ihren politisch-wirtschaftlichen Aktivitäten?«

Susan blickte mich fragend an.

»Für mich sind Ihre Großeltern ein widerliches Pack! Entschuldigen Sie das offene Wort!«

Ich reichte ihr das Einladungsschreiben des Vereins für deutsch-gesinnte Erblasser und ließ sie lesen. Mike las mit. Sie lasen lange und ruhig. Susan gab mir das Schreiben zurück.

»Mama hat mir mal davon erzählt. Nur ganz kurz und ganz ungefähr. Widerliches Pack trifft es gut. Und es passt zu meinem Bild von ihnen.«

Ihre gefasste Reaktion überraschte mich. Selbst diese Widerwärtigkeit war für sie nicht wirklich schockierend.

»Woher haben Sie denn das?«

Ich erzählte von der Verbindung zwischen Maiwald und dem Herbert meiner Karin.

Sie zuckte mit den Achseln.

»Ihre Mutter wusste also von diesen Aktivitäten?«

»Ich denke schon, aber wahrscheinlich nicht im Detail. Warum fragen Sie? Sehen Sie da einen Zusammenhang?«

»Sehen Sie einen, Susan?«

»Eigentlich nicht. Mama war immer sehr kühl, wenn sie über ihre Eltern redete. Oft tat sie das ohnehin nicht. Ich kann mir nicht vorstellen, dass es sie so mitgenommen hätte, davon zu erfahren. Es ist einfach scheußlich. Wie kann man so ein Schwein sein!«

»Können Sie sich vorstellen, dass Ihre Großeltern sich bedroht gefühlt haben? Gesetzt den Fall, dass Ihre Mutter dahinter gekommen ist, was Ihre Eltern so treiben. Vielleicht nicht nur ungefähr und vage. Vielleicht mit den ganzen hässlichen Details. Und dass sie entsetzt war. Wütend. Ich meine …«

Mike unterbrach mich.

»Jetzt verstehe ich, was Sie meinen. Verstehst du, was er meint, Schatz?« Er legte seinen Arm um Susan und zog sie beschützend an sich.

»Nein, ich verstehe gar nichts im Moment.«

»Herr Fendt meint, dass deine Großeltern vielleicht befürchtet haben, Anja könnte sie ans Messer liefern. Erpressung, Bedrohung, Presse, Vernichtung des guten Rufes.«

»Ach herrje!« Susan schüttelte entschieden den Kopf. »Mein Großvater fürchtet überhaupt nichts. Und schon gar nicht seine Tochter. Er hält sich für den Größten. Unangreifbar. Drohungen von Mama oder mir würde er nicht ernst nehmen.«

»Ich werde nochmal mit ihnen reden«, erklärte ich. Beim ersten Mal wusste ich noch nichts von diesen Umtrieben.«

Ich schob Mike ein Stück Papier und einen Stift über den Tisch.

»Wären Sie bitte so nett, mir Ihre Adresse und Telefonnummer aufzuschreiben? Falls ich später noch Fragen an Sie habe.«

Er schrieb. Gab mir das Papier zurück. »Mike Oswald«, las ich. Und sogar eine Festnetznummer. Eine Adresse in Milbertshofen. Im ärmlichen Münchner Norden hätte ich sein Zuhause nicht vermutet.

»Sie wollen meine Großeltern nochmal besuchen? Da wird nichts dabei herauskommen.«

Susan hatte sich enger an Mike gekuschelt.

»Bitte erzählen Sie uns, was Sie noch unternommen haben, Herr Fendt!«

Ich schenkte eine Runde Kaffee aus, rückte Milch und Zucker in ihre Reichweite, füllte die Wassergläser. Und dann ritt mich der Teufel.

»Ich war in dem Hotel, in dem Ihre Mutter gearbeitet hat. Im Olymp.«

Mike war schneller. »Ich habe da auch mal eine Weile gejobbt, als Nachtportier. War ein angenehmer Job. Ich konnte nachts an meinen Arbeiten schreiben. Es gab meistens nicht viel zu tun, außer wach bleiben und ab und zu einen Schlüssel rausgeben.«

»Mike hat Mama dort kennenlernt. Meine Mutter war sehr beliebt. Und sie mochte den Job. Immer neue Leute, kulturelle Sachen unternehmen. Fremde Sprachen sprechen. Das hat ihr Spaß gemacht.«

Susan schien keine Ahnung zu haben.

»Von manchen wurde sie sehr geschätzt. Allerdings nicht von allen. Da gibt es eine Frau, die Ihre Mutter gar nicht mochte.«

»Ich kenne ihre Kollegen kaum. Wieso? Was hatte diese Frau gegen Mama?«

»Diese Frau war eine Nutte und sie fand ihre Freier im Olymp. Bis ihre Mutter kam. Sie erzählte, dass Anja in diesem Job besser war und ihr die Kundschaft ausgespannt hatte.«

So! Jetzt war ich gespannt. Eben war ich mir noch nicht sicher gewesen, ob ich diesen Knüppel aus dem Sack lassen sollte. Aber das Ganze lief mir zu emotionslos ab.

»Von Menschen, die sich unter Kontrolle haben, erfährt man nur, was sie einen wissen lassen wollen.« Ein Spruch von Hans.

Susan und Mike schwiegen eine Weile. Susan schwieg ziemlich laut. Sie zischte, schnappte nach Luft. Ein Kaffeefaden lief ihr aus dem

Mundwinkel und machte einen unschönen Fleck auf ihr gelbes Sommerkleid. Mike umfasste sie nun auch mit dem anderen Arm, als ob er verhindern wollte, dass sie entweder zusammenbrach oder sich auf mich stürzte.

»Mama eine Nutte! Sind Sie vollkommen durchgeknallt?«, schrie sie mich an.

»Die Frau, die mir das erzählt hat, schien zu wissen, wovon sie sprach. Und sie schien durchaus bei Sinnen.«

»Aber Sie nicht! Sie sind nicht bei Sinnen! Da macht irgendeine eifersüchtige hässliche Tussi meine Mutter schlecht, und Sie glauben ihr! Auf welcher Seite stehen Sie eigentlich? Ist es das, was Sie mir anbieten wollen? Meine Mutter eine Hure? Und vielleicht noch mit einem Freier durchgebrannt? Und dafür sacken Sie mein Geld ein!«

Susan war jetzt vollkommen neben der Spur.

»Beruhige dich, Schatz!«

»Ich werde mich bestimmt nicht beruhigen! Dieses Dreckstück von Hure zieht meine Mutter in den Dreck!«

Sie hatte sich aus Mikes Umarmung gewunden, sprang auf, stieß mit dem Oberschenkel an den Tisch. Die Kaffeetasse stürzte, die braune Brühe rann und tropfte auf den Boden. Ich ließ sie tropfen.

Susans Gesicht war rot geworden, ihre Stimme schrill.

»Sie sind entlassen! Schicken Sie mir eine Rechnung! Ich will nie wieder was von Ihnen hören!«

»Übrigens war ich auch bei Anjas Laufgruppe im Englischen Garten. Wissen Sie, was mir die Damen dort erzählt haben? Dass Mike Anja massiv angebaggert hat. So massiv, dass es allen peinlich war. Und sehr befremdlich fanden sie, wie er plötzlich umschwenkte und sich an die Tochter ranmachte.«

»Das ist nicht wahr, Schatz. Da war nie etwas zwischen Anja und mir. Ich mochte sie gern, aber mehr war da nicht.«

Und an meine Adresse: »Was sind Sie für ein ekelhafter Giftmischer! Susan dachte, Sie würden ihr helfen.«

Er hatte wieder zugegriffen mit seinen langen Armen und hielt Susan fest. Sie befreite sich. Sah zu ihm, sah zu mir.

»Ich habe niemand außer Mike. Was hab ich Ihnen getan, Herr Fendt? Warum wollen Sie mir alles zerstören?«

Sie ergriff Mikes Hand, zog ihn zur Tür. Ich sah, wie sie weinte, als sie die Tür hinter sich zufallen ließen.

Mein erster Fall war zu Ende.

22

Hans hatte mir erklärt, dass es zu den Zeiten der Großmessen gutes Geld zu verdienen gab.

Während des Oktoberfestes war noch mehr los, aber es konnte jederzeit passieren, dass ein Besoffener nicht mehr wusste, wo er wohnte, seinen Geldbeutel nicht fand, im Wagen einschlief und nicht mehr wach zu kriegen war. Außerdem war die Gefahr groß, dass einer kotzte und die Schicht damit endete, den Wagen in der Tiefgarage zur Reinigung abstellen zu müssen.

Messen waren stressloser und die Spesenbudgets der Besucher manchmal ganz erheblich.

Mein Wissen beruhte allerdings fast ausschließlich auf Hans' Erzählungen. Ich war nicht lang genug im Metier, um statistische Aussagen auf der Basis selbst gemachter Erfahrungen treffen zu können.

Zurzeit lief jedenfalls eine große Messe. Ich hatte vergessen, welche. Von der angeblichen Geschäftsbelebung für das Taxigewerbe hatte ich nicht viel bemerkt, bis in einem Hotel in Riem drei Männer einstiegen und mir zu verstehen gaben, dass sie noch etwas erleben wollten. Sie waren in meinem Alter, dem Akzent nach Osteuropäer. Ich tippte auf Tschechen. Sie sprachen passabel Deutsch, zumindest der Wortführer, und er unterstrich sein Anliegen durch unmissverständliche Zeichen mit den Fingern. Wo gab es hier was zu ficken?

Ich überlegte nicht lange und beförderte sie ins Paradies. Sie bemerkten natürlich, dass ich an einigen rotbeleuchteten Etablissements vorbeifuhr, ohne zu verlangsamen, sahen mich fragend an. Ich schüttelte den Kopf und fuhr weiter.

Ich erkannte die ältere Dame, die uns öffnete, aber sie mich nicht. Die drei baten mich, mit reinzukommen, sie würden sich umschauen und mir dann sagen, ob sie bleiben wollten oder weiterfahren.

Es herrschte Trubel im Paradies. Die drei begutachteten die Frauen, fragten nach Preisen und dafür erhältliche Dienstleistungen. Sie waren augenscheinlich nicht zum ersten Mal in so einem Club und wussten, worauf es ankam.

Ich sah mich auch um. Sie war nicht zu sehen.

Nach einer Weile kam der Wortführer der drei auf mich zu und erklärte mir, dass sie bleiben würden, aber nicht sehr lange. Ich solle auf sie warten, wenn es mir nichts ausmache, ein Bier trinken, sie würden mir die Wartezeit bezahlen. Das Bier auch. Ich willigte ein.

Die anderen beiden gingen bereits die Treppe hoch, jeder von ihnen eine junge, sehr dürftig bekleidete Frau an seiner Seite. Sie waren also fündig geworden. Mein Gesprächspartner noch nicht. Er ließ mich wieder allein und verschwand in einer Ecke, die ich von meinem Stehplatz an der Bar nicht einsehen konnte. Ich drehte mich um und bestellte eine Cola. Die Frauen, die mit Gästen herumsaßen oder an der Bar lehnten und noch zögernden Kunden gute Argumente an den Leib drückten, ließen mich in Ruhe. Man sah mir an, dass ich ein wartender Taxifahrer war. Ich fragte mich, woran und wusste keine Antwort.

Es herrschte ein reges Kommen und Gehen im Paradies. Neuankömmlinge waren unschlüssig und betrachteten die Damen und das Treiben. Meistens dauerte es nicht lange, bis sie umzingelt und von viel freier Haut umgeben waren.

»Ich bin die Natascha. Und du?«, hörte ich zu meiner Rechten.

Ich stand an der Bar, lehnte am Tresen, nippte an meiner Cola und war für alle Luft.

»Ich bin der Ingo.«

Nach »Woher kommst du?« und »Was machst du hier?« kam die Frage nach einer Einladung zu einer Flasche oder zumindest einem Gläschen Champagner oder zumindest Sekt. Zuletzt ein »Gehen wir auf's Zimmer, Ingo? Machen wir's uns nett?«

Sie gingen.

Der Dritte, mein Wortführer, hatte nun auch gefunden, was er suchte. Ich sah ihn auf mich zukommen, Schneewittchen im Arm. Ich blickte sie an, sie lächelte, und ich erkannte in ihrem Lächeln, dass sie wusste, wer ich war. Die beiden gingen nebeneinander die Treppe hoch. Sie trug einen extrem kurzen schwarzen Rock, Strümpfe, waghalsig hohe Pumps und ein Top mit einem sehr tiefen Ausschnitt. Als sie über die

Stufen schritten, wanderte seine Hand langsam, aber zielsicher ihren Schenkel hoch und schob sich unter ihren Rock. Dann sah ich sie nicht mehr, und meine Gefühle verstand ich auch nicht mehr.

Eine Nutte aus einem Münchner Puff, die ich einmal gesehen hatte, von der ich nichts wusste, außer dass sie eine Nutte aus einem Münchner Puff war, ging mit einem Freier aufs Zimmer, ich verdiente gutes Geld, und es fühlte sich überhaupt nicht gut an.

Ich saß etwa eine halbe Stunde an meiner Cola, erklärte mich zu einem Idioten und bekam Lust, mich zu besaufen.

Dann kamen sie die Treppe herunter. Zuerst die Männer, dann die Frauen, am Ende sie.

Einer von den dreien trat zu mir an die Bar, bezahlte, vermutlich den Sekt, den sie auf den Zimmern genossen hatten, und meine Cola. Er forderte mich mit einem Nicken zum Gehen auf.

Stefanie begleitete uns zum Ausgang. Hielt die Tür auf. Ich ging als letzter.

»So sieht man sich wieder«, sagte sie leise.

»Ja«, antwortete ich.

Ich fuhr die drei zu ihrem Hotel zurück, erhielt ein sehr ordentliches Sümmchen für meine Dienste und hoffte diesmal auf aufregende, wilde und verrückte Fahrgäste, die mich für den Rest der Nacht auf andere Gedanken brachten. Aber es stiegen nur langweilige Menschen ein, die nach Hause wollten, wussten, wo sie wohnten, und anständig und widerspruchslos bezahlten, was die Uhr anzeigte.

Ich wurde Schneewittchen nicht mehr los in dieser Nacht, nicht im Taxi und auch danach im Bett nicht.

23

»Mutzer«

»Fendt«

»Ich weiß, wen ich angerufen habe, Herr Fendt.«

»Schon gut. Was verschafft mir die Ehre, Herr Hauptkommissar?«

»Was macht Ihre Detektivkarriere? Wird das ein Beruf oder bleibt es ein Hobby?«

Ich verspürte kein Bedürfnis, Mutzer davon zu erzählen, dass ich meinen ersten Auftrag schon wieder los war.

»Ob das was Kontinuierliches wird, kann ich beim besten Willen noch nicht absehen. Ich bleibe jedenfalls optimistisch.«

»Und wie geht Ihre derzeitige Ermittlung voran?«

»Wenn Sie wissen wollen, ob ich einen Durchbruch erzielt habe, nein. Ich hätte Sie informiert.«

»Ok, Herr Fendt. Mit den Allgemeinplätzen sind wir durch. Über einen Teil Ihrer Recherchen bin ich informiert. Sie waren im Hotel Olymp und haben mit Sabine Mertens gesprochen.«

Mutzer klang besorgt, professionell, eilig. Nichts von dem lockeren Geplänkel, das ich bei unserer ersten Begegnung so sympathisch fand.

»Das stimmt, wenn Sabine Mertens die Prostituierte ist, die versucht, von den Kunden des Hotels zu leben. Ich fand es übrigens ziemlich überraschend, dass das Hotel diese Tätigkeit duldet.«

»Das Hotel weiß offiziell von dieser Tätigkeit nichts, ist aber wohl recht einverstanden damit, dass es den Gästen diesen Service bieten kann. Anscheinend gibt es Nachfrage und der Kunde ist König.«

»Sie sind ja ein sehr toleranter Staatsdiener, Herr Hauptkommissar. Diese Frau …, wie heißt sie gleich wieder?«

»Mertens.«

»Diese Frau Mertens ist nicht glücklich mit der Nachfrage.«

»Sie war nicht glücklich. Sie ist tot, Herr Fendt. Wann können Sie bei mir auf dem Revier sein?«

»In einer Stunde«, antwortete ich.

Sabine Mertens tot. Ich Vollprofi hatte nicht mal nach ihrem Namen gefragt und jetzt war sie tot.

Eine Stunde später saß ich in Mutzers Büro. Er wirkte bedeutend weniger tiefenentspannt als bei meinem letzten Besuch. Trotzdem hatte er dafür gesorgt, dass ich einen Kaffee bekam, und sogar Zucker und Milch bereitgestellt. Ich schenkte mir ein. Er trank bereits.

»Also …«, begann er.

»Die Rezeptionistin erinnert sich an den Besuch eines Detektivs und die Beschreibung passt auf Sie. Erzählen sie mir bitte von Ihren Erkundigungen und lassen sie nichts aus!«

»Sie meinen die Erkundigung im Hotel?«

»Ich meine Ihre Erkundigungen überhaupt. Ich kann dann schon Wichtiges von Unwichtigem unterscheiden. Vertrauen Sie mir!«

Ich berichtete von meinem Gespräch mit den beiden Läuferinnen, dass sowohl Anja als auch Mike im Olymp arbeiteten beziehungsweise gearbeitet hatten. Natürlich auch davon, dass Mike ihrer Meinung nach hinter Anja her war bis Susan auf der Bildfläche erschienen war.

Er hörte interessiert und konzentriert zu.

»Und dann haben Sie sich im Olymp nach den beiden erkundigt?«

»Ja. Die Frau an der Rezeption war allerdings überhaupt nicht gesprächswillig. Aber dann erschien diese Sabine Mertens und verabredete sich mit mir in einem Café.«

»Und was hatte sie Ihnen zu erzählen?«

»Einiges. Zum Beispiel dass sie dort als Prostituierte arbeitete.«

»Das hat sie Ihnen so ganz bereitwillig erzählt?

»Ja. Ich vermute allerdings, dass sie mich zuerst für einen möglichen Kunden hielt, der Anja buchen wollte, aber dann möglicherweise mit ihr Vorlieb nehmen würde. Anja war ja nicht zu haben. Seit meinem Bericht an Susan Maiwald, also an meine Auftraggeberin, bin ich übrigens den Job los.«

Eigentlich wollte ich diese Information noch für mich behalten. Aber nun war sie mir doch entschlüpft. Mutzer war ein guter Ermittler.

»Wieso das?«

»Weil Susan außer Rand und Band war, als ich ihr erzählte, dass ihre Mutter als Prostituierte arbeitete. Ich sollte sie finden und nicht von so einer Nutte in den Dreck ziehen lassen. Sie war extrem wütend und entzog mir den Auftrag.«

»Wütend auf Sie?«

»Auf mich und auf diese Sabine Mertens«

»Verstehe. Und Sie sind also jetzt draußen, Herr Fendt.«

»Sozusagen«

»Was heißt sozusagen? Sind Sie draußen oder nicht?«

»Die Sache lässt mich nicht los.«

»Das ist unprofessionell, Herr Fendt.«

»Ich weiß.«

»Aber nochmal zu Ihrem Gespräch mit Sabine Mertens. Sie und Anja Maiwald hatten also den gleichen Job im Hotel Olymp?«

»Ja, aber Anja war besser. Ich hatte den Eindruck, dass Sabine Mertens nicht unglücklich war über Anjas Verschwinden.«

»Sie hatten den Eindruck?«

»Mehr als das. Sie gab es unumwunden zu. So direkt, dass ich fast geneigt war, das als mögliches Mordmotiv zu sehen. Aber jetzt ist sie ja Opfer.«

»Ja, so muss man das wohl sehen.«

Mutzer lehnte sich zurück und betrachtete mich nachdenklich aber wohlwollend.

»Das sind ja interessante Dinge, die Sie da herausgetüftelt haben. Respekt.«

»Neues für Sie?«

»Zum Teil ja. Das muss ich zugeben.«

Er rührte in seiner Tasse, als ob sich der Zucker nicht längst aufgelöst hätte, trank und sah mich weiter an.

»Ich nehme an, wir hätten das nach weiteren Gesprächen mit dem Hotelpersonal schon noch herausgefunden. Aber ich bin Ihnen sehr dankbar dafür, dass wir jetzt um einiges informierter an diese Gespräche herangehen können.«

»Nichts zu danken«, antwortete ich. »Wie ist Sabine Mertens denn zu Tode gekommen?«

»Sie wurde erschossen.«

»Und niemand hat etwas mitbekommen?«

»Doch. Zu viele. Ein Dutzend Personen haben den Schuss gehört. Gäste und Angestellte und alle sind kreuz und quer gelaufen. Der Täter konnte im Durcheinander seelenruhig hinausspazieren.«

»Sie haben einen Verdacht, Herr Hauptkommissar?«

»Verdacht wäre zu viel gesagt. Aber dieser Mike kannte Anja Maiwald und er kannte Sabine Mertens. Die eine ist verschwunden, die andere ist tot. Das gibt uns schon eine Ermittlungsrichtung für den Anfang. Aber, Herr Fendt ...«

»Ja?«

»Sie sind draußen!«

24

Hans trat mit zwei Pappschachteln aus dem Nonstop. Er sah, dass ich gerade ankam, das Fenster herunterkurbelte, und stellte sich neben meinen Wagen.

»Drinnen gibt's kaum einen Platz und es ist so laut wie in einem Oktoberfestzelt.«

Auch wenn das wahrscheinlich übertrieben war, mit johlenden auf Tischen tanzenden Besoffenen und Blasmusik konnte der Geräuschpegel des Nonstop nicht konkurrieren, aber für eine Unterhaltung über meine Themen brauchte ich mehr Ruhe. Ich hatte Hans um das Treffen gebeten, seit seiner Versöhnung mit Amelie war er weniger verlässlich geworden. Seine Meinung war mir wichtig.

Er stieg ein, ich fand tatsächlich einen Parkplatz und wir schlenderten langsam, kauend, immer wieder stehen bleibend durch die Straßen zwischen Bahnhofs- und Klinikviertel.

Abseits der größeren Verkehrsadern war es ruhig genug, um sich zu unterhalten. Die Stripperinnen vor den Tabledance-Bars machten keinen Lärm und sahen den Männern sofort an, wer als Kunde in Frage kam und wer nicht.

»Was ändert der Tod dieser Hotelnutte?«, fragte er mich.

Ich hatte ihm die ganze Geschichte erzählt, einschließlich meines Gesprächs mit Hauptkommissar Mutzer.

»Vieles«, antwortete ich. »Bei Anja gab oder gibt es ja Zweifel darüber, ob überhaupt ein Verbrechen stattgefunden hat. Bei Sabine Mertens gibt's die nicht.«

Er schüttelte den Kopf.

Ich ärgerte mich, denn meiner eben getanen Äußerung konnte wohl kein Mensch widersprechen. Nicht mal Hans. Aber wahrscheinlich schüttelte er den Kopf darüber, dass ich seiner Meinung nach wiedermal einen gedanklichen Holzweg beschritt. Jedenfalls ärgerte ich mich.

»Lass jetzt bitte deine Allüren, Hans! Ich häng wirklich fest.«

»Es muss überhaupt nicht sein, dass die zwei Fälle zusammenhängen, Ludwig«, sagte er kauend.

»Mike kennt sie beide.«

»Na und? Wahrscheinlich gibt es auch ein Dutzend Freier, die beide Frauen kennen. Weißt du, was die allerwichtigste Frage bei einer Ermittlung ist?«

Da war sie wieder, diese herablassende Art. Aber Hans konnte nicht aus seiner Haut und er meinte es nicht böse. Nie!

»Nein, du Klugscheißer. Aber du wirst es mir bestimmt gleich sagen.«

»Es ist die Frage nach dem Motiv. Wer kann Interesse an Anjas Verschwinden haben? Vielleicht der alte Maiwald, weil sie ihm gefährlich geworden ist. Das könnte Sinn machen.«

Ich schwieg. Hans jetzt zu unterbrechen, wäre dumm gewesen.

Eine Schöne der Nacht lehnte neben dem Eingang einer Bar an einer Hauswand, kühlte ihre halbnackten bestiefelten Beine in der Abendluft, knabberte an einem Hamburger und schwätzte mit einer Kollegin, die mit tiefen Zügen an einer Zigarette sog.

Sie interessierten sich nicht für uns und Hans schaute nicht mal auf.

»Was für ein Motiv könnte Mike gehabt haben? Er mochte Anja. Er war scharf auf sie. Warum sollte er ihr etwas antun? Und warum sollte er diese Hotelnutte umbringen? Das macht überhaupt keinen Sinn.«

»Es war vielleicht wirklich ein Freier«, gab ich zu. Hans konnte überzeugend sein.

»Die meisten Nutten werden von Freiern umgebracht. Vielleicht hat sie einen erpresst. Hat gedroht, alles der Ehefrau zu servieren. Du hast doch erzählt, dass das Geschäft bei ihr nicht mehr so besonders lief.«

»Woher weißt du so viel über Nutten?«

Hans lachte. Aber eine Antwort hatte er nicht für mich.

Die Pizzen waren aufgegessen, die Schachteln entsorgt und die zweite Hälfte der Nachtschicht wollte noch gefahren werden.

XIII

Sie wachte vor Tagesanbruch auf. Vor einem Tagesanbruch, der nichts zu tun hatte mit dem Morgen draußen in der Welt. Wie schnell sie sich darin gefügt hatte, dass er bestimmte, wann der Tag begann. Sein Kommen, das Drehen des Schlüssels, das Öffnen der Tür, die Geräusche, dann die Glühbirne, die matte schwache Glühbirne an der Decke, die den Unterschied ausmachte. Es gab nur Hell und Dunkel. Noch war Nacht.

Ihre Gedanken waren bei Susan. Obwohl sie hier eingekerkert war, drehten sie sich jetzt nicht um ihr eigenes Leid, ihre Gefangenschaft, ihre Zukunft.

Wie ging es Susan?

Was musste das Mädchen mitmachen? Ihr Mädchen. Sie stellte sich vor, Susan am Tisch im Café, in dem sie verabredet waren, wartend. Wo blieb ihre Mutter? Warum kam sie nicht? Was konnte passiert sein? Sie würde sie bestimmt nicht einfach vergessen haben? Oder doch? Wie lange sollte sie noch warten? Wie lange sie wohl tatsächlich gewartet hatte? Was hatte sie angenommen? Ein Unfall, ihre Vergesslichkeit, ihre Unzuverlässigkeit? Woran hatte Susan gedacht? Durch welche Stationen waren ihre Gefühle gegangen? Ärger, Furcht, Zorn? Vielleicht traurige Erinnerungen an Verlassenheit? War sie voller Sorge um ihre Mutter, oder glaubte sie, dass sie sich wieder mal aus dem Staub gemacht hatte? Diese Mutter, die keine war. Die einfach ging, die einfach verschwand.

Welche Phantome waren in ihrem Kopf aufgetaucht, und mit wem hatte sie gesprochen? Mit Mike? Bestimmt hatte sie zuerst mit Mike gesprochen. Schweißperlen brachen aus ihrer Haut bei der Vorstellung.

Mike wusste natürlich nichts. Welche Trostworte hatte er ihr wohl gespendet, während er sie mitleidsvoll im Arm hielt?

Er musste es ihr sagen. Er musste Susan sagen, dass sie lebte, dass sie nicht wieder davon gelaufen war, dass sie ihre Tochter nicht noch einmal im Stich gelassen hatte.

Er betrat ihr Gefängnis. Ließ sich Zeit damit, das Licht anzuschalten. Ein diffuser Schein von draußen drang in den Raum. Es wurde Tag.

Er blieb an der Tür stehen, die er hinter sich geschlossen hatte, und betrachtete sie, wie sie mit angewinkelten Beinen auf dem Bett halb lag, halb saß.

Sie trug immer noch das kurze blaue Kleid, das sie getragen hatte, als sie zu ihm in den Wagen gestiegen war. Die gleiche Wäsche. Sie brauchte neue Sachen. Frische Sachen für ihre Würde. Wie sollte sie ihm in Augenhöhe begegnen, wenn sie stank?

Als ob er es geahnt hätte! Er hatte eine Plastiktüte in der Hand, die sie erst jetzt bemerkte, und schüttete daraus Kleidungsstücke neben sie aufs Bett.

Sie sah eine Jeans, eine Leggins, mehrere Shirts, Unterwäsche, Strümpfe.

»Das sind keine Sachen zum Ausgehen. Die sind zum Hierbleiben.« Er lachte.

Ihr war nicht zum Lachen.

»Es sind Sachen, bei denen Susan nicht merken wird, dass sie fehlen. Wenn ein fesches Kleid weg wäre, würde ihr das vielleicht auffallen. Sie soll ja wohl nicht denken, dass du heimlich nach Hause gekommen bist, um dir Klamotten zu holen, oder? Stell dir vor, was die Kleine dann für schlimme Gedanken hätte!«

»Du denkst an alles!«

»Tja, so bin ich eben.« Er grinste.

»Ich möchte, dass du ihr Bescheid gibst!«

»Worüber denn? Dass du hier bei mir Urlaub machst?«

»Was hat Susan dir getan?«, rief sie. »Ich will doch nur, dass sie weiß, dass ich lebe!«

Er schien tatsächlich nachzudenken. Blieb eine Weile still. Ignorierte ihren Ausbruch. Antwortete mit einer überheblichen Ruhe, für die sie ihn hasste: »Hast du dir überlegt, wie das gehen soll?«

»Nein! Ich habe mir gar nichts überlegt. Ich möchte, dass Susan nicht umkommt vor Sorge und Angst. Kannst du das nicht bewerkstelligen?«

»Ich werde ihr nicht sagen, wo du bist und warum.«

»Das weißt du doch selbst nicht. Warum bin ich hier? Sag's mir! Sag mir, warum du perverses Schwein mich hier einsperrst!«

»Hör auf, hier herumzuschreien!«

»Ich schreie, wann ich will.«

Er antwortete nicht, nahm einen Strumpf von dem kleinen Wäschestapel auf ihrem Bett, zerknüllte ihn.

»Soso, du schreist also, wann du willst!«

Er packte sie an den Haaren, riss ihren Kopf zu sich.

»Mach den Mund auf!«

Sie kniff die Lippen zusammen.

Er schlug ihr mit der flachen Hand auf die Wange.

»Mach den Mund auf!«

Der zweite Schlag brannte. Ihr Kopf flog zur Seite. Er riss ihn an den Haaren zurück.

»Mach den Mund auf!«

Sie öffnete ihren Mund, er stopfte ihr das Strumpfknäuel zwischen die Zähne, packte ihre Arme, drehte sie auf den Rücken, hielt sie an den Gelenken fest.

»Du schreist also, wann du willst?«

Sie keuchte durch die Nase, würgte.

»Beruhige dich, dann kriegst du Luft.«

Sie beruhigte sich nicht, aber sie hörte auf, sich zu wehren, rang nach Atem. Ihr Brustkorb hob und senkte sich heftig.

»Beruhige dich!«

Er hielt sie fest. Er hielt sie so eng, dass sie sich nicht bewegen konnte.

»Ich mag es nicht, wenn du mich anschreist. Wirst du schreien, wenn ich dich loslasse und den Knebel aus deinem Mund nehme? Wirst du nochmal schreien?«

Sie schüttelte den Kopf.

»Du wirst hier nicht mehr herumbrüllen wie eine Furie?«

Sie schüttelte wieder.

Er ließ ihre Arme los, zog den Strumpf aus ihrem Mund. Sie sank erschöpft zurück.

»Also, Anja. Wo waren wir stehen geblieben? Ach, richtig. Ich soll Susan sagen, dass du lebst. Und woher weiß ich das? Woher kann ich wissen, dass du lebst? Und warum kommst du nicht nach Hause? Weil du keine Lust hast? Weil du was Besseres zu tun hast? Denk mal nach, Anja!«

Er hatte Recht.

»Ach ja. Apropos Leben. Weißt du, wer Petronius war?

»Ich habe keine Ahnung.«

»Er war ein römischer Senator unter Nero. Und sein wichtigster Berater. Irgendwann liefen Intrigen gegen ihn und es war klar, dass es ihm an den Kragen gehen würde. Da beschloss er, es selbst zu tun. Freiwillig und bei wachem Verstand. Nicht spontan und verzweifelt, sondern eine durchdachte und gewissenhaft vorbereitete Entscheidung.

»Wie hat er es gemacht?«, fragte Anja und kaum war die Frage gefragt, bereute sie, dass sie sich mit ihm auf dieses Thema einließ.

»Er schnitt sich die Pulsadern auf und segelte würdevoll hinüber. Aber er schnitt nicht stümperhaft quer über das Handgelenk, sondern mit einem Längsschnitt durch die Adern. So, dass es funktioniert hat.

»Warum erzählst du mir das?«

»Um dir zu sagen, dass du mit mir zusammen nachdenken kannst. Es gibt viele Wege.«

»Du willst dich mit mir umbringen? Und ich soll gemeinsam mit dir überlegen, wie?«

Er betrachtete sie amüsiert. Wie sie diesen Blick hasste!

»Das klingt so profan. ›Umbringen!‹ Wir haben keine gemeinsame Vergangenheit. Wir haben keine gemeinsame Zukunft. Das denkst du doch, oder?«

Ja, das dachte sie. Aber sie sagte es nicht.

»Keine Vergangenheit, keine Zukunft. Dann sollten wir wohl die Gegenwart auch nicht endlos ausdehnen. Was meinst du? Kurz und schmerzlos! Aber nicht stillos! Wenn wir gehen, gibt es großes Kino, Anja. Wir schleichen uns hier nicht davon!«

Er lächelte und sie schwieg. Versuchte, ruhig zu bleiben. Keine Panik! Hier sollte alles zu Ende gehen? In diesem Haus? In diesem Keller?

»Und ich weiß genau, was du denkst.«

Wusste er das? Konnte er das wissen? Sie wusste es doch selbst nicht.

»Du denkst, der Kerl ist verrückt genug, es zu tun. Und du hast Recht, Anja. Ich bin verrückt genug!«

Sie hatte es nicht gewagt, diese Gedanken zu denken. Er würde sie nie gehen lassen. Er war nicht naiv. Würde sie nach Hause gehen, Susan irgendeine Geschichte auftischen und alles würde weitergehen wie vorher? Ihr altes Leben war nicht mehr möglich. Nicht nach all dem. Er wusste das und sie wusste es auch. Die Angst kam mit Wucht, packte sie mit all ihrer Kraft. Sie begann zu zittern. Ihr Körper krümmte sich, wollte klein werden, unsichtbar. Eine innere Stimme füllte sie aus. »Es geht dir ans Leben, Anja!« Ein lauter schreiender Gedanke, mit dem Mike sie allein ließ.

25

»Sag mal, bist du total durchgeknallt?«

Ines war randvoll von heiligem Zorn. Jan saß neben ihr auf meiner Couch und wirkte eher mäßig interessiert. Der Fokus seiner Gedanken lag anderswo. Susan interessierte ihn nicht so sehr. Aber Ines war meine Tochter und wie immer Empathie von den Zehen bis zum Scheitel.

»Wie kannst du dieses Mädchen so fertig machen?«

»Ja, das war kein psychologisches Meisterstück«, gab ich zu. »Ich dachte einfach, ich muss provozieren. Damit alle mal rauskommen aus ihrer Sachlichkeit.«

»Findest du es so schrecklich, dass sie versucht, sachlich zu sein? Sie ist wahrscheinlich die meiste Zeit völlig durch den Wind, und wenn sie mit dir redet, reißt sie sich zusammen. Und dann erzählst du ihr, dass ihre Mutter, die du suchen sollst, eine Hure ist.«

»Jetzt mach mal halblang, Ines!«

Jan versuchte mich zu retten. Ich war froh, dass er nicht in das gleiche Horn blies. Vorwürfe machte ich mir schon selbst genug. Und nicht nur wegen des verlorenen Auftrags. Ich hatte es verbockt!

»Ludwig hat nur berichtet, was ihm zugetragen worden ist. Das wollte sie ja.«

»Ja, aber da braucht es doch ein bisschen Gefühl, Paps! Und dann machst du auch noch ihren Freund zu einem geilen Arsch, der ihre eigene Mutter angebaggert hat.«

»Ich habe nur berichtet.«

»Kannst du dir vorstellen, was in diesem armen Mädchen vorgeht?«

»Du hast Recht. Aber ich kann es jetzt nicht mehr ungeschehen machen. Der Auftrag ist weg. Ich habe damit nichts mehr zu tun.«

»Wirklich? Wie sieht es denn in deinem Kopf aus?«

Ich begann »Die Gedanken sind frei« zu pfeifen. In unserer Familie hatte das immer bedeutet, dass man zu einem Thema nicht mehr sagen und das Chaos im Kopf zumindest vorerst mit sich selbst ausmachen wollte. Ines respektierte das, und sie hatte dieses akustische Signal auch mit in ihre Beziehung genommen.

»Lass uns mal über was anderes reden!«, meldete sich Jan. »Ines hat mich von der Leine gelassen. War das nicht deine Wortwahl?«

»Es war Ines' Wortwahl. Und was treibt der Antifa-Jan, wenn er von der Leine gelassen ist?«

»Wir werden dem alten Maiwald und seiner Bande die Häute abziehen.«

Jan war immer schon sehr direkt gewesen. Das mochte Ines an ihm und das mochte ich. Aber jetzt schien er mir ein wenig größenwahnsinnig.

»Das ist ein sehr löblicher Vorsatz. Mein Hauptkommissar kuscht, die Staatsanwaltschaft kuscht. Aber du und deine Gruppe, ihr seid natürlich ein ganz anderes Kaliber.«

»So ist es, Ludwig. Wir haben keine starren Hierarchien, wir haben keine Angst, wir haben keine Jobs zu verlieren und wir haben ganz andere Mittel.«

Jetzt war ich neugierig geworden. Jan war kein Schwadronierer. Er gehörte für mich zu den Menschen, die zuerst denken und dann reden.

»Erzähl mir einfach, was du vorhast!«

Und dann präsentierte mir mein Schwiegersohn in spe einen Schlachtplan. Er breitete ein Waffenarsenal vor mir aus, von dem ich nicht einmal wusste, dass es existierte.

»Wir beide gehen in die Isarmühle. Das Ganze soll am Samstag über die Bühne gehen, und wir sorgen dafür, dass es eine sehr große Bühne wird. Du weißt, was ein Live-Stream ist?«

»So ungefähr. Hast du selbst mir doch mal erklärt, als ich Barcelona gegen Real anschauen wollte. Es hat geklappt, auch wenn es ziemlich geruckelt hat.«

»Ok. Genau sowas produzieren wir. Ich vermute mal, die Wirtschaft hat einen Nebenraum oder einen Versammlungssaal, und die werden den nicht schon vorher bewachen. Die Kerle fühlen sich unangreifbar. Wir werden dort sein, natürlich so, dass keiner etwas davon merkt, und wir werden eine Live-Übertragung machen. Der Stream wird auf unsere Homepage verlinkt.«

»Das heißt, man kann sich das, was da passiert, live im Internet anschauen?«

»Ja!«

Jan waren seine Vorfreude und seine Begeisterung anzusehen. Und ich erntete ein wohlwollendes Kopfschütteln für meine Ignoranz.

»Hunderte von Leuten werden live zuschauen. Aber der Stream wird dann ja nicht verschwinden. Das wird streuen, Ludwig. Irgendwann hängt sich die Presse dran. Und dann werden die Erwartungen an die Justiz wachsen. Vor den Augen der Öffentlichkeit wird das ›Unter den Tisch kehren‹ schwierig.«

Jan wollte in den Krieg ziehen. Und ich durfte mit!

XIV

Fluchtgedanken. Was riskierte sie? Manchmal hatte sie seine Schritte gehört. Manchmal, wenn er schwere Schuhe trug, waren sie vernehmbar, noch bevor er den Schlüssel drehte. Er schien eine Treppe herabzusteigen. Vermutlich hatte er sie in einem Keller untergebracht. Wahrscheinlich in seinem Haus.

Seltsam, dass sie dieses Haus nie betreten hatte. Noch seltsamer, dass auch ihre Tochter nie dort gewesen war. Einmal hatte sie sich beklagt.

»Er lädt mich nie zu sich ein, Mama.«

»Hat er dir einen Grund genannt?«, hatte sie ihre Tochter gefragt.

»Er sagt, er hat das alte Haus, in dem er wohnt, von seiner Mutter geerbt und noch nichts darin gemacht. Er sagt, es riecht schimmlig, muffig, er geniert sich, jemanden dorthin einzuladen. Sobald er es renoviert hat, kann ich kommen. Dann kocht er für mich.«

Sie hatte das sehr eigenartig gefunden, hatte Susan gar nicht sagen wollen, wie sehr. Warum zeigte er ihr das Haus nicht einfach? Ein altes heruntergekommenes Gemäuer zu erben war doch kein Grund, sich dafür zu schämen.

Wenn er ihren Raum betrat, ließ er manchmal die Tür offen stehen. Vielleicht war der Eingang oben zum Treppenabgang auch offen. Bestimmt war er das. Warum sollte er ihn verschließen? Er musste ja zurück, manchmal mit Geschirr in der Hand.

Und dann? Wenn sie da oben wäre? Vielleicht würde sie dann in einer Diele stehen. Die Haustür vor sich. Raus auf die Straße. Laufen. Schreien. Vielleicht waren Menschen dort.

Der Gedanke setzte sich in ihr fest.

Was riskierte sie? Was würde er tun, wenn es misslang? Sie bestrafen? Schlagen? Das tat er ohnehin.

Schlagen, bestrafen! Wann hörte sie endlich auf, sich etwas vorzumachen. »Es wird hier enden!« Sie würde dieses Haus nicht lebend verlassen. Anja, hör endlich auf, den Kopf in den Sand zu stecken. Er würde sie töten. Sie und sich. Immer wieder hatte sie diesen Gedanken gedacht und wieder von sich geschoben. Es war sein Weg. Und es war konsequent. Mike war verrückt, aber hatte seine eigene Klarheit. Sie und er waren besessen von unbesiegbaren Dämonen. Der gemeinsame große Abgang war seine Antwort.

Wenn es ihr nicht gelang zu fliehen, würde sie hier sterben.

Es war Abend. Die Glühbirne ermöglichte ihr nicht, den Tag zu unterteilen. Aber ihr Magen meldete, dass es auf den Abend zuging und er bald mit etwas Essbarem kommen würde. Er gab sich nicht viel Mühe. Meistens brachte er zwei belegte Brote. Manchmal Obst. Dann ließ er sie allein, kam etwas später wieder, um das Licht zu löschen. Manchmal blieb er auch, während sie aß. Und manchmal wollte er anderes von ihr, bevor er den Tag zur Nacht machte. Berührungen, fordernde, verstohlene, schmerzhafte für Leib und Seele.

Sie hörte seine Schritte, ja, das musste eine Treppe sein. Sie waren schwer, ein harter Aufprall der Füße auf jeder Stufe. Sie hörte, wie er den Schlüssel ins Schloss steckte. Dann war er bei ihr. Stellte einen Teller mit bestrichenen Broten auf dem kleinen Tisch neben dem Bett ab, den er gestern gebracht hatte, öffnete eine schwarze Tasche.

Er setzte sich zu ihr aufs Bett, zog einen Laptop aus der Tasche, klappte ihn auf, schaltete ihn ein, schob ihn zu ihr.

»Öffne dein E-Mail-Postfach und gib mir den Laptop wieder! Du siehst, ich bin diskret. Ich will dein Passwort nicht wissen.«

»Warum soll ich das machen?«

»Tu, was ich dir sage! Klick auf ›Schreiben‹ und gib Susans Adresse ein! Keine Sorge, ich werde keine Nachricht abschicken ohne dein Ok.«

Sie tat, was er ihr gesagt hatte, öffnete ihr Postfach, gab Susans Adresse ein, schob den Laptop zu ihm zurück.

Er schrieb kurz, reichte ihn ihr wieder.

»Ich lebe!«, las sie.

»Wenn du willst, sende das ab!«

Sie hielt den Laptop in der Hand. Ihre Gedanken wollten nicht still halten. Ein Klick, und Susan wusste, dass sie am Leben war. Aber was würde sie sonst noch wissen, ahnen, überlegen, sich fragen?

Warum schreibt sie nur das? Wo ist sie? Kann oder will sie nicht mehr schreiben? Als allerletztes würde sie die Wahrheit vermuten. Sie würde denken, dass sie ihr nicht mehr wert war als diese zwei Worte. Eine billige Beruhigung. Ich lebe, mehr musst du nicht wissen.

Nein. Es würde alles schlimmer machen für Susan.

Sie schloss ihr Postfach, stand auf. Den Laptop behielt sie in den Händen. Ging einen Schritt, schob sich an ihm vorbei. Sein überraschter Blick folgte ihr.

Dann schlug sie zu. Der Laptop sollte seinen Kopf treffen, aber er riss einen Arm hoch. Dennoch traf sie hart. Sie ließ ihn fallen. Rannte. Rannte durch die offene Tür. Da war eine Treppe. Steinstufen. Sie lief, so schnell sie konnte, doch ihre Muskeln waren steif und hart. Auch die Tür am Beginn der Treppe stand offen. Sie rannte hindurch. Fand sich in einer Diele, wie sie vermutet hatte. Die Eingangstür nur wenige Schritte entfernt. Die Klinke ließ sich drücken, sie zog die Tür auf. Es war Nacht. Es roch nach Gras, ein Garten oder eine Wiese. Wohin sollte sie laufen? Wo war eine Straße?

Sie hörte ein Auto. Es war nicht nah. Anscheinend lag der Eingang zu seinem Haus nicht an einer Straße.

Sie war barfuß. Spürte kühles feuchtes Gras unter ihren Sohlen. Eine dunkle Nacht. Fast schwarz. Und sie konnte nicht warten, bis sich ihre Augen an die Dunkelheit gewöhnt hätten. Sie musste weg. Begann zu laufen. Weg vom Haus, weg von ihm. Weg von der tödlichen Bestimmung, die er ihr zugedacht hatte.

Sie rannte ins Nichts, sah in einiger Entfernung ein beleuchtetes Fenster. Ein Ziel für sie, eine Richtung. Ein anderes Haus, vielleicht dort die Straße, vielleicht Menschen, ein Eingang, Klingeln, die sie drücken konnte, Hilfe. Sie rannte.

Sie lief, bis ihr ein Schlag an den Kopf für einen Augenblick die Besinnung raubte. Sie strauchelte, die Knie gaben nach. Sie wäre gefallen, hätte sie nicht eine kräftige Hand an den Haaren gepackt und zurückgerissen.

Er sagte nichts. Kein Wort. An ihren Haaren schleifte er sie zurück zum Haus, zur Treppe. Zog sie hinunter. Sie fiel, die Beine versagten, er hatte sie noch am Haar, es tat so weh, als ob ihr die Haut vom Kopf gerissen würde. Er schleifte sie hinter sich her. Hatte kein Mitleid. Sie schrie vor Schmerzen, vor Enttäuschung, vor Verzweiflung.

»Du bist an einen Pfosten gelaufen. Dummes Ding!«

Sie war zurück in ihrem Gefängnis. Er schleuderte sie aufs Bett. Ging wortlos. Löschte das Licht und verschloss die Tür.

26

Ich war gespannt.

Beim erstmaligen Lesen des Namens »Isarmühle« in der Einladung war ich nicht sicher gewesen, aber die Erinnerung hatte, wenn auch verspätet, eingesetzt. Mein Langzeitgedächtnis war noch leidlich intakt.

Braune Jungschläger hatten vor Jahren im Anschluss an eine Versammlung einen farbigen Mitbürger vor dem Lokal verdroschen, die Abendzeitung, später auch tz und BILD berichteten, die AZ initiierte sogar eine Sammlung und demonstrierte auf diesem Weg, dass unser München so etwas nicht duldete.

Wir nahmen an einem Vierertisch am Fenster Platz. Im Inneren der Isarmühle dominierte helles Holz, schlicht. Ein Kellner brachte uns ungefragt Speise- und Weinkarte.

Entweder hatte der Wirt gewechselt oder nur die Corporate Identity des Unternehmens »Isarmühle«; jedenfalls ließen sowohl Auswahl als auch Preisniveau des kulinarischen Angebots erkennen, dass gehobenes Publikum erwünscht war.

Keine Currywurst, nicht mal Wiener Schnitzel vom Schwein, vielmehr »Hochrippe vom Angusrind mit Wirsing und altbayrischem Kartoffel-Gurkensalat: 27,90 Euro.

Allem Anschein nach war es dem Wirt gelungen, aus dem vormaligen berüchtigten Glatzenlokal ohne Änderung des Namens eine einladende Oase gehobener gutbürgerlicher Gastlichkeit zu machen.

Wir saßen, sinnierten und studierten eingehend die Örtlichkeiten.

Vor der beschilderten Abzweigung zu den Toiletten deuteten hohe doppelflügelige Türen darauf hin, dass sich hinter dem Raum, in dem wir saßen, ein weiterer befinden musste. Vermutlich das Nebenzimmer, in dem in zwei Stunden eine Veranstaltung stattfinden würde, der wir beiwohnen wollten, und die zeigen würde, dass das Lokal seine Philosophie nicht wirklich geändert hatte.

Der Kellner kam, und wir bestellten zwei Helle. Wir hatten Glück, denn um fünf Uhr nachmittags, zur besten Voressenszeit sozusagen, hielt sich außer uns in der Isarmühle kein weiterer Gast auf.

Er brachte die Biere, ich bezahlte und erklärte ihm, dass wir gleich wieder gehen müssten, nur kurz etwas trinken wollten. Er kassierte und nickte uninteressiert.

Wir tranken schweigend vor uns hin und warteten. Zehn Minuten später hatte sich der Kellner irgendwohin verkrümelt, jedenfalls war nichts mehr von ihm zu sehen. Wir standen auf, vergewisserten uns, dass niemand uns beobachtete. Jan drückte die Klinke einer der beiden Flügeltüren zum Nebenraum. Die Tür ließ sich öffnen.

Es roch nach Bienenwachs. Wir schritten über frisch gebohnertes Fischgrätenparkett, stellten uns in die ungefähre Mitte des Raumes, um Überblick zu gewinnen, und sahen uns um. Der Saal maß etwa fünfzehn Meter in jede Richtung, an der abgehängten Decke waren unzählige kleine Spots befestigt, mit denen wahrscheinlich jedes einzelne Holzriemchen am Boden gesondert ausgeleuchtet werden konnte. An einer Seite waren billige nadelwaldgrüne Plastikstühle gestapelt. Keine weitere Möblierung, nicht einmal Tische zu sehen, leider kein Versteck für einen nicht eingeladenen Beobachter. Der Raum war nur mäßig hell trotz einer Reihe hoher Fenster zur Straßenseite. Schuld daran war eine halbtransparente Folie, die die untere Hälfte der Fenster bedeckte. Vermutlich war es nicht gewünscht, dass Passanten auf Zehenspitzen das Geschehen im Raum beobachten konnten.

Die der Tür gegenüberliegende Seite beherrschte ein schwerer weinroter Bühnenvorhang, der mit mehreren Wappen bedruckt war. Goldene Schnörkel und Symbole, nicht zu identifizieren wegen der Falten, die der Vorhang warf.

Noch war Zeit, aber die Zeit würde das Problem nicht lösen: Wohin mit uns in Ermangelung von Tarnkappen?

Dann sah ich die Tür. Jans Augen folgten meinem Blick, und er sah sie auch. Links von der Bühne, nur an einem winzigen Knauf und dem Schatten einer Linie in der Wand zu erkennen.

Sie war schmal, kaum mannshoch und ließ sich problemlos an dem kleinen Griff aufziehen. Natürlich! Keine Bühne ohne Bühnentechnik. Eine steile Leiter führte zu einer Art Hochsitz und zu einem schwarzen Stahlmonster mit silbernen Knöpfen. Es musste in die Wände eingelassene Lautsprecher geben, Bühnenscheinwerfer, farbiges Licht, Projektoren, die von hier aus zu bedienen waren. Das Ungetüm maß mindestens drei Meter in der Breite und war doppelt so tief wie der Raum, der uns blieb, um einen Platz zu finden und zu warten. Wir konnten nur hoffen, dass Maiwalds Show auf Technik verzichtete.

Wir setzten uns auf den Boden. Jan öffnete seine Tasche und begann, seine eigene Aufnahmetechnik zu installieren. Eine Ritze im Vorhang bot uns und der Kamera einen, wenn auch beschränkten, Blick auf den Saal. Etwa zwei Drittel des Raumes konnten wir überschauen. Ich hoffte, dass Maiwald seine Gäste nicht am Rand in einem Hufeisen aufreihen würde.

Wir warteten.

Zehn Minuten später kam sie. Vermutlich eine Vorzimmerdame des Vereins. Jung, ich schätzte sie auf dreißig, kurzhaarig, brünett, schlank. Sie schritt trotz schweren Gepäcks anmutig durch die Flügeltür, ließ ihren Blick durch den Saal wandern und machte sich ohne Zögern über die Stuhlstapel her. Mehrmals stöhnte sie angestrengt, wenn sie verklemmte Stühle auseinanderzerren musste. Am Ende dieses ersten Arbeitsgangs stand ein Kreis, bestehend aus achtzehn Stühlen in der Raummitte. Keiner entzog sich Jans Kameralinse.

Nun öffnete sie die erste ihrer beiden Taschen und entnahm vorsichtig anscheinend Zerbrechliches. Vor unseren staunenden Augen wickelte sie schmale hohe Vasen aus Zeitungsseiten. Aus der anderen zog sie einen dicken Rosenstrauß, schüttelte vorsichtig, entfernte geknickte Blätter und lose Blüten. Eine Rose pro Vase, aus denen sie einen inneren Kreis formte, jeder oder jedem der erwarteten Gäste eine zu Füßen.

Die Taschen bargen weitere Schätze. Kerzen wurden angezündet und auf den Fensterbrettern in Kreisen angeordnet. Räucherstäbchen verströmten Sandelholzduft. Dann erschienen ein Plakat mit Maiwalds Konterfei und mehrere Christusbilder. Sie wurden an den Ecken mit Tesa-Streifen versehen, die sie in Ermangelung einer Schere von der Rolle biss, und an die Wände geheftet.

Doch die Taschen waren immer noch nicht leer. Vielleicht hatte Jesus ein Wunder gewirkt, ähnlich dem Trick mit den Fischen. Jedenfalls enthielten sie noch einen beigen Rock, die passende Jacke mit Knöpfen, beides gebügelt, fleischfarbene Strümpfe, verpackt und schwarze Pumps.

Aha!

Sie oder ihr Chef war also der Meinung, dass Jeans und Shirt nicht ausreichend seriös und vertrauensfördernd war im Hinblick auf zu leistende Unterschriften auf notariellen Vermögensübertragungen oder Testamenten.

Jetzt stand sie in weißer Unterwäsche in der Raummitte, setzte sich auf einen der Stühle, um die Strümpfe über ihre Beine zu rollen, stand wieder, fuhr in das beige Kostüm einer gehobenen Sekretärin des Geschäftsführers und sprang in die Pumps. Nicht wiederzuerkennen.

Jeans und Shirt wanderten in eine der mittlerweile doch leeren Taschen. Sie war gerade rechtzeitig fertig geworden zum Einmarsch der Gladiatoren. Nun lernten wir auch den Wirt kennen, der Maiwald beflissen die Tür aufhielt. Jedenfalls vermutete ich, dass es der Wirt war. Er war grauhaarig, trug einen gezwirbelten Schnauzer und Tracht, flüsterte etwas, machte einen Diener und schloss die Tür von außen.

Maiwald schüttelte die Hand seiner fleißigen Arbeitsbiene, musterte sie zufrieden und tätschelte ihren Hintern.

Das Timing des Events war tatsächlich perfekt. Wir brauchten keine fünf Minuten mehr zu warten, da öffnete sich die Eingangstür wieder. Der Wirt schien davor gewartet zu haben. Anscheinend war es seine Aufgabe, die Ankömmlinge in den Saal zu geleiten. Einige hatten auch noch ihren Taxichauffeur zur Hand, und manche hatten ihn auch nötig, um die Schwelle zwischen Wirtsstube und Saal zu überwinden. Nahtlos wurden sie an Maiwald weitergereicht, der sie alle begrüßte und gelegentlich charmante Komplimente ausstieß bezüglich der Rüstigkeit und Frische seiner Gäste.

Nach und nach füllte sich der Kreis. Die Alten kamen pünktlich.

Um Viertel nach sieben saßen weit über tausend Lebensjahre im Kreis und blickten gebannt auf ihren Gastgeber. Einige Stühle waren entfernt worden, um Rollstühlen Platz zu machen. Ich sah eine Alte, die bestimmt doppelt so viele Kilos wie Jahre auf die Waage brachte, im eigenen Gefährt. Aber ihre Augen blinzelten wach aus nahezu zugewachsenen Höhlen.

Dreiviertel waren Frauen. Neben der Dicken kämpfte einer der wenigen Männer tapfer mit dem Sandmännchen. Alle paar Sekunden sank ihm das Kinn auf die Brust, doch der Ruck im Nacken weckte ihn wieder. Jedes Mal schien er sich von neuem zu fragen, wo er war und mit wem und warum.

Auch Maiwald saß im Kreis, primus inter pares, kein Podest, keine Kanzel, Gott sei Dank auch keine Licht- oder Tontechnik.

Er wartete, bis Ruhe eingekehrt war, dann erhob er sich.

»Sehr geehrte Damen und Herren, meine lieben Freundinnen und Freunde!«, hob er an. Er stellte sich vor, ein Mann, der sich selbstlos dem Dienst an seinem Land gewidmet hatte, sich allerdings nicht in bestehende Organisationen einordnen konnte, da war kein Zuhause für ihn, für einen, der sich das Reden und Denken nie verbieten lassen wollte, heutzutage in einem Land, in dem man nicht einmal mehr sagen durfte, dass Deutschland für die Deutschen da zu sein hat und Schwule nicht gebären können.

Einzelne Kicherer. Und dann folgte im Prinzip eine ausufernde Präsentation des Inhalts des Einladungsschreibens. Aber einen Brief lesen oder Herrn Maiwald lauschen waren zwei Welten, vergleichbar dem Unterschied zwischen dem Studieren eines gelben Reclam-Heftes und einer Faust-Inszenierung mit Gustav Gründgens. Nach zwei Sätzen hatte Mephisto die Gemeinde im Sack. Manifestierte sich die Zustimmung anfangs noch mit Murmeln und Nicken, schwoll sie, je weiter Maiwalds Rede fortschritt, zu begeisterten Jawoll-Rufen und ergriffenen Seufzern. Maiwald beschwor die ausweglose Situation eines Christenkindes ohne Kreuz im Klassenzimmer. Dann kam er zur Sache.

»Ich kann Ihnen versichern, dass meine Freunde und ich all unsere Mittel einsetzen werden, um aus diesem Land wieder ein Deutschland zu machen, auf das Sie dereinst stolz und voll Liebe herabsehen werden.«

Zum ersten Mal hatte er beiläufig das Wort »Mittel« in die Runde geworfen. Diese Mittel waren nicht einfach Geld. Sie waren der Schlüssel zur Erneuerung unseres Vaterlandes.

Ich sah Jan an. Die ganze Zeit waren wir steif nebeneinander gesessen, gleichzeitig gebannt und abgestoßen von dem, was sich da vor unseren Augen abspielte. Ich konnte Wut und Ekel in seinem Blick sehen.

Maiwald sprach nun davon, dass aus ihrer Bewegung eine politische

Partei hervorgehen würde. Eine Partei, auf die das Land wartete. Eine seriöse, konservative, patriotische Partei, dem christlichen Glauben, der Kultur des Abendlandes und den Interessen unserer Heimat verpflichtet. Keine Partei, die das C in ihrem Namen nicht verdiente. Und er sprach völlig ungeniert von Ressourcen, die dazu nötig waren. Er sprach von Unterstützung, von Spenden, von Testamenten.

Maiwald beschwor, lockte, drohte. Maiwald unterhielt, Maiwald scherzte. Die Veranstaltung war sein Heimspiel. Niemand würde ihm hier in die Parade fahren. Aber wenn Jans Plan aufging, wenn Außenstehende dieses Schaustück sehen würden … Sehen, beurteilen, bewerten … Ich wusste nicht, was geschehen würde.

»Wie Sie sehen, liebe Freunde, rede ich nicht um den heißen Brei herum. Wir wollen nichts erschleichen. Wir sagen Ihnen, wer wir sind, was wir wollen, und wir bitten Sie, uns zu helfen.«

Jan begann langsam, seine Technik einzupacken.

»Ich glaub, ich muss kotzen. Gehen wir, Ludwig! Viel mehr wird heute nicht mehr passieren. Die können sich jetzt und hier keine Testamente unterschreiben lassen. Wahrscheinlich ist der nächste Schritt ein Notarbesuch bei den Herrschaften.«

»Warten wir doch, bis sie alle draußen sind.«

»Nein, ich will, dass er uns sieht. Ich will, dass er weiß, dass da jetzt etwas ganz Außerplanmäßiges passiert ist und dass er sich gehörig in die Hose scheißt.«

Ich hätte mich lieber still verhalten, bis die Luft rein war. Aber das war Jans Veranstaltung. Wir kletterten so leise wie möglich die Treppe hinunter und stießen die Tür zum Saal auf, die natürlich niemand bisher als möglichen Ein- oder Ausgang wahrgenommen hatte. Alle Augenpaare waren auf uns gerichtet.

»Entschuldigen Sie! Arbeiten an der Bühnentechnik«, sagte Jan. Wir gingen gemessenen Schrittes auf den Ausgang zu, ohne uns einmal umzusehen, erreichten die Tür, schritten hindurch. Der Gastraum war mittlerweile etwa zur Hälfte gefüllt. Vier Taxen standen draußen und warteten auf ihre betagten Passagiere. Meines war um die Ecke geparkt. Als ich mich umblickte, schien es mir, als würde Maiwald aus dem Haus stürzen.

»Ich werde Maiwald in seinem Büro besuchen«, sagte ich zu Jan, der sich gerade entspannt zurückgelehnt hatte.

»Wozu?«

»Man muss nachsetzen, wenn der Gegner angeschlagen ist.«

XV

Er kam nicht. Es musste längst Tag sein. Ihr Körper signalisierte, dass die Nacht vorbei war. Ihr Magen, ihre Blase.

Sie wusste nicht, ob ihr Strafe bevorstand. Zusätzlich zu dem Ende, das er sich für sie beide ausgedacht hatte. Es war ihr egal. Es hatte keine Bedeutung mehr.

Warum kam er nicht? Vielleicht wollte er doch darüber nachdenken, welche Strafe adäquat wäre für ihren Fluchtversuch. Was sie verdient hatte. Womit er sie treffen konnte. Womit er sie brechen konnte. Aber es war nicht mehr nötig. Sie war gebrochen.

Ihre Blase meldete sich dringend. Sie stand auf. Tastete sich durch das Dunkel. War nach wenigen Schritten verloren. Da musste eine Wand sein, aber da war keine. Hatte sie sich gedreht? Sie ging langsam, die Arme vor sich gestreckt, keine Wand. Keine Badezimmerwand, an der entlang, um die herum sie zur Toilette gefunden hätte, die sie jetzt immer dringender brauchte.

Ihr Schienbein traf auf etwas Hartes. Es tat weh. Sie stand wieder vor dem Bett, aber an welcher Seite? Sie tastete, hier war das Kissen. Also war hier die Längsseite des Bettes. Wieder von vorn. Kleine Schritte. Diesmal langsamer. Und da war die Wand. Endlich! Und dann die Toilette. Sie entleerte sich. War das seine Strafe? Ihr einen Tag zu rauben? Sie legte sich zurück aufs Bett. Es gab keinen anderen Ort, an dem sie sich aufhalten konnte.

Er kam nicht. Was für eine perfide Strafe, und sie kostete ihn nicht mal Mühe.

Sie hasste sich selbst für dieses Gefühl. Sie wünschte sich, dass er kommen würde. Ihr Essen bringen. Eine halbvolle Flasche Wasser hatte gestern neben ihrem Bett gestanden. Wo war sie? Sie tastete danach, Gott sei Dank, nahm einen Schluck. Sie wollte ihn hören, sehen. Nicht allein sein im Dunkeln. Sie brauchte ihn. Der Gedanke tat unsäglich weh. Sie brauchte ihn, um überleben zu können, um nicht verloren zu sein.

Fast noch schmerzhafter war der Gedanke, der sich jetzt in sie schlich.

Sie hatte es verdient. Nicht, weil sie versucht hatte zu fliehen. In seinen Augen mochte das so sein. Schuldig geworden war sie schon viel früher.

Was hatte sie Susan angetan!

Auch wenn sie es die meiste Zeit verdrängen konnte. Auch wenn ihr Leben ein einziges Verdrängen geworden war, ein Davonlaufen vor sich selbst. Susan einfach zurückzulassen bei diesen Menschen. Diesen Menschen, die ihre Eltern waren. Natürlich hatte sie gewusst, was für ein liebloses Leben auf Susan gewartet hatte. Aber sie musste weg. Eingesperrt, versteckt vor der Welt, vor diesen Herrschaften, die bei ihnen aus und ein gingen, die ihren Eltern so wichtig waren. Viel wichtiger als sie. Niemand durfte sie sehen, die Tochter, die so aus der Art geschlagen war. Die so eine Enttäuschung war für die Familie. Die eine Schande war, die man nicht zeigen durfte, schon gar nicht mit ihrem Balg.

Sie wurde von der Schule genommen, die Mittlere Reife hatte sie ja. Kein Gymnasium, kein Abitur. Ihre Fremdsprachen hatte sie viel später von ihren Lovern gelernt.

Sie hatte die erste Gelegenheit genutzt. Nur weg! Alles hinter sich lassen. Auch Susan.

Natürlich gab es Entschuldigungen. Sie war jung gewesen, verzweifelt. Und da gab es noch das andere, das sie kaum zu denken wagte, nicht mal heute.

Sie sollte es wegmachen lassen. Sie bestürmten sie, sie drohten, sie schlugen sie.

Nacht für Nacht war er gekommen, nur ein bisschen streicheln, damit sie gut einschlafen konnte. Dann auch dort unten anfassen. Dort unten war da, wo sie es nicht wollte. Er umso mehr. Und dann musste sie auch bei ihm anfassen, dort unten. Jahre war das gegangen. Irgendwann, als sie älter wurde, wusste sie mehr über das »Dort unten«. Auch Mama musste es gewusst haben. Sie sah ihn kommen und gehen und bleiben. Irgendwann wollte er mehr. Drohte, als sie sich weigerte. Wurde böse. Machte ihr Angst. Und dann eines Tages …

Sie sollte es wegmachen lassen. Aber sie hatte sich geweigert, solange, bis es zu spät war. Es würde ihr Baby sein. Alles würde aufhören, wenn sie ein Baby hatte.

Das eine hatte aufgehört. Er kam nie mehr, aber sie war eine Aussätzige geworden. Mama hatte alles besorgt, nachdem Susan da gewesen war. Alles, was man brauchte. Windeln, Nahrung, Öl, Tücher, einfach alles. War mit dem Auto in ein großes Einkaufszentrum gefahren. Weit weg. Dort, wo niemand sie kannte. Vorräte für eine lange Zeit.

Sie verließ nie das Haus außer mal zum Kinderarzt. Aber auch da war ihre Mutter dabei. Bis zu jenem Tag, als sie allem davonlief. Auch ihrer Tochter. Ihrer Tochter, der sie in manchen Momenten die Schuld an allem gegeben hatte. Damals. Und heute? Heute wusste sie, wer Schuld hatte, wen sie hassen musste. Was war aus ihr geworden? Wie oft hatte sie Susan verlassen, war mit irgendwelchen Männern durchgebrannt. Diese rastlose Suche nach anerkennenden gierig geilen Männerblicken, die ihr manches gaben, aber niemals das, was sie ein Leben lang suchte.

Sie war nicht besser als er. Auch er war gefangen. Seine Mutter, die sich zum Nabel seines Denkens und seiner Lust gemacht hatte und sich dann aus seinem Leben gestohlen hatte. Aus seinem und aus ihrem eigenen.

Hatten sich da nicht zwei Krüppel gefunden? Zwei Verdammte?

Unschuldig war nur Susan.

27

»Haben Sie einen Termin?«

»Nein, aber es ist dringend.«

»Herr Maiwald ist in einer Besprechung.«

Die Dame, beiges Kostümchen mit sehr kurzem Rock, lange Beine und hohe Pumps, wie ich unter ihrem Schreibtisch sehen konnte, widmete sich wieder einem sehr wichtigen Dokument und ließ den weniger wichtigen Bittsteller stehen. Ich kannte sie von der Isarmühle. Allem Anschein nach war ich ihr trotz unseres effektvollen Abgangs von der Bühne nicht in Erinnerung geblieben.

Doch ich war noch nicht am Ende.

»Sagen Sie Herrn Maiwald, es geht um seine Tochter und um die Isarmühle.«

Sie hob den Kopf und blickte mich überrascht an. Da war kein Wiedererkennen, eher Ärger über meine Hartnäckigkeit.

»Worum geht es genau, wenn ich fragen darf?«

»Hören Sie!«, antwortete ich. »Wenn ich die Angelegenheit mit Ihnen erörtern wollte, hätte ich nicht nach Herrn Maiwald gefragt. Sagen Sie ihm einfach Anja und Isarmühle, das genügt.«

Sie tat es übellaunig, aber sie tat es. Ich sah ihr an, dass sie mir gern einen ihrer Torpedoabsätze in den Arsch gerammt hätte. Sie telefonierte leise, und ich verstand nur Isarmühle.

Dann wandte sie den Kopf und betrachtete mich erstmals eingehender. Dann wieder Flüstern in den Hörer.

»Ich glaube schon.«

Aha, der Groschen war also doch noch gefallen.

»Herr Maiwald lässt bitten.«

Sie stand auf, schmiss sich ins Hohlkreuz und geleitete mich schweigend zu einer Tür. Sie klopfte, öffnete, winkte mich mit einem bösen Blick hinein und schloss.

Da stand ich, und vor mir saß hinter einer hölzernen Brustwehr, die aussah wie ein Schreibtisch: Ernst Maiwald.

Sein Blick war abweisend, seine Stirn gerunzelt wie das Nackenfell eines Welpen.

»Was wollen Sie?«, bellte er. »Ich habe schon damit gerechnet, dass Sie hier aufkreuzen. Und ich habe von Herbert gehört, dass Sie ungern aufhören, in Sachen herumzuschnüffeln, die Sie nicht das Geringste angehen.«

Warum war Maiwald so aggressiv? Noch hatte ich ihm nicht gesagt, dass ich ihn für ein braunes Arschloch hielt und nebenbei für einen Vater, der diese Bezeichnung nicht verdiente. Und dann dämmerte es mir. Er befürchtete, dass ich ihn erpressen wollte.

Genauso wie seine missratene undankbare Tochter Anja?

»Ich nehme mal an, dass es Ihnen lieber wäre, der Inhalt Ihrer Einladungsbriefe und der Ablauf Ihrer Informationsveranstaltungen geriete nicht an die Öffentlichkeit.«

Das sollte sarkastisch, provokativ, überlegt und überlegen klingen. Ich wusste nicht, ob ich das hinbekommen hatte.

»Was wollen Sie?« In Maiwalds Stimme schwang der Zorn der Titanen.

»Hunderttausend.«

Das war nicht geplant. Das war eine spontane Eingebung. Wenn ich schon als Ermittler nicht für voll genommen wurde, vielleicht ja als Erpresser.

Maiwald lachte. Maiwald lachte tatsächlich.

»Ich glaube, Sie verkennen die Lage«, sagte ich bemüht ruhig. »Es geht nicht nur um Ihren Verein, sondern um Mordverdacht. Anja ist hinter Ihre Machenschaften gekommen. Sie hat Ihnen gedroht. Das konnten Sie nicht dulden.«

Mein erster Bluff in meiner noch jungen Karriere.

Maiwald lümmelte hinter seinem Monsterschreibtisch, sein Lächeln hing ihm etwas schief im Gesicht, und die rechte Hand versuchte vergeblich, die Stuhllehne zu zermalmen.

Es funktionierte. Maiwalds Ruhe war dahin. Seine Selbstkontrolle entstieg seinem Schädel wie ein Täubchen und flatterte davon. Er sprang aus seinem Sessel, donnerte mit den Knien an die Schreibtischplatte und brüllte.

»Hinaus! Raus aus meinem Büro!«

Das war jetzt nicht genau die Reaktion, die ich mir vorgestellt hatte. Aber was hatte ich erwartet? Ein Geständnis im Affekt?

»Gemach, gemach!«, versuchte ich ihn zu beruhigen.

Tatsächlich senkte er die Stimme.

»Hör mir gut zu, du kleines Arschloch! Wenn du tatsächlich der Ansicht bist, dass ich meine eigene Tochter kaltgemacht habe, dann kannst du dir vielleicht ausmalen, auf welche Ideen ich kommen kann, wenn mir so eine kleine Ratte wie du ans Bein pinkeln will.«

Guten Argumenten gegenüber war ich immer zugänglich. Und das hier war nicht schlecht.

»Für den Fall gewaltsamen Ablebens bin ich ausgesprochen gut versichert«, schickte ich zurück. Mein zweiter Bluff, diesmal ein eher billiger, doch das merkte man ihm nicht an. Hoffentlich!

»Denken Sie über meine Forderung nach, Herr Maiwald. Nicht zu lang, sonst werde ich teurer. Wir hören voneinander.«

Ich verließ sein Büro.

Maiwalds Vorzimmerdame saß an ihrem Platz und würdigte mich keines Blickes. Ich rauschte hinaus.

Unter Ermittlungsgesichtspunkten war das kein guter Auftritt gewesen. Ich hatte Maiwald provoziert; in Erfahrung gebracht hatte ich nicht das Geringste. Ich wusste jetzt, dass er aggressiv war, cholerisch, jähzornig, aber das wären wohl etliche Menschen, wenn man sie um hunderttausend Euro erleichtern wollte. Und was hatte ich mir eingebrockt?

Maiwald telefonierte wahrscheinlich gerade mit dem härtesten und kaltblütigsten Mafiakiller Neapels oder Palermos. Jedenfalls würde er mich mit Vergnügen verhackstücken lassen und zum Frühstück verspeisen.

Ich sondierte meine Optionen. Einen Brief an Hauptkommissar Mutzer aufsetzen, notariell hinterlegen oder in einem Bahnhofsschließfach deponieren. Womöglich Ines oder Jan als Hüter des Schlüssels einsetzen. Untauglich! Was hatte ich davon, wenn man Maiwald nach meinem Dahinscheiden vor den Kadi zerren und wegen dürftiger Beweislage wieder laufen lassen würde? Vielleicht hatte mein Abschiedsbluff aufschiebende Wirkung. Meine Zweifel daran überwogen allerdings meine Zuversicht.

Und sie wuchsen noch. Immerhin war Anja verschollen. Wenn sie Maiwald erpresst hatte, bewegte ich mich in ihrer Spur, ausgerüstet mit einem lächerlichen und mit nichts zu rechtfertigenden Optimismus. Vermutlich waren seine Häscher bereits unterwegs.

»Der Kerl macht uns Ärger. Erledigt das schnell und unauffällig wie immer.«

Die Straßenbahn kam. Linie 18. Ich weiß nicht, warum ich beschlossen hatte, nicht mit der S-Bahn nach Hause zu fahren. Vielleicht wegen der Durchsagen wie »Personenschaden an der Hackerbrücke oder sonst wo. Verspätung in beide Richtungen«, die sich in letzter Zeit häuften. Ich wäre ein perfekter Kandidat für einen Personenschaden. Ein leichter Stoß im Gedränge, ein Sturz vor den einfahrenden Zug, knackende Knochen, zerfetztes Fleisch, Blutfontänen, ein traumatisierter Fahrer, dem psychologische Betreuung und Sonderurlaub zustanden.

Ich stieg ein, setzte mich auf einen freien Platz, schaute durchs Fenster. Die Straßen waren noch feucht vom morgendlichen Regen. Sogar ein Regenbogenhauch schimmerte über der Kuppel der Lukaskirche.

28

»Hallo Karin! Hat Ines bei euch übernachtet?«

»Nein, wieso? War sie vielleicht nicht zuhause letzte Nacht?«

»Nein, war sie nicht. Und bei Jan war sie auch nicht. Da habe ich schon angerufen.«

Ines stand selten vor mir auf. Normalerweise kam sie morgens aus ihrem Zimmer, das früher meines gewesen war, wenn sie Geschirrklappern hörte und vermuten konnte, dass der Kaffee fertig war.

Heute Morgen nicht. Ich war nach einer Weile nachsehen gegangen. Ihr Bett war unbenutzt.

Karin schwieg ein paar Sekunden und wartete auf das, was ich sagen würde, aber ich sagte nichts. Dann hörte sie auf zu schweigen.

»Klartext, Ludwig! Du hast keine Ahnung, wo Ines die Nacht verbracht hat?«

»Nein, ich weiß es nicht. Und ich mach mir Sorgen, weil wir die Vereinbarung haben, dass ich Bescheid bekomme, wenn sie über Nacht wegbleibt.«

»Da bin ich ja beruhigt, dass du dir Sorgen machst!«

»Ich mach mir große Sorgen.«

Ich wollte es Karin eigentlich nicht sagen, aber sie war Ines' Mutter und ich fühlte, dass ich keine Wahl hatte.

»Ich mache mir Sorgen, weil ich mich mit Maiwald angelegt habe und dem Mann alles zutraue.«

»Was meinst du mit ›alles zutrauen‹, und was meinst du mit ›angelegt‹?«

Ich berichtete ihr in groben Zügen von dem Abend, den Jan und ich belauscht hatten, von meinem Besuch in seinem Büro, von meinem Erpressungsversuch, um ihn aus der Reserve zu locken, und von seiner bedrohlichen Reaktion.

Karin hörte zu, ohne mich zu unterbrechen, aber ich vernahm Laute durch den Hörer, die mir klarmachten, dass sie kurz davor war, die Nerven zu verlieren. Als ich am Ende meines kurzen Berichts angekommen war, brach es aus ihr heraus: »Du bist so ein verdammter Trottel.

Du bist völlig wahnsinnig geworden. Riskierst das Leben deiner Familie wegen deiner bescheuerten Recherchen. Tu was, Ludwig! Mach es wieder gut! Rede mit Maiwald! Bring unsere Tochter zurück, hörst du? Bring meine Tochter zurück!«

Ihre Stimme war außer Kontrolle. Sie achtete auf nichts mehr. Sie schrie, sie heulte, sie schimpfte, alles auf einmal!

»Deine blödsinnige Aversion gegen alles, was politisch rechts ist. Das ist krankhaft! Wie damals in der U-Bahn. Als die paar Glatzen so einen schwarzgekleideten Antifa-Heini in die Mangel nahmen. Drückst mir das Kind in die Hand, um dir die Fresse polieren und mit einer zerschlagenen Flasche die Hand aufschneiden zu lassen.«

»Ich schäme mich da nicht dafür, Karin.«

»Du warst nicht allein. Du hattest deine Frau und dein Kind dabei. Aber da setzt dein Verstand aus. Du hättest die Polizei rufen können mit dem Handy. Du hättest aussteigen und dem Fahrer Bescheid sagen können. Du hättest dein Hirn einsetzen können. Aber Nein! Du bist ein Held! Ein bescheuerter hirnloser Held!«

»Karin, das ist ewig her und hat jetzt wirklich nichts zu tun mit Ines. Ich kümmere mich drum. Ich rede mit Maiwald. Ich ruf ihn gleich an.«

Ich lauschte auf ihren Atem, der stoßweise aus dem Hörer in mein Ohr drang, und dann hörte ich, wie sich ein Schlüssel im Schloss der Eingangstür drehte, sah, wie sich die Tür aufschob und Ines hereinkam.

»Sie ist da, Karin.«

»Ines?«

»Ja, sie kommt gerade durch die Tür.«

Kurz darauf saß ich mit meiner Ines am Küchentisch, erwähnte mit keinem Wort das Gespräch, das ich gerade hinter mir hatte, und tat ruhig und gefasst wie ein Vater, der auf eine Erklärung wartet.

»Ich war bei Susan.«

»Bei Susan Maiwald? Wieso in Gottes Namen?«

»Sei einfach still, Paps! Ich will's dir doch eh erzählen. Wir haben geredet bis in der Früh. Ich wollte dich nicht wecken.«

»Du darfst mich ruhig wecken in solchen Fällen, Ines. Ich werde lieber kurz wach, als mir solche Sorgen zu machen.«

»Solche Sorgen? Jetzt übertreib mal nicht. Du bist schlimmer als Mama.«

Ich ließ es dabei bewenden. Ines konnte ja nicht wissen, welchen Hintergrund meine Sorgen hatten.

»Jetzt erzähl einfach!«, sagte ich.

Ines zog den Teebeutel, den sie eben überbrüht hatte, aus der Kanne, stellte zwei Tassen auf den Tisch und schenkte uns ein.

»Ok. Also ich bin hingefahren, weil du mir erzählt hattest, dass du nicht mehr an sie rankommst. Und weil ich das Gefühl hatte, dass sie Hilfe braucht. Wenn ich geahnt hätte, wie schlecht es ihr geht ...«

»... dann hättest du dich schon früher gekümmert.«

»Ja. Und ich hätte drauf bestanden, dass du das auch tust. Sie ist völlig durch den Wind, Paps. Und ihr Mike ist ein brutaler Schläger.«

»Er hat sie geschlagen?«

»Er hat sie übel zugerichtet. Ihre Lippe war dick geschwollen. Auf einer Wange hat sie einen Bluterguss. Wie die Augen aussehen, kann ich mir nur ausmalen. Sie hat die ganze Nacht ihre Sonnenbrille nicht abgenommen.«

Ich verbrühte mir den Mund an dem Tee, der noch viel zu heiß war, verschüttete die halbe Tasse, als ich sie abstellte. Ines hatte Recht. Ich hätte dranbleiben müssen. Mich nicht abspeisen lassen.

»Hat sie dir erzählt, wie es dazu gekommen ist? Warum Mike das getan hat? Er wirkt nicht wie einer, der die Beherrschung verliert. Aber jetzt erzähl mal von vorn! Bist du einfach bei ihr aufgetaucht? Hast du sie angerufen? Wie hat sie reagiert darauf, dass du dich bei ihr meldest?«

Ines blies in ihren Tee.

»Ich habe ihre Adresse und Telefonnummer auf deinem Schreibtisch gefunden und einfach angerufen. Sie tat gar nicht besonders überrascht. Hat gesagt, ich kann gern vorbeikommen. Weißt du, irgendwie war da von Anfang an so eine Verbindung zwischen uns. Da war schon bei der ersten Begegnung sowas in ihrem Blick. So ein ›Hilf mir, bitte‹. Ich habe sie ja vor dir kennengelernt.«

»Das stimmt. Und du siehst manchmal Dinge, die meinem analytischen Blick verborgen bleiben.«

»Nett gesagt. Man könnte auch feststellen, dass du in mancherlei Hinsicht ein ziemlich blinder Maulwurf bist.«

»Ja, ja«.

Ich tat ein bisschen gekränkt, was mir nicht im Geringsten schwerfiel.

»Hau nur in die Kerbe deiner Mutter. Sie hält mich für so empathiefähig wie einen Baumstamm.«

»Du verharmlost. Bäume können durchaus leiden.«

Ines grinste, aber nur kurz, und ich grinste mit. Dann wurde sie wieder ernst.

»Naja, jedenfalls bin ich hingefahren und erschrocken, wie sie aussah. Sie war dann sehr offen. Ich glaub, sie hat nur drauf gewartet, dass ihr mal jemand richtig zuhört und nicht nur ein Verhör mit ihr führt.«

»Jetzt ist es aber gut, Ines. Ich sollte nicht mit ihr Freundschaft schließen, sondern ihre Mutter finden.«

»War nicht bös gemeint, Paps.«

Sie stand auf und ging zum Fenster. Ines hatte die Eigenart, mal so eben rauszugehen aus der Gesprächssituation, wenn sie nachdenken musste. Sie schien die Tauben auf dem Dach des Hauses gegenüber zu beobachten. Dann sprach sie weiter, ohne sich wieder zu setzen oder mich anzusehen.

»Sie liebt diesen Mike. Er ist ihr Ein und Alles. Für mich wirkt das fast wie so eine Art Hörigkeit.«

»Du hast sie natürlich gefragt, wer sie so zugerichtet hat?«

»Natürlich. Und sie hat auch zugegeben, dass er es war. Allerdings hat sie ihn sofort verteidigt. Hat sich selbst die Schuld gegeben, weil sie ihn provoziert hat mit den Vorwürfen, die du gemacht hast. Du weißt schon. Dass er auf ihre Mutter steht, von Anfang an hinter Anja her war, sie selbst nur benutzt hat. Dann ist er ausgerastet. Ihre Schuld, nicht seine.«

Sie drehte sich um, wandte sich wieder mir zu, ohne sich an den Tisch zu setzen.

»Ich glaube nicht, dass Mike sie gern hat. Nicht nur, weil er sie geschlagen hat. Dem Typen trau ich nicht über den Weg. Mit dem stimmt überhaupt nichts. Sie hat mir zum Beispiel erzählt, dass sie noch nie in seinem Haus war. Kein einziges Mal.«

»Und wie erklärt sie sich das? Wie erklärt er es ihr?«

»Er meint einfach, dass er sich schämt für die alte vergammelte Bruchbude, die er von seiner Mutter geerbt hat. Dass er sie bald herrichten würde. Auch für sie. Sie hat Rotz und Wasser geheult, Paps.«

»Einfach so? Wegen Mike? Wegen der Schläge? Wegen ihrer Mutter? Oder gab's da einen bestimmten Anlass? Ein Thema, das besonders schmerzlich für sie war?«

»Alles zusammen, glaub ich. Da hat sich was seit langem aufgestaut und ist jetzt herausgebrochen. Vielleicht weil ich da war zum Zuhören. Das ist doch manchmal so, dass man nicht heulen kann, wenn man allein ist. Man braucht jemand dazu.«

»Vielleicht spürt sie, dass diese Liebe eine Einbahnstraße ist. Wenn sie allein ist, gelingt es ihr, diese Gefühle abzublocken. Mit dir als Gegenüber geht das nicht. Dafür stellst du zu viel Nähe her. Das ist deine Art, Ines.«

»Meinst du? Vielleicht ist es so.«

»Es ist bestimmt so. Deshalb war ich auch immer ein bisschen skeptisch, was dein Jurastudium angeht.«

»Was hat das jetzt damit zu tun?«

»Du würdest in jedem Fall das Menschliche sehen. Das Herunterbrechen zu juristischen Sichtweisen ist nicht deine Sache.«

»Blödsinn! Du wirst mir doch nicht erzählen wollen, dass es einer Anwältin oder einer Richterin schadet, sich für die menschlichen Hintergründe zu interessieren.«

Das Gespräch hatten wir schon oft geführt, und es hatte immer gleich geendet. Sie hatte Recht. Ich sah in meiner Tochter die Heilerin, die Helferin, übertrug das auf alle möglichen Berufsfelder, und Ines erklärte mir dann, dass das Menschliche nirgendwo verkehrt war.

»Knöpf dir diesen Mike vor!«

»Das mach ich.«

Ich dachte, Ines wäre am Ende ihrer Erzählung angekommen, aber so war es nicht.

»Das war noch längst nicht alles, Paps.«

Sie würde jetzt nicht auf mein Nachfragen warten. Ich wusste, wann es meiner Tochter ernst war. Sie wollte reden. Aber in ihrem Blick war auch ein Vorwurf und der galt mir. »Du hättest da hingehen müssen, nicht ich.«, stand in diesem Blick. Sie setzte sich wieder, nippte an ihrer Tasse.

»Ich hab ein Stück Papier gefunden. Ein Dokument. Es war nicht versteckt. Es lag einfach auf dem Tisch.«

»Was war das für ein Dokument?«

»Es war das Ergebnis eines Vaterschaftstests.«

Ich schwieg. Ich dachte nach. Da war nur eine Erklärung, die mir einfallen wollte.

»Ist sie schwanger und will wissen, ob Mike der Vater ist?«

»Nein.« Ines schüttelte den Kopf. Zuerst missbilligend, überrascht. Dann schien sie zu begreifen, dass mein Gedanke ein naheliegender war.

»Nein, es geht nicht um Mike und sie ist nicht schwanger.«

»Worum geht es dann? Hat Susan gesehen, dass du das gefunden hast?«

»Ja, hat sie. Sie war in die Küche gegangen, um mir ein Glas zu holen, kam zurück, als ich gerade das Papier in der Hand hielt.«

»Und?«

»Sie hat sich neben mich auf die Couch gesetzt und lang nichts gesagt. Dann begann sie zu weinen. Erst leise, dann wurde es immer heftiger. Ihr ganzer Körper hat gezittert. Ich wollte irgendwas tun. Wollte sie beruhigen, trösten. Ich wusste überhaupt nicht, worum es ging. Hab versucht, ihr meinen Arm um die Schulter zu legen, aber sie hat ihn weggeschoben.«

»Bist du dazu gekommen, dir den Test genauer anzuschauen? Konntest du Namen lesen?«

»Nein.«

»Hast du etwas gesagt? Etwas gefragt?«

»Verhör jetzt bitte nicht mich! Nein, ich hatte das Gefühl, dass ich einfach warten muss. Einfach da sein und meinen Mund halten. Sie würde mir schon erzählen, was sie mir erzählen wollte.«

»Und hat sie dir etwas erzählt?«

»Ich habe mehr Geduld gehabt als du, Paps. Ja, hat sie. Das Grauenhafteste, das ich je gehört habe. Sie begann irgendwann zu reden. Ohne mich anzuschauen dabei, einfach vor sich hin.«

Ich hatte auch Geduld. Ich fragte nicht. Ich unterbrach Ines nicht mehr.

»Sie hat mir erzählt, dass ihre Mutter und sie oft gestritten haben. Immer wieder dasselbe Thema. Jedes Mal heftiger. Susan wollte wissen, wer ihr Vater war, ob er überhaupt wusste, dass er eine Tochter hatte. Sie hat Anja vorgeworfen, dass sie ihr aus Eifersucht den Vater vorenthalten hat. Anja hat ihr nie eine Antwort gegeben. Immer wieder dieselbe Geschichte. Ein One Night Stand. Betrunken nach einer Party. Ein Mann, den sie nie wieder gesehen hat.«

»Hat Susan ihr geglaubt?«

»Nein. Dann hat sie den Vaterschaftstest gefunden. Nicht wie ich offen auf dem Tisch. Sie hat Anjas Sachen durchsucht und dann den Schlüssel zu ihrem Schreibtisch gefunden.

»Was war das denn für ein Test? Jetzt mach schon, Ines!«

Es fiel mir jetzt unendlich schwer, Ines Zeit zu geben für ihre Geschichte. Ich spürte, wie sehr es sie mitnahm. Wie schrecklich diese Nacht gewesen war für meine kleine Tochter.

»Sie hat nicht lockergelassen. Irgendwann war Anjas Widerstand gebrochen. Sie hat Susan erklärt, dass sie den Test hat machen lassen, weil sie den Beweis haben wollte. Nicht für Susan. Sie wollte ihn für sich haben. Wollte es beweisen können.«

«Was denn beweisen, Ines?«

Es hielt mich nicht mehr auf dem Stuhl. Ines hatte Recht. Es wäre mein Job gewesen, bei Susan zu recherchieren. Mich nicht einfach zufrieden zu geben.

»Der alte Maiwald hat seine Tochter geschwängert. Susans Vater und Susans Großvater sind die gleiche Person, Paps. Wie kann ein Vater das seinem Mädchen antun?«

Ich schwieg, weil ich keine Antwort wusste, zog Ines an mich, hielt sie fest.

Wie konnte der alte Maiwald das seiner Tochter antun? Wie konnte das überhaupt ein Mann seinem Mädchen antun. Aber es geschah. Überall. So oft. Wie sollte ich meiner Tochter erklären, dass es Männer gab, die so etwas taten?

»Weiß Maiwald, dass Anja diesen Test hat machen lassen?«, fragte ich stattdessen. »Eine Frau kann das auch ohne Einverständnis des Vaters machen, wenn sie weiß, wo, und genügend Geld hat.«

Das war eine Ermittlerfrage. Aber es war keine Frage, die Ines sich gerade stellte. Sie zuckte nur mit den Schultern, und ich hätte sie am liebsten wieder eingesaugt. Stattdessen hielt ich Ines weiter fest.

Später am Abend telefonierte ich noch einmal mit Karin.

»Es tut mir leid, Ludwig«, sagte sie.

»Muss es nicht«, antwortete ich. Und: »Ich hatte genauso viel Angst wie du.«

Als ich dabei war, mich bettfertig zu machen, einen Gute-Nacht-Tee aufgesetzt hatte, der mich schläfrig machen sollte und meine strapazierten Nerven beruhigen, läutete das Telefon wieder.

Eine Nummer, die nicht eingespeichert war. Ich nahm ab.

»Ernst Maiwald hier.«

Ich war unbewaffnet, sonst hätte ich durch die Leitung geschossen. Das Schwein rief mich einfach an. Ich riss mich zusammen.

»Was verschafft mir die Ehre?«

»Sie werden sehen, dass ich ganz offen mit Ihnen bin, Fendt. Sie haben blindlings in etwas hineingestochert, dessen Tragweite Sie noch gar nicht begreifen können. Selbstverständlich lassen wir uns nicht erpressen. Sie bekommen keinen Cent.«

Ich beschloss, lieber zuzuhören als vorschnell Dinge zu sagen, die ich nachher bereuen würde. Maiwald schien in Redelaune. Vielleicht würde das meine Ermittlung besser befördern als das idiotische Erpressungsspiel. Und jetzt war auch nicht der richtige Moment, ihn mit den Dingen zu konfrontieren, die ich heute erfahren hatte. Das musste warten.

»Selbstverständlich lassen wir nicht zu, dass unser großes Projekt in Gefahr gerät. Ich kann Ihnen nur raten, uns nicht das Gefühl zu vermitteln, das Sie so eine Gefahr für uns darstellen.«

Ich schwieg weiter, obwohl ich offensichtlich an der Reihe war mit einem Sprechbeitrag. Maiwald war das egal.

»Wir brauchen jemanden für den Bereich München Ost. Wenn Sie für uns arbeiten, können Sie das Taxi abstellen, Ihre lächerliche Detektei zusperren, und von Erpressungsgedanken könnten Sie auch Abstand nehmen. Die passen eh nicht zu Ihnen.«

Maiwald rechnete offensichtlich immer noch nicht mit einem nennenswerten Beitrag meinerseits zu dieser einseitigen Unterhaltung.

»Sie werden sich fragen, welche Aufgaben unsere Außendienstler haben.«

Ich stellte mir gerade viele Fragen, unter anderem auch diese.

»Sprechen Sie weiter, Herr Maiwald.«

Das war nicht substanziell, aber ich fürchtete, sein Redefluss würde versickern, wenn ich nicht zwischendurch mal signalisierte, dass ich noch mit Interesse lauschte.

»Unser Unternehmen hat Zugang zu allen relevanten Daten unseres potentiellen Klientenkreises: Alter, Familien- und Verwandtschaftsbeziehungen, Gesundheitszustand, finanzielle Verhältnisse, Konfession und so weiter. Wir sind personell optimal vernetzt. Aber die Daten sind nur das Eine. Glauben Sie, dass unsere Alten nur auf ein Schreiben hin zu uns kommen würden? Manche lesen nicht mal mehr ihre Post. Die Daten bedürfen einer intensiven Nachbereitung.«

»Und die Alten einer Vorbereitung«, führte ich fort. Ich begann zu verstehen, und Maiwald schien sich über das Zeichen meiner gedanklichen Kooperation zu freuen.

»Genauso ist es. Hier beginnt die Außendienstarbeit. Ausloten, Vertrauen gewinnen, sanftes Hinführen zur Thematik des Nachlasses zum Beispiel über den Umweg der Religion oder der patriotischen Gesinnung. Die Beziehung zu unseren Kunden muss reifen und gedeihen, sie muss gepflegt werden. Kommen wir also zum Geschäft!«

Er sprach tatsächlich von einem Geschäft.

»Sie kennen sich in Ihrem Stadtteil aus und sind überaus tüchtig im Recherchieren. Das prädestiniert Sie geradezu für die Aufgabe.«

Ich sollte also für diese ehrenwerte Gesellschaft vermögende alte Leute präparieren, auf dass sie ihr das gesamte Vermögen vor die braunen Füße warfen.

»Wie lange habe ich Bedenkzeit?«

»Ich möchte Ihnen noch zwei Argumente für Ihre Abwägung auf den Weg geben, Herr Fendt. Erstens: Wir bezahlen für diese Aufgabe ein sehr ordentliches Grundgehalt, Sie sind angestellt in meiner Firma. Dazu kommen Erfolgsprämien.«

»In welcher Höhe?«

»Das hängt natürlich von den Abschlüssen ab, die wir auf der Basis Ihrer Arbeit tätigen können.«

Der Mann war augenscheinlich vollkommen überzeugt davon, mich mit seinem Angebot einsacken und aus dem Gegenverkehr entfernen zu können.

»Und das zweite Argument?«, fragte ich lauernd.

»Sie wissen zu viel, Fendt. Und wir werden alles unternehmen, um Schaden von unserer Organisation abzuwenden. Alles! Stellen Sie sich einfach vor, Sie befänden sich in der Mitte eines Ozeans. Allein und schwimmend. Wir fahren zufällig vorbei und bieten Ihnen an, ins Boot zu kommen. Könnten Sie ablehnen, wenn Sie die Alternative bedenken?«

Maiwald war absolut sicher, dass ich nicht ablehnen könnte, dass ich mich beglückt in das Boot ziehen lassen würde, egal ob es schwarz, rot oder braun wäre. Warum? Weil ich sonst ersaufen würde. Er hatte elegant eine Drohung umschifft, aber ich verstand. So abwegig war Karins und meine Befürchtung nicht gewesen.

»Wir sind nicht erpressbar. Wir werden ohnehin schon bald an der Oberfläche auftauchen. Und dann wird wirklich ein Ruck durch Deutschland gehen. Wir sind keine Gaunerbande, Herr Fendt. Wir sind Überzeugungstäter. Die Union hat den rechten Rand zu sehr ausfransen lassen. Die Zeit ist reif. Die Republikaner gibt's schon lang nicht mehr. Die NPD ist ein Haufen Hirnloser, die von militaristischen Spinnern durch das Land gescheucht werden. Die AfD wächst explosionsartig, aber sie ist heillos zerstritten, hat keinen Plan, keine Substanz und wird sich bald selbst in ihre Einzelteile zerlegen. Aber wir sind ehrenwerte, verantwortungsvolle und vertrauenswürdige Bürger, keine stupiden Nazis, keine rechten Brüllaffen. Wir sind Honoratioren, Patrioten. Wir sind konkurrenzlos. Das Land wartet auf uns.«

Ich verstand. Ich war Zeuge der Vorbereitung einer Revolutionierung der Parteienlandschaft.

»Ich werde über Ihr Angebot nachdenken, Herr Maiwald.«

»Tun Sie das, Fendt. Kommen Sie die Tage nochmal vorbei, dann reden wir weiter. Ach, noch was … Ich habe mit Anjas Verschwinden nichts zu tun! Nicht das Geringste.«

Ich lag die halbe Nacht wach.

XVI

Er kam am nächsten Tag, ließ Anjas Morgen anbrechen. Sie hatte beschlossen, kein Wort darüber zu verlieren, welche Hölle dieser eine Tag im Dunkeln, für sie gewesen war. Aber er fragte nicht.

»Du denkst, der gestrige Tag war deine Strafe. Du irrst dich. Den gestrigen Tag habe ich zum Nachdenken gebraucht.«

Er hielt ein Bündel kurzer Stricke in der Hand.

»Zieh dich aus und leg dich auf den Bauch.«

Sie war müde. Sie wollte ihm keinen Kampf bieten, den sie verlieren würde. Wollte ihm keinen Sieg gönnen. Sie streifte die Jogginghose ab, die Socken, ihr Shirt, blickte kurz auf zu ihm, um in seinem Gesicht lesen zu können, ob es genug war. Sie sah keine Regung, hakte den BH auf, zog ihn aus, schlüpfte aus ihrem Slip und legte sich aufs Bett.

»Umdrehen auf den Bauch!«

Sie tat es.

»Spreiz die Arme und Beine!«

Er fixierte ihre Hände und Füße an den Bettpfosten.

Sie drehte ihren Kopf auf die ihm abgewandte Seite, wollte nicht sehen, was sie hörte, wie er seine Kleidung auszog. Er legte sich auf sie, stützte sich mit Knien und Unterarmen ab. Dennoch fühlte sie das Gewicht seines Körpers auf ihren Schenkeln, ihrem Po, ihrem Rücken.

»Du bist eine Hure, Anja. Und ich will nichts Anderes von dir, als das, was alle bekommen haben.«

Er schien mit Widerstand zu rechnen, drohte ihr, obwohl sie sich nicht bewegt hatte.

»Du weißt, was ich tun werde, wenn du dich nicht fügst? Ich werde Susan dafür bezahlen lassen.«

Sie antwortete nicht. Warum hielt er nicht den Mund? Sie hatte nicht vor, sich zu wehren. Warum musste er ihr jetzt auch noch die Waffe zeigen, der sie nichts entgegensetzen konnte? Nicht einmal ihren Willen. Es war nicht nötig. Sie spürte die Last auf ihr, sie erdrückte sie, raubte ihr die Luft, die Kraft, den Mut. Sie spürte seinen Atem an ihrem Nacken, seine Lippen an ihrem Hals, seine Stimme geflüstert an ihrem Ohr, seine Worte, die in ihrem ganzen Körper schallten.

»Wie vielen Männern hast du das gegeben? Wie viele durften dich haben? Hunderte? Sag's mir! Sag mir, wie viele Männer dich gefickt haben! Und sag mir, ob's dir gefallen hat! Hat es dir gefallen, Anja Maiwald? Hat es dir gefallen, wenn sie dir ihren Schwanz hineingeschoben haben? Oder hat es dich angemacht, dass sie scharf waren auf dich? Ging's dir darum? Sag's mir, Anja!«

Sie schwieg, sie rang um Atem. Es war ihr, als würde er mit jedem dieser Worte, die er ausatmete, schwerer werden.

Sie fühlte seine Erektion an ihrem Po, fühlte, wie er tastete, wühlte, wie er eindrang.

Er hat Recht, dachte sie. So viele haben das vor ihm gemacht. Es kommt nicht darauf an. Es kommt nicht darauf an. Es kommt nicht darauf an.

In ihren Gedanken wiederholte sie diesen Satz, immer wieder, um ihn endlich fühlen zu können.

Er bewegte sich heftig in ihr. Er schwitzte. Sein Atem begann zu rasseln. Er stieß zu. Immer wieder. Fest. Hart. Als ob er etwas tief in ihr umbringen wollte.

»Aber da ist es nicht, Mike! Es ist nicht da drin! Es ist nicht in mir!«, rief sie lautlos.

Er hörte ihr stilles Rufen nicht, und er hätte auch kein lautes Schreien vernommen. Sein Körper war wie eine Maschine. Es war eine Gnade, dass auch ihrer zu einer wurde. Sie spürte nichts mehr in ihrem Innern. Nur noch sein Gewicht, das Auf und Ab seines Beckens, sein Eindringen in eine gefühllos gewordene Wunde, ihr betäubtes Fleisch. Sein Zucken, als er kam.

Er hielt inne. Blieb liegen auf ihr, bewegte sich nicht mehr, zog sich aus ihr zurück, glitt von ihr, lag nun neben ihr, ohne sich zu bewegen, lange Zeit still.

Er band sie los, schlang seine Arme um sie, zog sie an sich, hielt sie fest, hielt sich an ihr fest.

»Du gehörst zu mir, Anja!«

29

Maiwalds Vorzimmer-Zerberus empfing mich um einiges freundlicher als beim ersten Besuch. Züchtiger gekleidet war sie nicht.

»Herr Maiwald erwartet Sie bereits, Herr Fendt!«

Sie geleitete mich in Maiwalds Büro, er stand auf, bat sie, für Kaffee zu sorgen, und bot mir einen Stuhl an.

Sieh an, dachte ich. So geht's auch.

»Sie haben sich also für den Weg der Vernunft entschieden, Herr Fendt. Das freut mich außerordentlich.«

»Ich habe an Ihre Metapher mit dem einsamen Schwimmer im offenen Ozean gedacht«, antwortete ich.

»Sehr weise. Ich sage Ihnen ganz ehrlich: Ich bin nicht daran interessiert, ideologische Gesinnungsbrüder zu rekrutieren. Ich brauche verlässliche Menschen, die ihren Job gut machen.«

Der Kaffee kam. Maiwalds Vorzimmertussi rauschte herein und hinaus und schenkte mir ein zauberhaftes antrainiertes Lächeln. Er schob mir ein paar Papiere herüber.

»Das ist der Arbeitsvertrag. Lesen Sie ihn später in Ruhe durch. Es steht nichts drin von Belang außer einer Summe. Ich hätte gern noch die Details mit Ihnen besprochen. Aber mir ist jetzt leider ein unaufschiebbarer Termin dazwischengekommen. Ich habe ein paar dringende Dinge mit einem Herrn zu besprechen, den Sie übrigens auch kennen.«

Ich musste nicht lange nachdenken.

»Wir haben nur einen gemeinsamen Bekannten, Herr Maiwald.«

»Genau. Ihren Nachfolger sozusagen. Aber keine Sorge. Er wird nicht Ihr direkter Vorgesetzter. Er ist in einem ganz anderen Bereich tätig. Er verwaltet das Geld, das Sie anbringen.«

Maiwald lachte laut.

»Bitte seien Sie mir nicht böse, dass ich Sie jetzt hinauskomplimentieren muss. Ist es Ihnen möglich, heute Abend kurz bei uns am Böhmerwaldplatz vorbeizukommen? Mit dem Vertrag. Da gibt es noch eine Sache, die wir besprechen müssen.«

Ich sagte zu, stand auf, schüttelte Maiwalds Hand, ein sehr kräftiger Händedruck, verschenkte noch ein Lächeln im Vorzimmer, das ich schuldig war, und ging.

Ich hatte noch Zeit. Um sechs würde ich das Taxi holen, und meine erste Fahrt würde nach Bogenhausen führen. Ohne Fahrgast. Wollte Maiwald mich einfach ruhigstellen oder zählte er tatsächlich auf meine Dienste? Vermutlich wollte er mich austesten genauso wie ich ihn mit meiner Erpressung. Wer oder was ist dieser Ludwig Fendt? Ein geldgeiler Amateurerpresser, der die Gelegenheit beim Schopf packen will? Ein unverbesserlicher Linker?

Nach einem zweiten Frühstück zu Hause saß ich am Küchentisch und studierte den Arbeitsvertrag, den ich unterzeichnen sollte.

Maiwald hatte Recht. Es stand nichts wirklich Interessantes drin außer einer Summe. Mehr als ich als Taxifahrer verdiente, mehr als ich wohl jemals mit meiner Detektei verdienen würde und dann noch die Prämien dazu. Ich stellte fest, dass ich mich höllisch ärgerte, ohne genau zu wissen worüber. Entweder über diese arrogante Sicherheit, mit der er annahm, mich kaufen zu können, oder über den Versuch, auf diese Weise herauszufinden, was ich eigentlich von ihm wollte.

Ich spürte, während ich die dritte Tasse Kaffee hinunterschüttete, wie sehr ich diesen Menschen verabscheute. Allerdings war auch das Affentheater, das ich abzog, ziemlich bescheuert. Diese lächerliche Erpressungsshow. Wahrscheinlich hatte er mich von Anfang an durchschaut. Warum tat ich das? Maiwalds obszöner Reichtum, die Arroganz der Macht, sogar Herbert steckte in diesem Gefühlssumpf. Wollte ich all dem die Stirn bieten? Eine Schwachstelle suchen? Eine Stelle finden, an der man diesen Menschen packen konnte? Eine Stelle, an der es ihm wehtat?

Die Stelle gab es, und um sie freizulegen, brauchte es kein Spiel. Wenn Anja hinter seine politischen Machenschaften gekommen war, wenn sie auf die Idee gekommen war, ihm zu drohen, seinen Verein auffliegen zu lassen. Das war ein Motiv. Vielleicht reichte es schon aus, aber es war das kleinere. Da war der Vaterschaftstest, den sie hatte machen lassen. Warum? Um ihn zu nutzen? Um das Schweigen zu brechen? Weil sie ihn hasste, weil sie hasste, was er tat, was er getan hatte, wer er war? Wusste er von dem Test? Dann würde er keine Skrupel haben.

Es war Zeit, das Taxi zu holen. Ich steckte den Vertrag ein.

Eine gute halbe Stunde später stand ich vor Maiwalds Haus.

Diesmal wurde mein Hintern nicht mit den abgedeckten Sesseln im Vorzimmer abgespeist. Maiwald führte mich in eine Art Salon, zumindest war es ein Raum, den ein Ignorant wie ich »Salon« nennen würde. Drei Ledersessel, durchdacht gruppiert mit Beinfreiheit beim Gegenübersitzen, aber mit Blickkontakt. Alte Stilmöbel, ein Orientteppich, viele Fotos an den Wänden, die alle Ernst Maiwald zusammen mit anderen Menschen zeigten. Ich erkannte einen jüngeren Maiwald mit Franz Josef Strauß, ich kannte einen älteren Maiwald mit Edmund Stoiber. Ich sah Maiwald mit erlegtem Großwild, einige Male sah ich ihn mit seiner Mathilde, kein einziges Mal mit Tochter oder Enkelin.

»Whiskey?«

»Ich habe eben meine Taxischicht begonnen.«

Er nickte verständig und schenkte sich ein. Karins Herbert und Ernst Maiwald hatten offensichtlich die gleichen geschäftlichen Kontakte, oder Maiwald war Herberts Whiskey-Gönner. Ich sah die Flasche, es war ein »Arran«. Maiwald hatte es nicht nötig, ihn zu loben und den Preis zu nennen.

Wir saßen uns gegenüber.

»Also, Herr Fendt. Jetzt mal Klartext.«

Er hatte sich zurückgelehnt, das Glas auf einem kleinen Tischchen neben dem Sessel abgestellt, die Beine ausgestreckt. Maiwalds Stimmlage bei »Jetzt mal Klartext«, seine Körperhaltung, entspannt, ruhig, souverän, keinen Widerspruch duldend, von keinen Problemen verunsichert. Maiwald war wie ein Pate.

»Ich will Sie ins Boot holen, weil ich Sie für tüchtig halte.«

»Wie komme ich zu dieser hohen Einschätzung, Herr Maiwald?«

»Sie sind hartnäckig, wenn Sie etwas erreichen wollen. Geduldig, loyal. Das sind wichtige Eigenschafen. Warum haben Sie unsere Versammlung beobachtet? Und woher wussten Sie davon?«

»Ihr Einladungsschreiben hat mich neugierig gemacht. Ich habe es bei

Herbert gefunden. Und ich wollte wissen, was für eine Show Sie mit den alten Leuten abziehen.«

»Egal! Jedenfalls haben Sie mehr gesehen als Außenstehende sehen sollten. Wenn Sie diesen Vertrag hier unterschreiben, erwarte ich von Ihnen absolute Loyalität und Diskretion. Und ich erwarte, dass Sie Ihren zukünftigen Schwiegersohn an die Kandare nehmen. Wie Sie sehen, kenne ich mich in Ihrer Familie schon ganz gut aus.«

»Erzählen Sie mir von der Aufgabe, die Sie mir anvertrauen wollen!«

Wie weit würde er gehen, fragte ich mich. Warum hörte er nicht auf? Ich wurde unsicher. War es ihm doch ernst damit, mich mit einem lukrativen Angebot zu korrumpieren, damit ich ihm keinen weiteren Ärger machen konnte oder wollte? Hielt er mich für käuflich, weil er alle Menschen für käuflich hielt?

Er räusperte sich.

»Wir machen erst mal Schulungen mit unseren Außendienstlern. Sie erlernen etwas, das wir ›Die Schrittfolge‹ nennen.«

»Interessant. So eine Art Tanzkurs?«

Maiwald lachte und nippte an seinem Arran.

»Gar nicht so falsch. Sie tänzeln. Allerdings nicht richtungslos oder im Kreis wie Tanzmäuse. Sie gehen Umwege, aber sie verlieren das Ziel nicht aus den Augen. Niemals.«

»Und das Ziel ist der Notarvertrag. Oder die Schenkungsurkunde«, antwortete ich.

»So ist es. Wenn die Klienten noch geistig rege sind, kann man in Gesprächen herausfinden, wofür sie sich interessieren, was sie bewegt, was sie lesen. Aufmerksam sein! Wie sieht ihre Wohnung aus? Kann man aus dem, was da zu sehen ist, Rückschlüsse ziehen auf Einstellungen, politische Überzeugungen, Religiosität?

»Aha! Ich studiere also den Feind.«

»Nicht den Feind! Wir nennen sie Klienten. Erst mal ist ihr Zustand einzuschätzen! Wie fit sind sie körperlich und geistig? Das ist die erste und vielleicht wichtigste Frage. Auf welchem Niveau muss man arbeiten? Auf welche Art können die Klienten angesprochen werden? Brauchen sie das Gefühl von Anteilnahme, Trost, Ernsthaftigkeit, Nähe, gemeinsames Lachen? Wir geben es ihnen.«

»Das hört sich an wie sehr anspruchsvolle psychologische Arbeit«, stellte ich fest.

»Das hört sich nicht nur so an. Das ist so! Jeder große Konzern, der ein Produkt verkaufen will, beschäftigt ein Team hochqualifizierter Psychologen. Übrigens arbeiten viele Einrichtungen mit ganzen Marketingabteilungen an der Akquise von Hinterlassenschaften. Vereine, Stiftungen, private, aber auch öffentliche, sogar kirchliche. Da sind wir keine Ausnahme.«

»Ok. Und dann? Wie geht's weiter?«

»Dann geht's zur Sache. Recherche! Was gibt es für Verwandte? Wie ist die gesetzliche Erbfolge? Wie oft gibt es Besuche? Unsere Leute müssen die sein, die am häufigsten da sind, am verlässlichsten. Sie müssen zur wichtigsten Bezugsperson werden. Irgendwann ist der richtige Zeitpunkt für ein Gespräch über den Nachlass gekommen! Die Klienten müssen verstehen und fühlen, dass es auch an ihnen liegt, wie es mit unserem Land weitergeht. Ein Schritt bereitet den nächsten vor. Daher ›Schrittfolge‹.

»Lass es gut sein, Ernst!«

Mathilde Maiwald war geräuschlos in den Raum getreten, stand jetzt vor der noch offenen Tür.

»Dieser Schnüffler denkt nicht im Traum daran, für dich zu arbeiten. Er ist impertinent, respektlos, linker Abschaum!«

Abscheu leuchtete aus ihren Augen. Dabei hatte ich durchaus Respekt vor ihrem Scharfsinn und ihrer Menschenkenntnis. Sie hatte natürlich Recht.

»Beruhige dich, Mathilde!«, antwortete Maiwald. »Lass es mich auf meine Art machen. Damit sind wir immer gut gefahren.«

»Immer? Nein nicht immer, Ernst. Ein Geschäftsführer hat dich beschissen. Ein Außendienstler wollte selbst an die Erbschaft. Und dieser Schnüffler hier hat ganz andere Pläne!«

»Vielleicht unterschätzen Sie Ihren Mann, Frau Maiwald. Vielleicht hat sein bescheuertes Jobangebot genau diesen Sinn: Herauszufinden, was ich weiß und was ich für Pläne habe.«

»Diese Erfahrung würde ich gern mal machen. Meinen Mann unterschätzt zu haben.«

Maiwald sagte nichts, blickte stumm vor sich hin. Das war Verachtung, was da von Mathilde Maiwald kam, und sie galt nicht mir. Mir galt die Feindseligkeit.

»Hören Sie auf Ihre Frau!«, sagte ich zu ihm. »Ich habe tatsächlich ganz andere Pläne.«

Nun schwiegen beide Maiwalds.

»Ich bin der Überzeugung, dass Sie für das Verschwinden Ihrer Tochter verantwortlich sind.«

»Das hat sich bei Ihnen festgesetzt«, antworte Mathilde Maiwald, obwohl ich ihren Mann angesprochen hatte. »Warum denken Sie das? Warum sollte mein Mann oder ich das tun?«

»Weil Sie Anja fürchten.«

»Und warum sollten wir Anja fürchten?«

Sie tat so ehrlich überrascht und verständnislos, dass ich Hochachtung vor ihrer Schauspielkunst und ihrer Kaltschnäuzigkeit bekam.

»Anja weiß, dass Sie Ihren braunen Verein mit professionell aufgezogener Erbschleicherei finanzieren. Hat sie Ihnen mit der Öffentlichkeit gedroht?«

»Anja hat uns mit gar nichts gedroht.«

»Mit gar nichts? Sind Sie da sicher, Frau Maiwald? Anja hat einen Vaterschaftstest zu Hause. Ihr Mann hat seine Tochter missbraucht und geschwängert. Seine Enkelin ist seine Tochter. Sind Sie sicher, dass Sie Ihnen mit gar nichts gedroht hat?«

Ich hatte noch nie Menschen gesehen, die von einem Moment zum anderen so vollkommen versteinerten, als hätten sie die Medusa gesehen.

Sie setzten mir nichts mehr entgegen. Keinen Zorn, keine herablassende Haltung, keine Drohung. Nicht mal mehr ein Wort.

Ich drehte mich um und ging.

XVII

»Heute ist Kino-Abend. Du sollst hier auch ein bisschen Zerstreuung haben.«

Er hatte das Licht angeknipst. Das erste, was sie sah, war ein Grinsen. Er war gekommen, um ihr weh zu tun. Er trat zu ihr ans Bett, presste sie grob auf die Matratze, eine Ohrfeige war die Antwort darauf, dass er noch eine sich widersetzende Körperspannung in ihr fühlte. Sie ließ los. Er spreizte ihre Arme und Beine und band sie fest.

Dann verschwand er wieder. Was hatte er vor? Kino? Wollte er sie filmen? Wollte er festhalten, was er mit ihr anzustellen in der Lage war?

Anja spürte, dass sie dabei war, sich zu ergeben. Das durfte nicht sein! Sie musste sich ihren inneren Widerstand erhalten. Selbst wenn sie in ihrer augenblicklichen Lage nichts gegen ihn unternehmen konnte. Er durfte sie nicht brechen. Nicht mit seiner körperlichen Gewalt, nicht mit seinem Hohn, nicht mit Drohungen. Trotz der Angst um Susan. Sie hörte Geräusche oben. Er zerrte an Dingen. Schleppte sie die Treppe herunter.

Dann war er wieder in ihrem Gefängnis, beachtete sie nicht. Er stellte einen kleinen Tisch in die Mitte des Raumes, legte einen Stapel Bücher darauf. Verschwand wieder, kehrte zurück mit einem Gerät, das er auf dem Stapel platzierte. Sie erkannte einen Beamer. Er schloss seinen Laptop an. Dann nahm er ein Kissen, knüllte es zusammen und stopfte es unter ihren Hinterkopf.

»Quid pro quo! Du hast mich geschlagen. Mit meinem Laptop. Du erinnerst dich, Anja? Auge um Auge!«

Er begann zu lachen.

»Das war jetzt ein guter Kalauer. Du kannst ihn noch nicht verstehen. Aber gleich!«

Sie hasste sein Lachen.

Er löschte das Licht. Sie sah den Schein seines Laptops und eine helle Fläche, die der Beamer an die Wand strahlte, kein blendendes Weiß, sondern schmutzig wie die Wand.

»Ich könnte dir das natürlich auch am Handy zeigen. Oder am Laptop. Aber ich finde, die Fotos haben Größe verdient.

Dann kam das erste Bild. Unscharf, aber eindeutig. Susans Gesicht. Verängstigt. Verständnislos.

Sie konnte nicht verhindern, dass ihr Atem in der Lunge blieb und dann mit einem Stoß entwich.

»Gefällt dir das?«

Sie sagte nichts. Sie wusste, dass er erst am Anfang war. Sie fürchtete sich. Sie fürchtete sich so entsetzlich vor dem nächsten Bild.

Er ließ es sie sehen.

Susan mit offenem Mund, mit vor Entsetzten geweiteten Augen. Susan, die nichts mehr begriff, Angst hatte. Das Bild war stumm, aber sie sah, dass Susan in diesem Augenblick nicht stumm gewesen war. Sie hatte geschrien.

Er ließ ihr keine Zeit.

Susan mit einer Wange, die von einem Schlag gerötet war. Susan, die panisch war, die Welt nicht mehr verstand. Nichts verstand. Sie liebte doch diesen Mann.

»Weißt du, was das Beste ist? Sie hatte keine Ahnung, warum. Nicht die geringste.«

»Du bist so ein Schwein!«, schrie sie. »Was hast du Susan getan?«

»Ich bin doch gerade dabei, es dir zu zeigen.«

Das nächste Bild. Susans geplatzte Lippe. Blut in ihrem Gesicht. Furcht und Ungläubigkeit. Das war ihr Mike, der sie doch liebte.

Anja schrie.

»Du verdammtes Scheusal! Ich bring dich um!«

»Du bringst mich um? Ok, aber vorher zeig ich dir noch ein Foto.«

Susan verschwollen, ein Auge fast zugewachsen. Das Blut im Gesicht verwischt und angetrocknet. Verzweiflung. Resignation.

Anja hatte die Augen geschlossen. Es gab nichts mehr zu sehen. Sie wollte nichts mehr sehen. Sie wollte aufwachen, das war alles nicht wahr, nichts davon.

Durch die geschlossenen Lider sah sie, wie er das Licht anknipste. Er begann, seine Vorführtechnik abzubauen. Sie hielt die Augen weiter geschlossen, hörte ihn hantieren. Den Raum verlassen, die Treppe hochgehen, zurückkehren.

Dann fühlte sie die Bewegung der Matratze, als er sich neben sie aufs Bett setzte.

»Mach die Augen auf!«

Die Ohrfeige tat nicht weh. Wie konnte sie jetzt eine Ohrfeige schmerzen? Sie war die Richtige. Sie war es, die das aushalten musste. Nicht Susan. Doch nicht Susan!

»Du bist selbst schuld, Anja. Auge um Auge. Sei froh, dass ich deiner Susan keinen Laptop über den Schädel gezogen habe. Ich brauche sie noch. Für dich und mich. Und weißt du was? Dein Mädchen hat mir verziehen. Ich war gestresst, provoziert durch dummes Gerede von ihr. Gekränkt. Er lachte, nahm ihr die Fesseln ab, lachte noch, als er den Raum verließ.

30

Bevor ich am nächsten Tag zur Nachtschicht fuhr, rief Hans an.

Er berichtete mir, dass er bei Amelie über alle seine Schatten gesprungen sei. Er schien so verliebt und glücklich, dass er sich nicht einmal nach dem Stand meiner Ermittlungen erkundigte. Und er hatte vor, die Mitternachtspause mit ihr zu verbringen.

Ich war nicht eifersüchtig.

Nachdem ich nun wusste, dass unsere Pizza ausfallen würde und ich dem nächtlichen Hunger vorbeugen wollte, schlug ich mir drei Eier in die Pfanne, strich mir ein Butterbrot und schickte mich an, meine Sachen zusammenzusuchen. Wusste nicht mehr, wo ich was hingelegt hatte. Mein Gehirn kämpfte derzeit an zu vielen Fronten.

Irgendwo war mein großer Geldbeutel. Irgendwo war der Schirm, um Fahrgäste im Regenfall ins Trockene geleiten zu können. Irgendwo war mein Taschenrechner.

Dann gab ich dem Gefühl nach, das seit heute Morgen an mir zerrte. Ich rief im Revier an und verlangte Hauptkommissar Mutzer.

»Herr Fendt von der Detektei Fendt. Was gibt's Neues?«, begrüßte er mich.

»Vielleicht viel. Vielleicht nichts von Bedeutung«, sagte ich.

»Und diese Beurteilung wollten Sie gern mir überlassen. Dem Profi?«

»Ja, genau.«

Ich berichtete ihm. Stellte mir sein Kopfschütteln vor. Die Art meiner Recherchen musste ihm als professionellem Ermittler sehr fremd sein.

Ich hatte Recht mit meiner Vorstellung.

»Sie haben zu viele Krimis gesehen, Herr Fendt.«

»Ich habe nicht Ihre Möglichkeiten«, antwortete ich. »Ich kann Maiwald ja schlecht vorladen und verhören.«

Mutzer seufzte.

»Lassen wir das! Sie haben also einen Verdächtigen?«

»Ich wollte einfach erzählen und Sie bitten, sich Ihre eigenen Gedanken zu machen. Jedenfalls weiß ich jetzt, was ich vorher nur vermutet habe. Dass Anja von den Machenschaften ihres Vaters wusste. Er hat ein Motiv.«

»Das sind Mutmaßungen, Herr Fendt.«

»Natürlich sind das Mutmaßungen. Womit beginnen Sie denn Ihre Ermittlungen?«

»Sie sind also überzeugt davon, Maiwald oder seine Frau oder beide hätten etwas mit der Entführung ihrer Tochter zu tun. Sie haben Anja aus dem Weg geräumt, weil sie zu einer Bedrohung für das Familienunternehmen geworden war.«

»Genau das glaube ich. Mathilde Maiwald verabscheut ihre Tochter, und Ernst Maiwald hat keine Skrupel, wenn er seine Geschäfte in Gefahr sieht.«

»Und haben Sie auch eine Idee, auf welche Weise sie Anja beseitigt haben könnten? Mord, Entführung? Haben sie ihre Tochter vielleicht außer Landes gebracht?«

»Ich habe keine Ahnung, Herr Mutzer. Sie wollten informiert werden, wenn mir etwas begegnet, das polizeilich interessant sein könnte.«

»Stimmt, das habe ich gesagt.«

»Und dass Sie Maiwald den braunen Arsch aufreißen würden.«

»Dafür habe ich noch zu wenig in der Hand. Aber ich werde den beiden auf den Zahn fühlen.«

»Ja, tun Sie das, Herr Kommissar. Und bitte tun Sie das bald! Da gibt's noch etwas.«

»Leider muss ich mir das »Noch etwas« ein andermal anhören, Herr Fendt. Ich muss dringend zu einem Tatort. Melden Sie sich wieder und passen Sie auf sich auf!«

Mutzer verabschiedete sich. Ich mochte ihn. Hauptkommissar Mutzer war ganz bestimmt ein tüchtiger Ermittler, weitaus tüchtiger als ich, und er hatte einen funktionierenden Apparat im Rücken.

Aber er hatte auf mich nicht den Eindruck gemacht, als würde er jetzt alles liegen und stehen lassen, um zu den Maiwalds zu eilen. Und ich ahnte, dass es eilig war, ohne genau sagen zu können, warum. Es war ein Fehler gewesen, die Informationen über den Missbrauch an Anja und den Vaterschaftstest zurückzuhalten. Warum hatte ich das getan? Aus dramaturgischen Gründen? Das Beste zuletzt! Jetzt war ich darauf sitzen geblieben.

Die Nachtschicht verlief ziemlich ereignislos. Ich verdiente durchschnittlich, lud Fahrgäste ein und aus, war zu wenig bei der Sache, um freundlich zu wirken, bekam dementsprechend wenig Trinkgeld und lag um fünf im Bett.

Um zehn weckte mich das Telefon.

»Einen späten guten Morgen, Herr Fendt. Kommissar Mutzer hier. Ich weiß von Ihrer nächtlichen Tätigkeit als Taxidriver und habe mir deshalb ein bisschen Zeit gelassen mit meinem Anruf.«

»Sehr rücksichtsvoll von Ihnen, Herr Kommissar. Immerhin haben Sie mich fünf Stunden schlafen lassen. Was kann ich für Sie tun?«

»Sie haben schon so allerhand getan. Wenn Sie gerade aus dem Bett kommen, haben Sie heute Morgen noch keine Zeitung gelesen?«

»Nein, dazu bin ich noch nicht gekommen.«

»Maiwald ist mit seinem Erbschleicherverein auf allen Titelseiten.«

»Tatsächlich? Und hat er eine gute Presse?«

»Sie sind ein Witzbold. Der Mann ist gesellschaftlich tot. Unmengen von Menschen haben den Film von der Veranstaltung in der Isarmühle gesehen oder heute darüber gelesen. Und das geht jetzt erst so richtig los. Die Lawine hat sich gerade gelöst. Maiwalds Anwälte treten um sich, aber das macht es eher noch schlimmer. Die Welt ist empört und fordert seinen Kopf.«

Mein Zorn auf dieses arrogante braune Vatermonster war nicht besänftigt, schon gar nicht verraucht. Doch er ging nicht mehr ins Leere. Er war sozusagen angekommen. Ich überlegte, ob es ein treffendes Wort gab für das Gefühl, das mich durchflutete. Schadenfreude war viel zu klein. Genugtuung auch.

»Was wird die Staatsanwaltschaft jetzt tun, Herr Mutzer?«, fragte ich.

»Sie wird ihn teeren, federn und vierteilen. Und die Steuerfahndung geifert auch schon in den Startlöchern. Plötzlich finden Recht und Gesetz wieder zusammen.«

»Und wie finden Sie das?«, wollte ich wissen.

»Ich finde es großartig, aber ich bekomme natürlich auch die Krise. Ich fühle mich wie ein Don Quijote, der mit einem Holzschwert auf

Windmühlen losgeht. Sie haben mir gezeigt, wie man heutzutage einen Krieg führt und gewinnt.«

»Das sind zu viele Lorbeeren, Herr Kommissar. Ich hatte keine Ahnung von dieser Waffengattung. Ich durfte nur zusehen.«

»Wollen Sie mir erzählen, wie es zu dieser Aufnahme gekommen ist?«, fragte Mutzer.

»Nicht so gerne, wenn ich ehrlich bin. Ich weiß nicht, wie legal, illegal oder halblegal das alles ist. Und ich möchte niemandem schaden. Schon gar nicht jemandem, an dessen Wohlergehen mir viel liegt.«

»Ok, das verstehe ich. Ich will auch gar nicht weiter in Sie dringen. Sie sollten als Privatdetektiv übrigens regelmäßig die Tagespresse verfolgen. Auf dem Laufenden sein gehört zum Job.«

»Ich würde Ihnen gern noch etwas anderes erzählen. Ich bin gestern nicht mehr dazugekommen.«

»Tut mir leid, Herr Fendt. Es wird wieder warten müssen. Ich bin auf dem Sprung.«

Weg war er.

Ich setzte mich an den Frühstückstisch, schenkte mir eine Tasse Kaffee ein und hörte den Schlüssel im Schloss der Eingangstür. Ines und Jan. Der große Krieger und seine Squaw.

»Ich weiß alles«, sagte ich, als sie an den Tisch stürmten.

Ich sah den Triumph in Jans Augen leuchten und hatte fast ein schlechtes Gewissen dabei, ihm sagen zu müssen, dass ich über eigene Quellen verfügte. Er schluckte es souverän und erzählte, wie er und seine Kumpels hemmungslos die Vernichtung des Herrn Maiwald gefeiert hatten. Vor kurzem hatte er noch nicht einmal von der Existenz dieses Herrn gewusst.

In Ines' Augen sah ich weniger Siegesgefühl. Ich musste nicht lange fragen, ich kannte mein Mädchen.

»Ich muss immer wieder an Susan denken.«

Jan und ich nickten beflissen.

»Männer!« Sie schüttelte angeekelt den Kopf und zwinkerte. »Ich meine es ernst. Der alte Maiwald hat verdient, was ihm passiert, und ich gönne euch euren großen Sieg. Aber Susan! Könnt ihr euch überhaupt vorstellen, was sie mitmacht? Paps, warum kriegst du nicht endlich den Arsch hoch und kümmerst dich um diesen Mike?«

Jan und ich schwiegen.

»Was mit ihrem Großvater passiert, wird ihr egal sein. Aber der Verdacht, dass Anja eine Nutte ist! Und dass ihr Freund hinter ihrer eigenen Mutter her war! Dass er sie schlägt! Dass Anja sie vielleicht jahrelang getäuscht und belogen hat! Wie soll das Mädchen das aushalten?«

»Ja, das ist schrecklich«, sagte ich und hörte die Leere dieser Worte, während ich sie sagte.

Jan mischte sich ein: »Sie braucht eine Freundin oder einen Freund. Sie braucht keinen Privatdetektiv.«

»Ihr seid beide bescheuert. Große Schlachten schlagen, und da wo's nötig ist, lasst ihr euch nicht blicken. Da gibt's keine Lorbeeren. Wenn du jetzt nichts unternimmst, Paps, dann geh ich nochmal zu ihr. Und zu Mike!«

Typisch Ines. Kompromisslos großherzig. Auf die Art hatte sie in den letzten Jahren oft versucht, das hilflose Schweigen zwischen ihrer Mutter und mir zu durchbrechen. Anfangs sogar manchmal mit Erfolg. Am Ende nicht mehr.

»Warum hast du ihn dir nicht längst vorgeknöpft?«

»Das kann ich dir sagen. Da gibt's mehrere Gründe. Dieser Mike ist für mich ein gewissenloser, berechnender Kerl. Und außerdem noch jähzornig und gewalttätig! Ich wünsche Susan, dass sie die Kraft findet, sich von ihm zu lösen und ihm in den Arsch zu treten. Trotzdem … Mike steht auf Anja. Ich kann mir nicht vorstellen, warum er ihr etwas antun sollte.«

»Aha. Du bist zu den Joggern gegangen, zu bist zu ihrem Arbeitsplatz im Hotel gegangen. Hast du da jemand im Verdacht gehabt?«

Ines hatte natürlich Recht.

»Du hast Recht. Aber das ist nicht der einzige Grund. Susan hat mir den Auftrag entzogen. Ich habe nicht das Recht, gegen ihren Willen in ihrem Privatleben herumzuwühlen.«

Ines schaute mich entrüstet an.

»So kenne ich dich gar nicht. Ich kenne einen Vater, der sich einmischt. Der in solchen Fällen auch mal vergisst, was er darf oder nicht darf, was er für einen Auftrag hat. Du weißt, was er mit ihr angestellt hat. Und du tust einfach nichts?«

Ines war aufgebracht. Und ihr Vorwurf schmerzte. Er schmerzte deshalb, weil ich ihn nicht einfach zurückweisen konnte. Es tat weh, sie enttäuscht zu haben.

»Ines, ich hab einfach diesmal meinen Kopf eingeschaltet. Das ist mein erster Auftrag. Ich wollte mich korrekt verhalten und nicht Amok laufen. Und es gibt noch einen Grund. Anjas Vater.«

»Anjas Vater ist ein Grund dafür, dass du dich nicht um Susan kümmerst?«

»Mike ist für mich ein kleines Arschloch. Der alte Maiwald ist ein großes. Und er ist gewissenlos, skrupellos, ich glaube auch mitleidslos, wenn es um seine Interessen geht. Susan hat gesagt, dass ihre Mutter von seinen Umtrieben wusste. Und jetzt ist da auch noch der Vaterschaftstest. Warum hat Anja ihn machen lassen? Was hatte sie damit vor? Wenn sie ihm in die Quere gekommen ist, bedroht, erpresst hat … Der Mann würde über Leichen gehen, Ines. Und die alte Maiwald ist nicht besser.«

Ines schien nachzudenken. Dann schüttelte sie den Kopf.

»Du und Jan, ihr seid in den Krieg gezogen. Vielleicht sogar gegen den richtigen. Aber klapp mal dein Visier hoch, Paps! Dann kannst du vielleicht auch Susan sehen. Hilf ihr!«

Ich war dabei, mit angelegter Lanze an dem Mädchen vorbeizurennen. Blind, wütend. Kein Blick nach rechts und keiner nach links. Ludwig Fendt, der Krieger, der Rächer. Mir war jetzt nicht danach, noch viele Worte zu machen.

»Ok, Ines. Ich rufe nachher Susan an, und morgen knöpfe ich mir Mike vor.«

»Egal, was sie sagt?«

»Egal, was sie sagt!«

Nachdem die beiden gegangen waren, saß ich da und zerbrach mir den Kopf über eine mögliche Gesprächsstrategie. Was wollte Susan Maiwald hören? Wieviel hielt sie aus? Was konnte ich ihr anbieten? Irgendwann beschloss ich wie oft in solchen Fällen, mit dem Grübeln aufzuhören und einfach zu handeln. Ich rief sie an.

Für das, was mir am Telefon an Verzweiflung entgegen stürmte, hatte ich kein Rezept, und ich hätte es auch nach weiterem stundenlangem Nachdenken nicht gehabt. Susan weinte, Susan beschimpfte mich, Susan verfluchte mich, weil ich ihr ihren Mike nehmen wollte, den einzigen Halt, den sie hatte. Und weil ich auf diese Hotelnutte hörte, die ihre Mutter zur Hure gemacht hatte.

Dieses kontrollierte junge Mädchen war mit ihrer Beherrschung am Ende. Ich bekam Angst um sie.

31

Das Häuschen im Münchner Norden war nicht leicht zu finden. Es lag in einer Siedlung aus den Nachkriegsjahren. Eine Reihe kleiner zusammengewachsener grauer Gebäude am Rand einer großen Wiesenfläche mit Obstbäumen und Beeten, Spielplatz, Stangenkonstruktionen zum Teppichklopfen, großen auskragenden Wäschespinnen. Gleichzeitig ärmlich wie luxuriös, denn wer hatte in München schon so viel privat nutzbaren freien Platz?

Ich parkte, ging an einer Häuserzeile entlang, zählte Hausnummern, was nicht einfach war, denn die meisten der Schilder waren hinter Rankgewächsen verborgen.

Zwei dunkelhäutige Jungen mit schwarzen Haaren spielten stumm und verbissen Fußball. Einer dribbelte und verteidigte seinen Ballbesitz, der andere attackierte. Ich beobachtete die Szene, als ich ankam, sah sie aus dem Augenwinkel beim Vorbeigehen. Der Kampf dauerte noch an, als ich ihn aus dem Blickfeld verlor.

Vor der Hausnummer 50 hängten zwei ältere Frauen weiße Kochwäsche auf. Sie hielten kurz inne, als sie mich erblickten, augenscheinlich neugierig darauf, wohin der fremde Mann ging.

Ich läutete. Mike öffnete in Jogginghose und Shirt. Nichts zu sehen von dem dynamischen jugendlichen Schick, den er bei unserer ersten Begegnung ausgestrahlt hatte.

»Aha, Mister Holmes. Unangemeldet. Sie trauen sich was als Privatier ohne Dienstmarke!«

»Brauch ich denn eine für eine Unterhaltung mit Ihnen?«

»Nein, die brauchen Sie nicht. Aber ich bevorzuge schon angemeldete Besuche.«

»Tut mir leid. Es war so eine spontane Eingebung. Rede mal mit Susans Freund. Lass dir erzählen, was er über Anja sagen kann.«

Er winkte mich herein, ging ein wenig zur Seite, um mir Platz zu machen. Ich folgte seiner Geste und schob mich an ihm vorbei. Soviel Freifläche die Anlage ihren Bewohnern gönnte, so eng waren die Häuschen im Inneren.

Er bugsierte mich in einen Wohnraum, bot mir einen Sessel, fragte, ob ich ein Glas Wasser wolle.

»Na, gefällt Ihnen mein Hexenhaus, Herr Fendt?«, fragte er.

»Sehr«, antwortete ich.

»Es müsste viel gemacht werden, aber ich weiß nicht, ob ich es behalten will. Ich stoße mir ständig den Kopf an. Außerdem ist es feucht.«

»Ich habe diese Siedlungen immer gemocht«, antwortete ich. »Sie haben Charme.«

»Den heutigen baulichen Normen entsprechen sie nicht. Und die Feuchtigkeit und den Schimmel bringt man kaum mehr raus.«

»Sind das Schwarzbauten, die nachträglich legalisiert wurden?«

»Nein, das sind Häuser, die in den 50ern von der Stadt errichtet wurden.«

»Sie sind hier aufgewachsen?«

»Ja, ich habe hier meine Kindheit verbracht. Nach dem Abi bin ich ausgezogen, habe in diversen WGs gewohnt, und nach dem Tod meiner Mutter bin ich wieder hierher.«

»Und Ihr Vater? Hat der auch hier gelebt?«

»Bis zur Trennung meiner Eltern.«

»Darf ich Sie fragen, wann Ihre Mutter gestorben ist? Und wie? Sie war bestimmt noch keine alte Frau.«

Ich hatte mich schon gewundert, wie widerstandslos Mike sich bis dahin auf mein Frage- und Antwort-Spiel eingelassen hatte. Aber jetzt schien er genug zu haben.

»Herr Fendt, Sie sind kein Polizist, ich bin kein Verdächtiger, und es gibt nicht mal mit Sicherheit einen Fall. Können wir uns darauf einigen, dass ich nicht in Ihren Familienverhältnissen wühle und Sie nicht in meinen? Außerdem … wollten Sie nicht etwas über Anja wissen?«

Ich trank einen Schluck Wasser, setzte mein Glas ab. Ich wurde nicht schlau aus dem Kerl.

»Sie haben Recht. Wie ist Anja?«

Er lachte.

»Noch allgemeiner geht es beim besten Willen nicht mehr. Sie wollen sich wohl gemütlich zurücklehnen und mich schwadronieren lassen! Geben Sie sich ein wenig Mühe, Herr Kommissar. Formulieren Sie Fragen!«

»Ok. Sie wissen selbst, um welche Frage es wirklich geht. Ist Anja etwas zugestoßen? Ist sie entführt worden? Oder hat sie sich wieder mal eine Auszeit genommen? Ich hätte dazu gern Ihre ehrliche Ansicht. Wenn Susan nicht dabei ist.«

Er setzte sich aufrecht hin, musterte mich. Ich hatte das Gefühl, er konnte mich genauso wenig einschätzen wie ich ihn. Und das mochte er nicht. War ich so naiv, wie ich tat? Oder eher ein Inspektor Colombo, der sich im Gehen umwandte, wenn sich der Verbrecher schon in Sicherheit wähnte und innerlich lachte über den tumben Tor. »Ach, eine Frage hätte ich noch.« Er misstraute mir und ich misstraute ihm.

»Ich weiß es wirklich nicht, Herr Fendt. Ich habe mir den Kopf zerbrochen. Allein und zusammen mit Susan. Ich weiß nur, dass ich ihr beistehen will.«

Er log, ohne dass die Lüge seine Miene veränderte. Was Anja anging, wusste er wahrscheinlich wirklich nicht mehr als ich. Wie sollte er auch? Seine liebevolle fürsorgliche Zuneigung für Susan kaufte ich ihm natürlich nicht ab. Dafür wusste ich zu viel. Aber selbst wenn Ines mir nicht von Susans Zustand und seiner Gewalttätigkeit erzählt hätte, Mike wäre für mich kein bisschen vertrauenswürdig gewesen. Er war es von Anfang an nicht. Mike war berechnend. Susan tat mir leid.

Ich bezweifelte, dass ich von ihm noch irgendetwas von Bedeutung erfahren würde. Ich sah mich um. Das Haus hatte eine Atmosphäre, die ich nicht fassen konnte. Unbewohnt, obwohl er hier lebte. Lieblos. Das Haus war kein Zuhause. Von irgendwo drang ein seltsam leidendes Geräusch herein.

»Haben Sie eine Katze?«

»Ich nicht, aber fast alle Nachbarn. Sie streunen überall herum.«

Er stand auf, ging zu einer sichtbar erlesenen Stereoanlage, die so gar nicht zu dem Häuschen passen wollte, ergriff eine Schallplatte, die schon hüllenlos auf einem Sideboard lag, und legte sie auf.

Ich war gespannt auf seinen Musikgeschmack. Hiphop, Techno? Das passte nicht zu Schallplatte. Ich tippte auf Jazz, doch dann sang Robert Plant »Whole Lotta Love«. Led Zeppelin. Hard Rock, bald ein halbes Jahrhundert alt. Die Musik seiner Mutter?

Meine Ines lief schreiend davon, wenn ich Opernarien auflegte. Aber meine alten Rockgrößen der Siebziger ertrug sie.

Die Stimme von Robert Plant war unverwechselbar. Das Gitarrenriff von Jimmy Page auch. Allerdings zu laut für eine Unterhaltung.

»Ich hoffe, Sie wollen jetzt nicht über den akustischen Unterschied zwischen CDs und Schallplatten mit mir sprechen.«

»Nein. Geht's ein bisschen leiser?«

»Ungern, Herr Fendt. Solche Musik leise zu hören, wäre ein Affront gegen die Künstler, die sich die Seele aus dem Leib singen und spielen.«

Ich empfand diesen Kommentar als Affront gegen meine Absicht, ein Gespräch mit ihm zu führen. Aber so leicht war ich nicht zu verjagen.

Ich übertönte Led Zeppelin.

»Eine Frage hätte ich noch.«

»Dann fragen Sie mal Ihre Frage!«

Ich hatte genug. Ich hatte keine Lust mehr, mich von diesem Schnösel verarschen zu lassen. Erst diese Trost- und Mitleidsshow mit Susan in meinem Wohnzimmer. Jetzt dieses provokante Gehabe. Die laute Musik, die ein Gespräch unmöglich machte. Das lag natürlich in seiner Absicht. So wichtig ist Ihr Verhör nicht, Herr Fendt, dass ich mir deswegen einen Song verkneife, wenn ich Lust darauf habe. Die alten Maiwalds hatten sich mehr Mühe gegeben, um mich hinauszukomplimentieren.

»Ganz unter uns, Mike …«

»Jetzt bin ich aber gespannt.«

»Entweder Sie stehen auf Frauen, die doppelt so alt sind wie Sie. Dann frag ich mich, was Sie von Susan wollen.«

»Interessant, Herr Fendt. Oder?«

»Oder Sie riechen Geld in der Familie Maiwald und zapfen den Goldesel von beiden Enden an.«

Er stand seelenruhig auf und deutete mit einem Nicken zum Hauseingang.

Ich erhob mich und ging, war schon fast durch die Haustür.

»Glauben Sie es oder lassen Sie es, Herr Chefermittler. Ich liebe Susan.«

»Und es ist Ihre ganz persönliche Art, den Menschen, die sie lieben, das Gesicht grün und blau zu schlagen?«, rief ich zurück.

»Oh, Sie wissen das. Hätte ich mir denken können. Das wird nie mehr vorkommen, Herr Fendt! Mir sind die Nerven durchgegangen, als ich merkte, dass Susan von Ihren Verdächtigungen infiziert war.«

»Das ist zu billig, Herr Oswald!«

Ich war schon mit einem Fuß draußen, als ich an Ines dachte. Nein, sie würde nicht zufrieden mit mir sein. Und ich war es auch nicht.

Er war gerade dabei, die Tür hinter mir zu schließen.

»Hören Sie zu, Mike Oswald. Wenn Sie das Mädchen noch einmal anrühren, werde ich dafür sorgen, dass die Polizei sich um Sie kümmert. Aber vorher komme ich und reiße Ihnen höchstpersönlich den Arsch auf.«

»Ich verstehe Ihren Zorn, Herr Fendt, und Sie haben Recht. Niemand macht sich mehr Vorwürfe als ich. Ich war gekränkt und bin vollkommen ausgerastet. Sowas ist mir noch nie passiert und es wird nie mehr passieren.«

Ich war wütend. Auf Mike Oswald und auf mich.

»Großartig! Was für ein gekonntes Verhör!«, dachte ich auf dem Weg zum Wagen.

32

Mein letzter Stich für heute. Mike ging mir nicht aus dem Kopf. Ich wurde nicht schlau aus ihm. Er war so glitschig, dass selbst meine Emotionen keinen Halt an ihm fanden.

»Mädels, für wen ist das Taxi?«

Ich stand am Eingang des »Paradies«. Jahrelang war ich nicht in diesem Club gewesen und nun schien ich dort Stamm-Taxler zu werden. Oder hielt ich mich unbewusst vermehrt an den Standplätzen auf, die von dort angerufen werden, wenn ein Taxi benötigt wurde?

Keine Antwort der Mädels.

»Kommen Sie rein!«

Ich folgte ihr.

»Wer hat das Taxi bestellt?«, rief die Dame, die ich noch nicht kannte, diesmal lauter. Sie war sehr jung.

Ein »Ich« kam um die Ecke, dann die Frau, die dazu gehörte.

Es war Schneewittchen. Wir verließen zusammen das Paradies. Ich hielt ihr die Tür zum Beifahrersitz auf, was sie mit einem überraschten Blick quittierte. Hielt man als Taxifahrer einer Nutte nicht die Tür auf? Sie wollte nach Schwabing. Türkenstraße. Gleich hinter der Uni.

Wir fuhren los. Vorbei an drei anderen Clubs, der Nympho-Bar, dem Harem und dem Lustschloss. Schon vor Jahrzehnten, nach der Einführung des Sperrbezirks für alle Innenstadtviertel, hatte sich hier im Industriegebiet des Münchner Ostens ein Sex-Cluster gebildet. Das Messezentrum war nachgezogen.

Sie redete nicht. Öffnete die Augen nur immer wieder für kurze Momente. Ich ließ sie in Ruhe. Diese Frau hatte definitiv an diesem Abend genug Smalltalk machen müssen.

Um vier Uhr morgens waren die Straßen leer. Ich fuhr durch die Prinzregentenstraße, vorbei an dem Haus, von dessen Balkon Hitler sein München betrachtet hatte, vorbei am Theater, auf den frisch vergoldeten Friedensengel zu, das Rondell hinunter, über die Isar. Vor dem Haus der Kunst wuselte es. Münchens jugendlicher Geldadel kam im P1 an oder verließ es gerade, manche standen auf der Straße und warteten offensichtlich auf ein freies Taxi. Ich war nicht frei.

Das Bremsen riss sie aus ihrem Dösen.

»Ich freu mich auf mein Bett«, sagte sie. Eine müde Stimme.

»Das glaub ich Ihnen. Es ist wahrscheinlich nicht viel los zurzeit? Keine Messe mehr.«

»Nein, es ist ätzend. Wir hängen alle nur rum. Kaum Gäste. Und wenn, dann solche, die nicht wissen, was sie wollen.«

Ich betrachtete sie von der Seite. Sie war schön. Würdevoll, fand ich. Ich fragte mich selbst, woher dieses Gefühl für diese übernächtigte müde Nutte mit verschmierter Schminke kam. Wo sah ich denn um Himmels Willen Würde?

Ich hatte es schon immer gemocht, frühmorgens die Mädchen aus den Clubs nach Hause zu fahren. Sie waren nicht arrogant, sie spielten kein Theater. Im Gegenteil, sie waren froh, keines mehr spielen zu müssen. Und sie gaben im Schnitt bedeutend mehr Trinkgeld als andere, die ihr Geld leichter verdienten. Vielleicht war es eine Art von Solidarität zwischen Wesen der Nacht. Und wir Taxler waren die ersten Männer nach einer Arbeitsschicht, die nichts anderes mit ihnen im Sinn hatten, als sie nach Hause zu fahren.

Sie kramte ein Tuch aus ihrer Handtasche und wischte sich um die Augen.

Wir fuhren an der Staatsbibliothek vorbei und bogen dann ab ins Viertel hinter der Uni. Kurz darauf hielt ich vor ihrem Haus.

»Hast Lust, mit hoch zu kommen auf einen Absacker?«

Ich zögerte.

»Mach dir keinen Kopf! Ich hab noch Lust auf einen kleinen Plausch. Nur eine halbe Stunde. Ich baggere dich schon nicht an, keine Sorge. Ich will mich einfach vor dem Einschlafen mit einem Mann unterhalten, der nicht will, dass ich ihm an die Hose gehe. Verstehst du? Dann schlafe ich besser.«

Wir duzten uns also. Ok. Ich stieg mit ihr aus. Karin hatte nie begreifen können, dass ich wegen solcher Momente meinen Job mochte.

Sie hakte sich ein. Zog sich im Treppenhaus die High Heels von den Füßen und ging neben mir auf Strümpfen hinauf in den dritten Stock.

Sie knipste das Licht an, führte mich in einen Wohnraum.

Ikealandschaft mit Patina. Gedämpftes Licht von Glühbirnen hinter Pergamentballons, ein niedriger Holztisch und zwei Sofas.

Sie deutete auf eines, ich setzte mich.

Dann verschwand sie und kam mit einem Drink für sie, einer Tasse und einer Thermoskanne zurück.

»Der Tee ist noch einigermaßen warm. Du darfst ja nichts trinken, wenn du fährst.«

»Nein. Aber ich werde nicht mehr weiterfahren. Mir reicht's auch für heute.«

»Wie lang machst du das schon?«

»Noch gar nicht so lange. Und ich hab jetzt ein zweites Standbein. Das heißt, ich arbeite daran, dass es eins wird.«

»Lass mich raten. Die meisten Taxler wollen irgendwann ihre eigene Firma. Haben mir jedenfalls schon einige erzählt.«

»Ich nicht.«

»Also gut. Du siehst irgendwie intellektuell aus. Bist du ein Lehrer, den der Staat nicht gewollt hat? Willst du Fremdenführer werden, weil du dich in der Stadt so gut auskennst? Willst du in einer Kneipe arbeiten, weil du in der Nacht eh nicht schlafen kannst?«

»Ich habe eine Detektei eröffnet.«

»Na klar! Hattest du mir ja bei der Pizza erzählt. Sorry, beginnende Demenz. Aber Vergessen schadet ja nicht nur. Vor allem in meinem Job. Und wie läuft es als Detektiv mit Taxi?«

»Ich hab grad meinen ersten Auftrag in den Sand gesetzt. Erzähl du! Wie lang bist du im Geschäft? Und wie lang willst du es noch bleiben?«

»Seit über fünfzehn Jahren. Ich hab nichts Vernünftiges gelernt. Hab davor in ein paar Büros gejobbt. Aber in den Clubs hab ich immer recht gut verdient. Und konnte selbst bestimmen, wie viel ich brauche und wie viel ich arbeiten will.«

»Und jetzt ist das nicht mehr so?«

»Nein. Zu viele junge Dinger aus Osteuropa. Viel zu viele. Zwanzig Jahre, straffe Haut, mit fünfzig Euro zufrieden, und manche blasen sogar ohne Gummi. Da kann ich nicht mehr mithalten.«

»Und wie wird's weitergehen?«

»Keine Ahnung. Dead End Street!«

»Ich muss los. Muss noch den Wagen in die Garage stellen und will auch heim ins Bett. Übrigens: Ich bin Zehnnullsieben.«

»Zehnnullsieben?«

»Meine Taxinummer. Es ist der einzige Wagen im Stall von meinem Unternehmer, der eine Gangschaltung hat. Außer mir will den keiner fahren, und ich mag keine Automatik. Also hab ich immer den gleichen Wagen. Wenn du wieder mal ein Taxi brauchst, ruf die Zentrale an und sag, sie sollen dir Zehnnullsieben schicken.«

»Das mach ich.«

Sie begleitete mich zur Tür.

»Haben Sie noch einen Vornamen, Herr Zehnnullsieben?«

»Ich bin Ludwig.«

»Steffi. Danke fürs Mitkommen!«

Ich nahm sie kurz in den Arm und drückte sie. Ein spontanes Bedürfnis, aber es war stimmig.

XVIII

Ganz leise hatte sie die Klingel gehört. So leise, sie war sich nicht einmal sicher gewesen. Vielleicht eine Täuschung, ein hoffnungsvoller Gedanke, der sich festgesetzt hatte. Niemand konnte so isoliert leben. Es gab doch Nachbarn, Postboten, die Päckchen brachten.

Wenn sie sich nicht getäuscht hatte. Wenn da oben jemand war. Jemand außer Mike. Wenn sie Geräusche aus der Wohnung hörte, musste man dort oben auch Laute hören können, die von hier unten kamen.

Vielleicht war da jemand, der nicht lange bleiben würde. Sie durfte nicht warten. Eine Chance! Mehr nicht. Und ein Risiko. Er würde sie bestrafen. Sie würde es büßen müssen. Aber nur, wenn er sie hörte. Und dann würde sie vielleicht auch der andere hören oder die andere. Der Besuch. Sie musste es versuchen.

Und sie hatte geschrien. Hatte geschrien, so laut sie konnte. Alle ihre verbliebenen Kräfte hatte sie in diesen Schrei gelegt. Sie wusste nicht mehr, was sie geschrien hatte. Ob es überhaupt ein Wort war.

»Du bist nicht gefesselt. Du bist nicht geknebelt. Du kannst frei herumgehen in diesem Zimmer. Du hast mein Vertrauen missbraucht, Anja!«

Sie blieb stumm.

»Ich habe den Raum hier für absolut schalldicht gehalten. Er ist es nicht. Nicht ganz. Was habe ich für Möglichkeiten zu verhindern, dass du schreist? Hast du eine gute Idee, Anja? Was soll ich tun?«

Mike saß auf dem Rand ihres Bettes.

»Du sagst nichts? Wenn ich dich etwas frage, gibst du keinen Ton von dir. Aber wenn ich es gar nicht brauchen kann, weil ich Besuch habe, dann schreist du, als ob dich jemand abstechen würde. Ich nehme dir das übel, Anja. Ich zeige dir jetzt, wie ich das Problem lösen werde.«

Er griff in seine Tasche und zog eine Rolle Klebeband hervor.

»Halt still!«

Anja hielt still.

Er biss einen Streifen von der Rolle. Mit einem Griff zwang er sie flach auf die Matratze, packte ihre Haare so eng und fest, dass ihre Kopfhaut schmerzte.

Das Band war breit. Es bedeckte ihren ganzen Mund. Berührte fast Nase und das Grübchen über ihrem Kinn. Er fesselte ihre Hände. Sie wehrte sich nicht. Wusste, wie sinnlos es wäre.

»Ich hoffe für dich, dass du dir keinen Schnupfen holst, Anja. Es ist recht kühl hier unten. Atme!«

Sie sah ihn fragend an. Fragend und furchtsam. Sie hatte keine Erkältung. Sie neigte nicht zu Erkältungen. Wieso befahl er ihr zu atmen? Sie sog Luft durch ihre Nase ein. Sie hatte keinen Schnupfen, aber ganz frei floss der Luftstrom nicht. Sie atmete, doch sie hätte jetzt mehr Sauerstoff gebraucht. Es war die Aufregung, die sie atemlos machte. Die Angst. Sie musste ruhig bleiben. Einfach ruhig liegen. Langsam atmen.

Er tätschelte grinsend ihre Wange. Hielt ihr die Nase zu.

Sie schnappte. Er hielt fest. Sie versuchte den Mund zu öffnen. Kämpfte darum. Schuf einen kleinen schmalen Spalt zwischen ihren Lippen. Das Band wölbte sich nach innen, wenn sie den Atem einsog, aber es löste sich nicht.

Er ließ los.

Sie füllte ihre Lungen, ihr Körper entspannte sich.

»Stell dir vor, du liegst hier. Dein Mund zugeklebt wie jetzt. Gefesselt. Nackt. Ohne Decke. Vielleicht schütte ich kaltes Wasser auf dich. Vielleicht hole ich einen Ventilator und stelle ihn neben dein Bett. Es wird kalt. Langsam schwellen die Schleimhäute in deiner Nase an. Es ist dunkel. Du bist allein. Die Nase muss offen bleiben. Aber das tut sie nicht. Du bekommst immer weniger Luft. Immer weniger. Irgendwann ist die Nase ganz zu.«

Er zog eine Wäscheklammer aus der Tasche und setzte sie ihr an die Nase.

»Das fühlt sich dann so an.«

Anja wusste, dass er sie nicht töten würde. Nicht jetzt. Er würde sie nicht ersticken lassen. Das Wissen half ihr nicht. Es half nicht gegen die Panik, die sie binnen Sekunden überfiel. Ihr Körper bäumte sich in den Fesseln auf, ihre Beine traten ins Nichts. Sie wurde zu einer Kreatur, die fühlte, wie der Strom des Lebens in ihr gekappt wurde.

Mike zog die Klammer ab.

»Mach so etwas nie mehr, Anja!

33

»Zehnnullsieben!«

Es war zwei Uhr nachts, und ich hatte gerade ein älteres Paar nach Starnberg verfrachtet. Beide trugen feinen Zwirn. Er schwarzen Anzug, weißes Hemd und Fliege, sie ein knöchellanges weinrotes Kleid. Ich war in die Pfälzer Weinstuben gerufen worden, wahrscheinlich hatten sie nach der Oper noch ein Viertel oder zwei getrunken. Ich wartete eine Weile vor dem Eingang. Als niemand auftauchte, ging ich hinein und meldete mich bei einer Bedienung.

»Keine Ahnung! Weißt du was von einem Taxi?«, fragte sie eine Kollegin.

»Ja, die da hinten.« Sie deutete in eine Ecke. »Sind grad am Zahlen.«

Ich ging durch die Gewölbe, unter denen die Stimmen so hallten, dass man saufen musste, weil ein Gespräch unmöglich war. Ich war mit Karin mal hier gewesen. Wir hatten vor, uns zu unterhalten, der Wein war vorzüglich, der Pfälzer Saumagen auch, unser Altbundeskanzler wusste schon, was gut war. Wir tranken und aßen. Reden war kaum möglich. Nach drei Viertel waren wir beide besoffen und heiser vom Schreien und vertagten unser Gespräch.

Meine beiden Fahrgäste studierten gerade die Rechnung, ich machte mich sichtbar, damit sie wussten, dass ich da war.

Kurz darauf saßen wir im Wagen, ich fuhr über die Autobahn in den Vorort am Starnberger See, der bundesweit in Wohlstandsstatistiken ganz vorne lag. Sie lotsten mich durch kleine Villenstraßen in Ufernähe, zahlten, dann kam der Ruf der Zentrale.

»Zehnnullsieben.«

»Zehnnullsieben in Starnberg«, meldete ich mich.

»Sie sind in den Club Paradies bestellt. Auch wenn es dauert.«

»Zehnnullsieben ist unterwegs«, antwortete ich.

Die Straßen waren leer, und Radarfallen waren auf der Strecke nicht gemeldet. Ich flog.

Als ich ankam, saß Steffi an der Bar auf einem Hocker. Bestrumpfte Beine unter einer sehr kurzen Andeutung von Rock übereinandergeschlagen. Oberkörper müde und ohne Spannung.

«Da bist du ja endlich. Von wo kommst du denn angefahren?«

»Von Starnberg.«

»Ok, dann ist es klar, dass es gedauert hat.«

»Ich bin geflogen. Bist du fertig?«

»Und wie!«

Wir gingen zum Wagen, sie hakte sich ein, lehnte sich kurz an mich, bevor sie in den Beifahrersitz fiel.

»Du machst heute aber früh Feierabend«, bemerkte ich.

»Ich mag nicht mehr, Ludwig. Ich kann das nicht mehr. Ich bin zu alt für den Job!«

»Wie alt bist du denn?«

»Mitte 40.«

»Vielleicht war heute einfach ein Scheißtag.«

»Es war ein Scheißtag. Aber das ist es nicht allein.«

»Erzähl, wenn du magst.«

»Ich möchte jetzt einfach die Augen zumachen, während du fährst, und ein bisschen vor mich hin brabbeln. Ist das ok für dich?«

»Für mich ist das völlig ok, Steffi. Fühl dich wie zu Hause in unserem Zehnnullsieben!«

Sie lachte kurz. Dann schloss sie die Augen, ließ ein paar Minuten verstreichen.

»Es waren wieder kaum Freier da heute. Und die wenigen, die wirklich etwas wollten, haben sich die jungen geholt. Und den reifen Vamp, der in Sachen Sinnlichkeit und Sex-Appeal die jungen aussticht, den hab ich heute nicht drauf gehabt.«

»Ist es so tragisch, wenn es auch mal solche Tage gibt? Ich hab manchmal eine ganze Nacht lang Fahrgäste, mit denen würdest du nicht aufs Zimmer gehen.«

»Diese Tage sind keine Ausnahmen mehr, Ludwig. Irgendwann ist so ein Kerl tatsächlich mit mir hoch. Ich hab ihn ein bisschen mit der Hand bearbeitet, den Pariser drüber gezogen, dann kam er schon. Und dann hat er mich angeblafft. Keine Erotik! Er zahlt nicht fürs schnelle Abmelken. Macht ja weniger Spaß als beim Samenspenden.«

»Übel!«

»Ja. Ich hab einfach keinen Nerv mehr, Ludwig. Das kotzt mich alles an. Ich kann mich selbst nicht mehr hören. Ich bin die Yvonne und du? Schatzi, gibst einen Piccolo aus? Magst mit aufs Zimmer gehen? Und mindestens drei von uns gegen einen Vielleicht-Freier an so lausigen Tagen wie heute ohne Messe und Oktoberfest. Und dieses langweilige Geschwätz unter uns Kolleginnen. Das ist fast genauso ätzend.«

»Hast du ein bisschen Geld auf der Seite?«

»Ja, für eine Weile kann ich mich schon über Wasser halten. Brauchst du keine Sekretärin?«

Ich lachte, und sie lachte mit mir. Wir waren da.

»Ich sag heute nicht, du sollst mit raufkommen. Ich fühl mich einfach alt und hässlich und verbraucht. Will nur noch ins Bett.«

»Klar.«

Sie schnallte sich ab. Ich schnallte mich auch ab.

»Nein, bitte!«, sagte sie.

»Ich hab mich nicht losgebunden, weil ich mit will.«

Ich griff nach ihren Schultern und zog sie an mich. Ihr Körper gab nach. Ich strich über ihre Haare, ihre Wange lag an meiner. Ganz lange blieben wir so. Aneinander gelehnt, atmend, schweigend, spürend. Sie roch nach Schminke und Parfüm und Zigarettenrauch.

XIX

»Überraschung, Schatz!«

Er kam mit einer großen Einkaufstasche. Stellte sie ab. Er trug einen schwarzen Smoking. Weißes Hemd. Weinrote Fliege.

»Ich habe mich schön gemacht für unseren großen Abend. Mein erster Smoking. Boss!«

»Ich weiß, was ein Smoking ist.«

»Ach ja. Wenn du mit deinen Hotelfreiern in die Oper gegangen bist, trugen die auch großen Staat. Festspiele im Nationaltheater. Anja kam an Karten. Geld spielte keine Rolle.«

Sie antwortete nicht.

»*Carmen*, *Rigoletto*, *Tosca*. Du weiß, wie die Heldinnen geendet haben?«

Sie wusste es.

Sie war müde. Und »Schatz« fand sie um einiges bedrohlicher als »Miststück« oder »Hure«. Es klang so nach »Jetzt bist du das, was ich aus dir machen wollte. Mutter, Geliebte. Mein von mir gehüteter Schatz.« Widerstand gebrochen. Das Schlimmste war, dass er damit nicht Unrecht hatte. Susan! Jede Auflehnung würde sie bezahlen müssen. Er hatte es ihr gezeigt. Hatte ihr diese Rechnung in die Seele gebohrt.

Ihr Protest war zaghaft.

»Ich bin nicht dein Schatz.«

»Ach nein?«

»Nein!«

Er griff ihr in die Haare. Packte sie. Kam ganz nah mit seinem Gesicht.

»Ich sage dir, was du bist.«

Er flüsterte nur, doch jedes seiner Worte dröhnte.

»Du bist genau das, was ich aus dir mache. Was ich brauche. Was ich haben will. Solange, bis es zu Ende ist. Und weißt du warum?«

Sie antwortete nicht. Sie wusste es.

»Weil ich deine Tochter habe. Weil mir dieses traurige Fötzchen hörig ist. Und weißt du, warum das so ist?«

Sie wusste auch das, aber er hatte Freude daran, ihr seine Erklärung ins Ohr zu flüstern und ins Herz zu schneiden.

»Weil sie krank ist vor Sehnsucht. Weil sie sich noch nie von einem Menschen geliebt gefühlt hat.«

»Du bist krank, Mike!«

»Ich bin, wie ich bin, Schatz. Und ich werde das leben bis zum Tod. Zusammen mit dir. Ich bin dein Engel.«

Er beugte sich über ihren Oberkörper. Bettete seine Wange auf ihrer Brust. Streichelte sie mit seinem Gesicht.

»Du bist so schön!«

Jetzt nicht schreien! Nicht durchdrehen! Susan, siehst du, was ich aushalte für dich? Ich bezahle für alles! Sie schloss die Augen. Fühlte das Gewicht auf ihrer Brust, den Druck. Er zermalmte sie.

Mike sah ihr in die Augen, die sie wieder geöffnet hatte.

»Ich war in der Feinkostabteilung vom Kaufhof einkaufen. Es gibt ein herrliches Buffet. Antipasti, eingelegte Gemüse, Shrimps, Roastbeef, Lachs. Und Champagner. Alles im Kühlschrank. Und ich habe aus dem Schrank das Silber und das feine Porzellan herausgekramt, das Mama immer bewacht und nie benutzt hat.«

»Du willst oben mit mir essen.«

»Ja, das möchte ich. Und du wirst nicht meine Gefangene sein. Du bist meine Frau. Meine Lebensabschnittsgefährtin.«

Er lachte.

Sie lachte nicht. Sie fühlte, wie sie jede Kraft verließ. Wie alles aus ihr hinausströmte. Wie sie leer wurde, wie sie zu einer Hülle wurde.

»Du brauchst auch etwas zum Anziehen. Erst wollte ich auch für dich einkaufen. Aber dann hatte ich eine bessere Idee. Schau, was ich dir mitgebracht habe!«

Er schüttete Kleidungsstücke aus seiner Tasche aufs Bett.

»Die Sachen werden dir passen.«

Sie sah ein enges figurbetontes schwarzes Abendkleid. Hohe schwarze Riemchensandaletten. Halterlose Strümpfe. Spitzenunterwäsche. Die Kleidung seiner Mutter. Geruch nach Mottenkugeln. Was geschah da gerade? Anja Maiwald begann sich aufzulösen.

»Und das ist noch nicht alles!«

Er zog aus den Taschen seines Smokings zwei kleine tiefblaue Schmucketuis.

»Du bist verrückt! Wir sollen Eheringe tragen?«

Anstelle einer Antwort öffnete er sie.

»Eheringe? Ich kaufe doch kein nutzloses Zeug!«

Anja sah in blauen Samtkissen steckende, silbern schimmernde Rasierklingen.«

34

Ich linste durch den Spion.

Es war acht Uhr morgens. Ich hatte nicht viel und nicht gut geschlafen und war vom Läuten an der Wohnungstür geweckt worden. Schlaftrunken und übellaunig hatte ich dem vermeintlichen Briefträger geöffnet, lauschte auf das Klappern der Blechbriefkästen, das nicht kam, dafür Schritte auf der Treppe, die an meiner Tür Halt machten.

Ich sah Mathilde Maiwald und öffnete nicht. Erinnerte mich an ihre Arroganz bei meinem ersten Besuch und ich war nicht unangekündigt gekommen.

Kurzes Nachdenken. Ines war bei Jan. Das hätte mir noch gefehlt, meine Ines mit diesem Drachen bekannt zu machen.

»Sie haben mich eben aus dem Bett geholt, Frau Maiwald«, sagte ich durch die Tür.

»Das tut mir sehr leid, Herr Fendt. Darf ich in einer halben Stunde wiederkommen? Ich werde Sie nicht lange belästigen.«

»In Ordnung«, antwortete ich und ging ins Bad.

Was konnte sie wollen? Während ich mich wusch, Zähne putzte, mich anzog und Kaffee kochte, spielte ich in Gedanken mehrere Szenarien durch. Keines überzeugte mich. Keines lieferte mir einen plausiblen Grund für ihren Besuch. Es war alles gesagt zwischen uns. Ein Geständnis oder Informationen über Anja erwartete ich nicht von ihr.

Mathilde war für mich die härtere der beiden Maiwalds. Er war der selbstverliebte Machtmensch. Er war Außenwirkung, er blendete, er gewann die Menschen, die gern dem Alphatier folgten, aber sie hatte die Hosen an. Sie zog die Fäden. Ich hatte nicht wirklich stichhaltige Ansatzpunkte für die Einschätzung der beiden. Trotzdem war ich sicher, dass ich Recht hatte. Eine halbe Stunde später saß mir Mathilde Maiwald in meinem Wohnzimmer gegenüber. Sie saß auf einer schon ziemlich durchgesessenen fleckigen Couch, aber sie schien es nicht zu bemerken. Sie war nachlässig gekleidet für ihre Verhältnisse, trug Jeans, Bluse, flache Schuhe und eine dünne Jacke. Etwas war anders mit Mathilde Maiwald.

»Bitte verzeihen Sie mein unangekündigtes Auftauchen, Herr Fendt. Ich hatte ganz einfach Angst, dass Sie mich nicht empfangen würden, wenn ich mich angekündigt hätte.«

»Doch. Hätte ich. Nur ein wenig später.«

»Es ist jedenfalls nicht meine Art und ich hätte umgekehrt einen derartigen Besuch bei mir gewiss nicht geduldet. Aber die Zeit, in der mich jemand fragt, was ich dulden will und was nicht, wird bald vorbei sein.«

»Wie meinen Sie das?«

»Es wird kein Stein auf dem anderen bleiben. Ich bin eine starke Frau, Herr Fendt. Und eine harte. Die Härte hat meine Tochter zu spüren bekommen, mein Mann die Stärke und die Unterstützung. Ich war Ehefrau, nicht Mutter. Und ich kann nichts rückgängig machen.«

Was war das? Selbsterkenntnis? Reue? Ihr Ton war ruhig und gefasst. Immer noch das Gebaren einer Frau, die stets kontrolliert war und genau wusste, was sie tat.

»Ich habe kein Mitleid, Frau Maiwald. Ich habe keinerlei Verständnis. Nicht mit Ihnen und schon gar nicht mit Ihrem Mann. Warum sind Sie hier?«

»Mitleid?«

Sie sah mir verwundert ins Gesicht. Beugte sich vor.

»Sie glauben, ich bin gekommen, weil ich Ihr Mitleid haben will? Womit hätte ich mir denn das verdient? Ich bin nicht Opfer! Wenn es etwas gibt, das ich in meinem ganzen Leben niemals haben will und niemals brauchen werde, dann ist das Mitleid.«

Allmählich begann ich diese Frau zu begreifen, obwohl ich immer noch nicht wusste, warum sie hier war. Es war vage, mehr eine Ahnung als ein Erkennen. Diese Frau erlaubte sich keine Gefühle. Ich betrachtete sie, wie man eine seltsame exotische Spezies betrachtet.

»Können Sie überhaupt Mitleid fühlen, Frau Maiwald? Sind Sie dazu imstande? Hatten Sie Mitleid mit Ihrer Tochter?«

»Nein, Herr Fendt. Das hatte ich nicht. Dazu hätte ich vergessen müssen, was ich für meine Pflicht hielt. Verstehen Sie? Und das konnte ich keinen einzigen Moment in meinem ganzen Leben. So bin ich erzogen worden und so bin ich. Ich hatte zu meinem Ehemann zu stehen, ich hatte zu verteidigen, was wir uns aufgebaut hatten. Unser Leben, unseren Ruf, unseren Stand in der Gesellschaft. Nur das zählte. Halten Sie mich ruhig für ein Monster. Sie haben Recht damit. Ich habe Anja geopfert. Und ich würde immer wieder so handeln müssen.«

Warum fühlte ich keinen Hass? Diese Frau, die mir gegenüber saß, hatte das schrecklichste Leid ihrer Tochter mit angesehen und es als hinzunehmend bewertet angesichts der höheren Werte, die sie zu verteidigen hatte. Angesichts ihrer Pflichten. Warum fühlte ich keinen Hass?

»So handeln müssen?«, wiederholte ich ihre Worte. »Wollen Sie mir erzählen, Sie hatten keine Wahl? Wollen Sie mir erzählen, dass es nicht möglich war, sich auf die Seite Ihrer Tochter zu stellen? Sie zu beschützen vor diesem gewissenlosen geilen Tier, weil er Ihr Ehemann war? Wollen Sie mir erzählen, dass es Ihre Pflicht war, Ihre Tochter einzusperren und Ihre Enkelin zu verstecken? Haben Sie jemals darüber nachgedacht, was das mit ihnen gemacht hat?«

Ich schnaufte. Ich fand fast keine Worte für das, was ich dieser Mutter entgegenschleudern wollte. Was da aus meinem Mund kam, war viel zu harmlos.

Mathilde Maiwald wirkte unerschüttert.

»Sie werden das nie verstehen. Es gibt keine Rechtfertigung, Sie haben Recht mit jedem Wort, Herr Fendt, und ich werde trotzdem nie aus meiner Haut können. Ich wusste, dass er fast jede Nacht in Anjas Zimmer verschwand und sie befummelte. Mich berührte er nicht mehr, aber seine kleine Tochter. Ich wusste, dass er immer weiter ging. Ich sah, wie Anja immer verstörter wurde. Dann wurde sie schwanger. Ich forderte die Abtreibung, und als sie es trotzdem bekam, sperrte ich sie und das Kind ein«

»Warum, Frau Maiwald?«

»Weil ich bin, wie ich bin. Und ich werde in diesem Leben keine andere mehr werden. Ich bereue nichts und ich erwarte von niemandem Vergebung. Ernst ist schwach. Er ist ein Sklave seiner Leidenschaften, seiner Gier, seiner Triebe. Er hat sich nicht unter Kontrolle, er trampelt durch das Leben, gezogen und geschoben von seinem Ehrgeiz, seiner Sucht nach Erfolg und Anerkennung. Und von seinen Hormonen. Ich habe ihn ein Leben lang verachtet und geschützt. Jetzt geht es zu Ende.«

»Und was heißt das konkret? Was wollen Sie tun?«

»Ich gehe zurück in die Schweiz, wo meine Familie ursprünglich herkommt. Ich räume das Feld.«

»Wem nutzt das jetzt noch? Anja? Susan?«

»Es nutzt niemandem mehr.«

»Warum sind Sie hier, Frau Maiwald?«

»Ich weiß es nicht genau. Vielleicht, um Ihnen zu sagen, dass es zu Ende geht, Herr Fendt! Und dass ich Respekt vor Ihnen habe. Sie haben eine Position. Noch vor kurzem hätte ich Sie bekämpft, weil Sie meine Familie gefährden. Jetzt ist es zu spät. Alle Weichen sind gestellt. Es bleibt nichts zu tun für mich.«

Ich blieb sehr ratlos zurück, nachdem Mathilde Maiwald gegangen war.

35

Wir lagen auf ihrem Bett, ihr Kopf auf meiner Brust. Sie zupfte an meinen Haaren, tat, als ob sie zählen würde, ob noch die dunklen oder schon die weißen in der Überzahl waren. Ich strich mit meiner Hand über ihre Taille, die sich immer noch anfühlte wie die eines jungen Mädchens. Sie rauchte. Nicht die Zigarette danach, sondern die Zigarette stattdessen.

»Sei mir bitte nicht böse, Ludwig!«

Ich war ihr nicht im Geringsten böse.

Sie hatte wieder Zehnnullsieben bestellt, diesmal nicht ins Paradies, sondern zu sich nach Hause. Türkenstraße 31, Schneider.

Sie hatte mir barfuß in Leggins und Trägershirt geöffnet, ungeschminkt. Oder vielleicht so dezent, dass ein Ignorant wie ich nur das Schöne wahrnahm, und nicht die kleinen helfenden Mittel. Kein Vergleich jedenfalls zu der Maske, die sie im Paradies trug.

»Ich habe aufgehört, Ludwig.«

»Aufgehört?«

»Ja! Schluss, Ende, Aus! Ich fange nächste Woche im DM an am Ostbahnhof. Mit Kosmetika kenne ich mich aus. Bestand ermitteln, Bestellungen aufgeben, und auch mal an die Kasse.«

Ich schwieg eine Weile. Sollte ich es ihr sagen? Machte das Sinn?

»Komm, sag's mir. Sag mir, was du denkst.«

»Es ist deine Entscheidung. Und so, wie du dich in der letzten Zeit gefühlt hast, ist sie bestimmt richtig.«

»Sag's mir, Ludwig! Da ist doch noch was.«

»Ja, da ist noch was. Ich freu mich!«

»Du freust dich?«

»Ja. Ok, ich geb's zu, Steffi. Ich freu mich drüber, dass du nicht mehr für jeden dahergelaufenen Kerl, der dich bezahlt, die Beine breit machen musst.«

Sie lachte.

»Hey, du kannst ja Klartext. Und weißt du was?«

»Sag's mir!«

»Ich freu mich grad sehr darüber, dass du dich freust!«

Und dann bekam ich den schönsten und längsten und zärtlichsten und liebevollsten Kuss, den ich seit ganz langem bekommen hatte.

»Und du bist nicht enttäuscht, dass ich nicht mit dir schlafen will? Noch nicht.«

»Nein, Steffi.«

»Es ist einfach … Ich weiß auch nicht, wie ich es dir erklären soll.«

»Du musst es mir nicht erklären.«

»Ich will aber. Ich will, das du es verstehen kannst.«

»Na dann.«

Ich musste lächeln. Ich zog ihr Gesicht ganz dicht an meines heran, blickte ihr tief und durchdringend in die Augen.

»Jetzt will ich es wissen. Warum will Frau Stefanie Schneider keinen Sex mit mir haben?«

Ihr Ellenbogen fuhr mir in die Rippen. Sie lachte laut.

»Weil Herr Ludwig Fendt der erste Mann seit langem ist, der sich für mich interessiert. Nicht für meine Titten, nicht für meinen Arsch.«

»Hmmm. Möchtest du, dass das so bleibt?«

»Dass du dich für mich interessierst?«

»Nein, dass mir deine Titten am Arsch vorbei gehen?«

Der Ellenbogen kam wieder. Die Stöße waren anders als die von Ines. Ines zielte auf den Bauch, Steffi auf die Rippen. Warum taten das alle Frauen, die ich mochte?

»Nein! Das will ich nicht«, antwortete Steffi. »Du bist ein Mistkerl! Aber jetzt reden wir mal von was anderem!«

Sie wollte alles wissen. Von meiner Ehe, meiner Tochter, meinem Leben, meinen Plänen. Ich erzählte von meiner Detektei, die sich wahrscheinlich demnächst unter den europäischen Rettungsschirm begeben musste.

Ich erzählte von meinem Auftrag und wie ich ihn verloren hatte.

Steffi hörte zu.

»Wie lang hat Anja im Paradies gearbeitet?«, fragte ich.

»Nicht lang. Vielleicht ein halbes Jahr. Und auch nicht jeden Tag.«

»Und wie war sie?«

»Ich mochte sie. Aber es war mehr oder weniger so, wie Sabine es beschrieben hat. Sie nahm uns die Kunden weg.«

»War sie so attraktiv?«

»Sie war überwältigend. Sinnlich. Erotisch. Verführerisch. Sie liebte es begehrt zu werden. Sie brauchte das wie die Luft zum Atmen. Ich glaube, sie hätte es auch umsonst gemacht.«

»Und das gab natürlich böses Blut unter den Kolleginnen?«

»Na und ob. Sie zerrissen sich das Maul. Klingt es für dich lächerlich, wenn Nutten eine Nutte als Nutte beschimpfen?«

»Irgendwie schon.«

Es war Mitternacht geworden, und ich beschloss, die Schicht mit der Fahrt hierher beendet zu haben. Finanziell war das ein Fiasko, und mein Unternehmer würde auch bald über meinen kümmerlichen Umsatz jammern. Aber Susans Scheck war gedeckt. Ich hatte noch Luft.

»Setzen wir uns in die Küche!«, sagte Steffi. »Ich brauch mal was zu trinken.«

Sie mixte uns zwei namenlose nicht alkoholische Cocktails mit Soda, Melonenstücken, irgendeinem Sirup. Dazu Eiswürfel. Einen bekam ich in den Kragen geschoben. Ich schüttelte ihn am Bauch ins Freie, bereits etwas dezimiert, griff in den Bund ihrer Leggins und ließ ihn hineingleiten. Das brachte mir einen Japser, einen Klaps und einen Kuss ein. Wir balgten uns mit den Eiswürfeln wie Kinder, die Spiel und Erkundung des anderen Geschlechts vereinbarten.

Etwas später kam dieser bedeutungsvolle Moment, in dem wir die letzten Male an einvernehmlichen Blicken erkannt hatten, dass es Zeit für mich war zu gehen. Dieses Mal spürten wir ein anderes Einverständnis. Wir mussten nicht sprechen. Wir waren müde nach vielen Worten. Wir lagen in ihrem Bett, ihr Kopf auf meiner linken Schulter, mein Arm um sie geschlungen. Ich spürte ihren immer noch festen und flachen Bauch an der Wölbung des meinen. Ich spürte ihre weichen Brüste an meiner Brust, und sie spürte an ihren Schenkeln, dass mich diese Nähe kein bisschen kalt ließ.

»Kannst du noch warten, Ludwig?«

»Natürlich kann ich warten.«

»Ich weiß, es ist dumm. Jeden Tag sind fremde Männer auf mich gestiegen und haben mir ihr Ding reingeschoben. Und dich bitte ich, zu warten.«

»Ich bin nicht einer von diesen Männern.«

»Nein. Und ich will dir erst Mal geben, was keiner von ihnen jemals bekommen hat.«

Und bevor ich fragen oder darüber nachdenken konnte, was das wohl sein würde, fühlte ich ihre Lippen an meinen, ihre Hände in meinen Haaren. Sie streichelten, wühlten, verwirrten, als ob die paar Locken noch gelockt werden müssten. Ihre Arme um meinen Nacken geschlungen, meine um ihren Körper. Die Haut an ihrem Rücken, ein dünner feuchter Film, warm.

Und dann warteten wir.

»Ich habe Angst«, sagte sie.

»Wovor?«

»Ich habe Angst, dass du dich bei allem, was wir tun, fragen wirst, mit wie vielen ich das schon gemacht habe, ob ich dabei überhaupt noch etwas empfinden kann und so weiter.«

Ich nahm sie noch fester in den Arm, strich mit meiner Hand über ihren Rücken, den oberen, den unteren, den alleruntersten.

»Du hast einen süßen Po«, sagte ich grinsend und sachlich.

»Ok, also doch wieder nur ein Mann.«

»Das stimmt. Was für eine Spezies hättest du denn gern in deinem Bett?«

»Einen Eunuchen!«, lachte sie. Und dann bekam ich nochmal einen Kuss, und dann klopfte ich da unten heftig an und sagte: »Ignorier den Kerl einfach. Der will immer nur das eine!«

»Ach!«, meinte sie. »Das ist mir ehrlich gesagt lieber, als wenn er sich nicht melden würde.«

Ich hatte nicht mehr gewusst, dass ich so einen liebevoll bescheuerten Dialog führen konnte. Irgendwann wollten wir wieder Luft an unserer Haut und gingen nackt ohne Licht in die Küche.

»Kannst du dir vorstellen, dass für irgendeine Kollegin Neid oder Eifersucht oder einfach existentielle Ängste zu einem Mordmotiv werden könnten?«

Wir saßen uns auf zwei Holzstühlen gegenüber und das Thema hatte sich zurück in meinen Kopf geschlichen.

»Du denkst an Sabine? Nein, das glaub ich nicht. Ich würde da eher in eine andere Richtung denken.«

»Was meinst du?«

»Ein Freier. Irgendein Freier, der sich Hals über Kopf verliebt hat. Da gab's damals schon mehrere. Vielleicht hat einer durchgedreht. Krank vor Liebe und Eifersucht. Anja war nicht zu haben für einen. Sie brauchte sie alle.«

»Denkst du an einen bestimmten?«

»Ja. Es gab einen, der öfter da war. Aber das war kein Freier. Er redete mit ihr, trank etwas. Manchmal stritten sie. Die Chefin sagte irgendwann zu Anja, dass das Paradies ein Puff wäre und keine Kneipe. Anscheinend hat Anja danach mit ihm gesprochen. Jedenfalls tauchte er nicht mehr auf.

»Wie alt war der Typ, Steffi?«

Ein ganz junger Kerl. Hätte mir auch gefallen können.«

Der letzte Kommentar hätte wieder ein Einstieg in lustvolles Frotzeln sein können. Aber danach war mir nicht mehr. Ich fragte sie, wie er aussah. Steffi beschrieb Mike.

»Mike war im Paradies?«

Ich war überrascht, alarmiert. Verwirrt. Was bedeutete das?

»Mike? Ja genau, so hieß er.«

»Er kannte also Anja und Sabine und dich?«

Ich hielt sie an ihren Schultern fest, zog sie näher an mich.

»Ja klar, kannte er uns. Wir waren Kolleginnen, aber wir waren auch ein wenig befreundet.«

Steffi schien zuerst verwundert über meine Reaktion. Jetzt war sie beunruhigt.

»Was ist los, Ludwig? Worauf willst du hinaus?«

»Ich hab dir noch nicht erzählt, dass Sabine tot ist.«

»Tot?«, fragte sie erschrocken, als hätte sie nicht verstanden, was ich gesagt hatte.

»Ja, tot. Jemand hat sie im Hotel in ihrem Zimmer erschossen.«

»Mein Gott!«

»Du mochtest sie?«

»Ja. Ich mochte Anja auch, aber Sabine war mir näher. Anja blieb immer irgendwie ein Geheimnis.«

»Dieser Mike kannte euch alle drei, Steffi. Anja ist verschwunden und Sabine ist tot.

Ich nahm sie in den Arm und hielt sie fest. Lange! Ich konnte spüren, wie die Angst in sie kroch.

36

Das Telefon klingelte Sturm. Ich stand unter der Dusche, beschloss, meine Verrichtungen erst mal in Ruhe hinter mich zu bringen, aber es hörte nicht auf. Ich blieb stur, duschte mir das Shampoo aus den Haaren und das aufdringliche Ding legte eine Pause von wenigen Sekunden ein. Dann begann es von neuem. Ich hatte mein altes Handy mit einem Klingelton versehen, das an alte Zeiten erinnerte, kein Vivaldi, kein Mozart. Nun wickelte ich mich doch nass und tropfend in ein Handtuch, eilte aus dem Bad und folgte dem Ton. Es lag neben dem Bett, wo es nachts seinen Platz hatte und mir morgens oder nach einer Taxischicht mittags als Wecker diente. Ich erkannte die Nummer.

»Steffi, was ist los?«, fragte ich.

Ich hatte ihr meine Handynummer gegeben. Schließlich sollte sie mich nicht nur über die Taxizentrale kontaktieren können. Und ich hatte ja auch ihre.

»Du musst sofort kommen!«

»Warum? Was ist los?«

»Er schleicht hier rum. Er ist im Haus. Er war vor meiner Tür. Du weißt doch, die Dielen knarzen.«

»Hast du ihn gesehen?«

»Nein. Ich habe durch den Spion geschaut, aber er hat sich wohl neben die Tür gestellt. Ich bin ganz sicher. Da war jemand an meiner Tür.«

»Ist er noch im Haus?«

»Ich glaube schon.«

»Wieso glaubst du das?«

»Weil ich zum Balkon runtergeschaut habe. Ich hätte gesehen, wenn jemand das Haus verlässt. Niemand ist rausgegangen. Er muss noch im Haus sein.«

»Ich komme sofort«, sagte ich. »Aber es wird ein bisschen dauern. Ich hab keinen Wagen da.

»Beeil dich! Bitte!«

»Mach niemandem auf!«

Ich trocknete mich notdürftig, sprang mit nassen Haaren in Hose und Hemd und rannte aus dem Haus.

Dann tat ich etwas, was ich privat nur sehr selten tat: Ich hielt ein vorbeifahrendes Taxi auf. Der Fahrer nahm tatsächlich den kürzesten Weg in die Türkenstraße, aber es zog sich. Das Fahren in der Innenstadt zur Tageszeit war eine andere Sache als nachts über den leeren Altstadtring zu heizen.

Ich zahlte, sprang aus dem Wagen, zog mein Handy aus der Tasche und wählte ihre Nummer.

»Bist du da, Ludwig?«

»Ja, ich steh vor der Tür. Hast du nochmal was gehört?«

»Ja, immer wieder Schritte. Er ist im Haus.«

»Drück mir auf.«

Ich wartete kurz auf den Summer und betrat das Haus. Bis zu ihrer Wohnungstür begegnete ich niemandem. Ich klopfte.«

»Bist du es?«

»Ja. Mach auf!

Steffi öffnete die Tür. Sie sah aus, als ob sie den Leibhaftigen erwartete.

»Er muss noch im Haus sein.«

»Ich schau noch weiter hoch.«

»Nein, tu das nicht. Das ist zu gefährlich. Bitte komm rein«

»Ich zog ihre Wohnungstür von außen zu und ging weiter nach oben. Wenn er mir ausgewichen war, musste er irgendwo in einer der oberen Etagen sein. Langsam ging ich Stockwerk für Stockwerk hoch. Das Haus hatte fünf und Steffis Wohnung lag im zweiten. Niemand zu sehen. Ganz oben befand sich ein Speicher. Die Tür war unverschlossen.

»Wie unvorsichtig!«, dachte ich, aber das war natürlich Unsinn. Was sollte es in diesem Speicher zu holen geben? Die Luft war heiß und stickig und roch nach trockenem Holz. Vor mir lagen keine privaten Abteile, sondern ein großer hoher Raum, Dachsparren, verschlossene Luken. Keine Ecken und Winkel, die ich nicht überblicken konnte. Die Privatabteile für die Mieter mussten also im Keller sein. An der Treppe, die vom Eingang nach unten führte, war ich vorbeigehastet. Ich blutiger Amateur. Ich verließ den Speicher, schloss die Tür und dann hörte ich die Haustür, wie sie sich öffnete und wieder zufiel. Ich Anfänger!

Er hatte mich an sich vorbeilaufen lassen. Er hätte mir leise nach oben folgen können, an ihre Tür klopfen, während ich im Speicher herumsuchte. Vielleicht hatte Steffi ihm geöffnet im Glauben, es wäre ich. Vielleicht wollte sie schreien und er hatte ihr den Mund zugehalten. Ich rannte. Vier Stufen auf einmal. Sprang die Treppe hinunter. Wieder im zweiten Stock angekommen, sah ich Steffis Kopf, den besorgtesten Blick, den ich mir vorstellen konnte und gleichzeitig Verwunderung über mein erleichtertes Aufatmen.

»Warum lässt du denn um Gottes Willen die Tür nicht zu, Steffi?«

»Ich hatte Angst um dich. Wollte hören können, was passiert. Du hast ihn nicht gesehen?«

»Nein, aber gehört. Er muss sich im Kellergeschoss versteckt haben und ich bin da einfach vorbei und nach oben gerannt. Ich bin so ein Trottel.«

»Ich bin froh, dass du ihn nicht erwischt hast.«

Sie zog mich in die Wohnung.

»Ich hab ihn gesehen.«

»Du hast gesehen, wie er aus dem Haus ging?«

»Ja, gerade eben. Ich hab nochmal vom Balkon runtergeschaut.«

»Hast du ihn erkannt.«

»Nein. Der Typ war groß, schlank, trug eine Jeans und hatte einen dunklen Kapuzenpulli an. Kopf und Haare konnte ich nicht sehen.«

»So einen Pulli hab ich auch und wahrscheinlich die halbe Menschheit.«

Steffi zitterte, schlang ihre Arme um mich.

Ich hielt sie fest.

Langsam beruhigte sich ihr Körper, ihr Atem.

»Ich habe Angst, Ludwig!«

37

Ich stand zum ersten Mal ohne Termin im Polizeirevier in der Ettstraße und versuchte, einem jungen Beamten klar zu machen, dass ich Hauptkommissar Mutzer sehen wollte und sehen musste und sehen würde.

Endlich gab er sich geschlagen.

»Warten Sie hier einen Moment. Ich bin gleich zurück.«

Er verschwand, wahrscheinlich um Mutzer zu fragen, ob er mich vorlassen dürfe. Er durfte.

Mutzer hatte keinen Kaffee für mich und schien das erste Mal wenig erfreut, mich zu sehen.

»Ich habe wenig Zeit, Herr Fendt.«

Trotzdem bot er mir einen Stuhl an, setzte sich mir gegenüber, lehnte sich zurück und legte die Hände auf seinen Bauch.

»Waren Sie bei Mike?«, fragte ich ihn.

Ich wollte keine Zeit mit Vorgeplänkel verlieren und stellte die Frage, wegen der ich hier war.

»Ja, ich war dort.«

»Und?«

»Es ist Ihnen doch klar, dass ich Ihnen nicht meine Ermittlungsergebnisse in einem Mordfall anvertrauen darf?«

»Ja, das ist mir klar. Also gibt es Ermittlungsergebnisse.«

»Nein, leider nicht.«

»Ich habe vielleicht auch etwas für Sie, Herr Kommissar.«

»Sie wollen feilschen, Herr Fendt? Ok, ich verzichte jetzt ausnahmsweise auf die Daumenschrauben, die ich Ihnen anlegen könnte. Erzählen Sie!«

Ich erzählte von Anja, Sabine, Steffi, Mike und dem Paradies. Er hörte nachdenklich zu.

»Er war im Haus, Herr Mutzer. Er stand vor Steffis Tür.«

Ich berichtete von Steffis Anruf, von Speicher und Keller, von einem dunklen Kapuzenpulli. Und von Steffis Angst.

»Es war jemand im Keller und hat das Haus verlassen, während Sie das Treppenhaus hochgingen. Irgendjemand, Herr Fendt! Ok, es spricht einiges gegen Mike. Er kennt die drei Prostituierten, wobei ja der dritten Gott sei Dank nichts zugestoßen ist. Aber das Problem mit Mike ist, dass ich mir beim besten Willen nicht vorstellen kann, warum er Anja Maiwald und Sabine Mertens getötet haben soll. Außerdem hat er ein Alibi.«

»Ein Alibi?«, echote ich.

»Der Todeszeitpunkt von Sabine Mertens ist ja auf die Sekunde klar. Der Schuss wurde von vielen gehört und ein paar haben auch auf die Uhr geschaut. Und Mike hat in der Uni ein Referat gehalten über Personalplanung in mittelständischen Firmen. Er studiert Betriebswirtschaft.«

»Ich weiß. Und weiß man da auch auf die Minute genau, wann das Referat begonnen und wann es geendet hat?«

»Nein. Wir haben uns sehr viel Mühe gegeben, Herr Fendt. Ich habe mit dem Professor und einigen Studenten gesprochen, die im Seminar anwesend waren.«

»Wenn keiner die Zeit im Blick hatte, wie kann es dann ein Alibi sein?«

»Sie haben Angst, Herr Fendt?«

Ich hatte in diesem Moment das Gefühl, dass Mutzer ein ordentlicher Hauptkommissar und ein anständiger Mensch war. Aber das half mir nicht weiter.

»Mir geht der Arsch auf Grundeis, Herr Mutzer. Ich lasse Steffi nicht mehr guten Gefühls aus ihrer Wohnung gehen.«

Mutzer ersparte mir einen Kommentar darüber, dass mir Steffi ganz offensichtlich viel bedeutete. Und das, obwohl ich sie noch vor kurzem nicht einmal gekannt hatte. Er betrachtete mich verständnisvoll, besorgt und sehr ungeduldig. Sich widersprechende Gefühle, aber ich glaubte, sie alle in seinem Ausdruck zu erkennen.

»Es war das erste Referat an diesem Tag. Es hat eine halbe Stunde vor dem Mord begonnen und circa zwanzig Minuten gedauert. Er hätte fliegen müssen.«

»Von der Uni zum Olymp kommt man mit dem Fahrrad leicht in zehn Minuten. Ok, er muss vom Seminarraum auf die Straße, ich weiß nicht, wie weit das ist, muss das Fahrrad losbinden. Aber lange dauert das nicht. Er ist jung und sportlich. Er braucht für die Strecke wahrscheinlich nicht mal zehn Minuten.«

Mutzer stand auf. Wahrscheinlich hatte er allmählich genug davon, dass ein Amateur wie ich ihm erklären wollte, wie er seinen Job zu tun hatte. Auch wenn er meine Gründe kannte.

»Es waren fünfzehn Studenten anwesend inklusive Mike. Und niemand hat ihn nach seinem Referat weggehen sehen. Am Ende der Stunde muss er dagewesen sein. Der Professor hat Skripten verteilt. Sie waren abgezählt und es ist keines übriggeblieben.«

»Haben Sie gefragt, wo Mikes Platz war? Vielleicht in der hintersten Reihe? Dann saß er im Rücken seiner Kommilitonen. Und ein Professor schaut auch mal an die Tafel. Keiner hat gesehen, wie er wegging. Aber hat ihn jemand bleiben sehen?«

Mutzer ging zur Tür und hielt sie mir auf.

XX

Anja saß auf ihrem Bett und betrachtete die Kleidungsstücke, die er dagelassen hatte. Es gab keine Alternative. Vielleicht würde dieser Weg Susan frei machen. Frei von ihm und von ihr. Sie klammerte sich an diesen Gedanken. Für Susan würde es weitergehen. Ohne Mike und ohne die Mutter, die nie eine gewesen war. Vielleicht war das der Sinn. Ihr Sinn. Ihre letzte und einzige Chance, etwas Gutes für ihre Tochter zu tun. Der Gedanke war nicht tröstlich, aber sie versuchte, ihn wachsen zu lassen. Vielleicht würde er helfen, wenn der Moment gekommen war.

Etwas in ihr war erloschen. Der Glaube, lebend dieses Haus verlassen zu können. Ihr Kampfgeist. Ihre Hoffnung.

Sie hatte lange grübelnd auf dem Bett gelegen. Hatte jetzt nicht mehr viel Zeit. Sie wusste das nicht, fühlte es nur. Sie hatte kein verlässliches Gefühl mehr für das Vergehen der Zeit. Die matte Glühbirne erhellte kaum das kleine Badezimmer. Trotz aller Routine, sich dort zu schminken war eine Qual.

Dann die Anprobe. Alles passte. Die Unterwäsche war von Peter Palmers. Da hatte sie auch gern gekauft. Das schwarze Kleid war tief dekolletiert. An passenden Schmuck für ihren Hals hatte er nicht gedacht.

Dann kam Mike. Wieder hatte er eine Tüte bei sich. Eine kleine Plastiktüte mit dem Aufdruck des Buchladens ganz in der Nähe ihrer Wohnung. Viele solcher Tüten lagen bei ihr zu Hause. Hatte er von dort etwas mitgebracht?

Mike trug seinen neuen Smoking. Er war als Kavalier gekommen, der um sie warb. Als Kavalier und als fescher junger Sohn, auf den seine Mutter stolz sein konnte.

»Damit du nicht auf falsche Gedanken kommst. Diesmal vorbeugend! Wir wollen ja nachher keine dummen Auseinandersetzungen haben!«

Er nahm die Tüte. Schüttete ihr den Inhalt vor die Füße, auf die Schuhe, auf die schwarzen Sandaletten seiner Mutter.

Sie starrte auf den Boden. Starrte auf einen Berg blonder Haare.

»Was hast du getan? Was hast du ihr angetan?«

»Nichts Schlimmes. Sie hat sich ein bisschen geziert. Ich musste sie fesseln. Und ich glaube, der Schnitt ist nicht besonders gut geraten. Ich meine, unter ästhetischen Gesichtspunkten. Aber sie kann ihre Haare ja nachschneiden lassen. Einen frechen Kurzhaarschnitt.«

»Warum, Mike?«

»Wie gesagt. Damit du siehst, dass ich mit ihr tun kann, was immer ich will. Damit du nicht auf dumme Gedanken kommst und uns den Abend verdirbst. Gedanken an Flucht, an Widerstand oder andere sinnlose Dinge.«

Er nahm sie an der Hand und führte sie aus ihrem Gefängnis die Treppe hoch. Die Erinnerung an den Fluchtversuch schlich durch ihren Kopf wie ein ferner Traum, verschwand. Hand in Hand durchschritten sie die kleine Diele, betraten einen Wohnraum.

Alles war alt in diesem Haus, manches stilvoll, in einer anderen Zeit mit Bedacht ausgewählt. Anderes war nur alt, verbraucht, verschlissen. Das Sofa zeigte Risse, der Teppich war dünn, blass und schäbig. Auf einer länglichen Kommode hatte er auf weißen Porzellantellern all die Dinge angerichtet, die er ihr angekündigt hatte. Dazu noch einige bunte Salate. Auf dem quadratischen Holztisch, an den er zwei Stühle gestellt hatte, standen zwei Kristallkelche, ein silberner Kerzenleuchter und eine Flasche im Eiskübel. Daneben lagen die Schmuckschatullen, die Mike ihr gezeigt hatte. Sie kannte den Inhalt.

Sie nahm alles wahr, als würde sie durch eine Filmkulisse schreiten. Nichts war echt. Diese Welt gab es nicht. Sonst würde sie etwas fühlen. Irgendetwas. Angst, Schmerz, Verzweiflung, aber sie fühlte nichts mehr. Er ließ ihre Hand los, kramte Streichhölzer aus seiner Hosentasche, zündete die Kerzen an, öffnete den Champagner, schenkte ein, reichte ihr ein Glas und wandte sich ihr zu. Sie sah ein kindliches, strahlendes, erwartungsvolles Lächeln. Er hob sein Glas.

»Auf uns!«, sagte er.

In diesem Augenblick läutete es an der Tür.

Sie hatten noch nicht getrunken.

Mike ging ein paar Schritte in Richtung der Tür, blieb stehen.

Es läutete wieder. Er bewegte sich nicht. Sie war ihm aus dem Wohnzimmer gefolgt, stand dicht neben ihm, das volle Glas in der Hand.

Eine Faust schlug gegen die Tür. Das war kein Klopfen. Hier versuchte nicht jemand, sich bemerkbar zu machen. Hier forderte jemand Einlass.

»Mike, mach auf! Ich weiß, dass du da bist.«

»Es ist Susan!«, flüsterte Anja.

»Ich hab dich hier reingehen sehen, Mike. Ich weiß, dass du da bist. Mach auf! Lass mich rein!«

Warum flüsterte sie? Hatte sie Angst davor, dass ihre Tochter sie hören könnte? Dieser Augenblick konnte das Ende sein. Vielleicht ein Ende mit Schrecken, vielleicht ein Ende des Schreckens!

Sie rannte. Sie verschüttete den Champagner. Sie schrie.

»Susan!«

Mike griff nach ihr, aber er war zu langsam. Sie war an der Tür, drückte die Klinke herunter, riss sie auf. Mike hatte nicht abgeschlossen. War sich zu sicher gewesen.

Anja sah Susan, wie sie ihre Tochter noch nie gesehen hatte. Susan, die fast so viel Wert auf ihr Äußeres legte wie sie selbst. Die Haare wie Borsten, das Gesicht zerschlagen, geschwollen, verheulte Augen.

Susan starrte sie an, dann Mike, dann wieder sie, ihre Mutter, die da stand in feiner Abendgarderobe mit einem halbvollen Sektglas in der Hand, dann wieder Mike. Es war, als könnten ihre Augen sich nicht entscheiden, was sie sehen wollten. Was sie nicht sehen wollten. Ungläubig, zweifelnd.

Susan schob sich an ihr vorbei, tat zwei Schritte auf Mike zu, jetzt wilden Zorn in ihren Augen, ein Gefühl, das er seiner Susan nicht zugetraut hatte, das sah Anja in seinem überraschten Blick, Susan, diesem Schäfchen, das nichts verstand von dieser Welt, Susan, die glücklich war über jeden Moment, den er mit ihr verbrachte, ihn anhimmelte, ihm alles verzieh, sogar seine rohe Gewalt, die sich an ihn schmiegte, bis er sie von sich stieß, weil er es nicht mehr aushielt.

»Er hat Recht gehabt.«

»Wer hat Recht gehabt, Susan?«, fragte Mike.

»Dieser Detektiv, der dich nicht mal kannte. Er musste nur seine Augen aufmachen, hinsehen. Großmutter hat es gewusst, Mama, sogar diese Läuferfrauen. Alle, nur ich nicht! Ich war blind. Er hat von Anfang an geahnt, dass du mich nur benutzt hast. Dass du hinter Mama her bist! Und jetzt hast du sie.«

»Erhat mich nicht, Susan. Nicht so!«, rief Anja. »Du weißt nicht, was hier vorgefallen ist.«

»Du meinst, das will ich wissen? Du meinst, ich habe Lust, mir vorzustellen, wie er dich fickt. Wie er meine eigene Mutter in dem Haus fickt, das ich nicht betreten darf.«

»Du verstehst nicht, Susan! Er hat mich entführt. Er ist verrückt! Er will mich umbringen!«

»Warum muss ich so eine dreckige Hure als Mutter haben?«

»Susan. Deine Mutter und ich, wir gehören zusammen. Du kannst das nicht begreifen. Wir haben keine Wahl. Wir haben einen gemeinsamen Weg zu gehen.«

»Hör ihm nicht zu, Susan! Er ist krank!«

Susan musste ihr doch glauben. Sie musste doch wissen, dass sie ihr so etwas nie antun würde. Dass sie sich nie und nimmer freiwillig mit dem Mann einlassen würde, den ihre Tochter liebte.

Mike sprach weiter. Er sprach so ruhig, als gäbe es lediglich eine Erklärung abzugeben.

»Anja und ich sind füreinander bestimmt.«

»Ich verstehe«, sagte sie. »Und Susan, die dumme naive Kuh war einfach ein notwendiger Zwischenschritt auf dem Weg zu ihr.«

Ihre Worte klangen jetzt fast besonnen, gefasst. Susan, die wusste, was zu tun war.

Sie öffnete ihre Handtasche und entnahm ihr eine Pistole.

»Susan!« schrie Anja. »Susan, tu das nicht! Das ist er nicht wert!«

Susan richtete den Lauf auf Mikes Brust. Die Brust war groß und breit. Die Brust war gerade richtig. Sie wusste nicht, ob sie den Kopf treffen würde.

Mike stand ruhig vor ihr. Welche Gefahr konnte von ihr schon ausgehen? Von diesem kleinen dummen Mädchen.

»Gib die Pistole her!«, sagte er.

Er streckte seinen Arm aus. Sie drückte ab. Sie hatte sich den Schuss lauter vorgestellt. Ein Knall, der die Zeit zerriss und zweiteilte in ein Davor und ein Danach. Die Endgültigkeit musste doch mit einer Explosion daherkommen, doch sie empfand nur ein Plopp, sah, wie sich Blut ausbreitete auf Mikes Hemd, sein überraschtes Gesicht und dann sein Fallen. Nicht einmal das Aufschlagen seines Körpers auf dem Fußboden war laut. Es war dumpf.

Anja stand vor der Treppe, die zum Keller führte, immer noch das Glas in der Hand.

»Willst du nicht endlich trinken, Mama?«

Anja sagte nichts, stellte ihr Glas auf einer Stufe ab. Tat einen Schritt auf Susan zu, ihre Susan, die nun auch ihre Unschuld verloren hatte. Nein, das hatte sie nicht. Susan trug keine Schuld. Vom ersten Augenblick ihres Lebens an waren andere an ihr schuldig geworden.

»Gib mir bitte die Pistole, Susan!«

Susan machte keine Anstalten, aber sie ließ die Waffe sinken. Der Lauf der Waffe hatte immer noch dorthin gezeigt, wo eben noch Mikes Brust gewesen war.

»Warum, Mama?«

»Warum?«, wiederholte Anja.

»Ja, warum! Ich will eine Antwort. Warum bin ich dir nichts wert? Warum bin ich niemandem etwas wert? »Sag's mir, Mama! Warum bin ich mein ganzes Leben immer nur ein Stück Dreck gewesen, das niemand haben wollte?«

Susan war ein paar Schritte weiter ins Haus getreten. An Mikes Körper vorbei. Dann trugen ihre Beine sie nicht mehr. Ihr Körper sackte in sich zusammen. Sie kauerte auf dem Boden. Immer noch die Pistole in der Hand. Den Finger am Abzug.

»Woher hast du die Pistole, Susan?«

»Von Opa. Aus der Schreibtischschublade in seinem Arbeitszimmer. Es war leicht, sie zu nehmen.«

»Von Opa. Mit Opa hat alles begonnen«, sagte Anja leise.

»Mama! Ich will kein Leben haben, in dem ich ein Stück Dreck bin.«

Sie sagte das ganz ruhig, steckte sich den Lauf der Pistole in den Mund und drückte ein zweites Mal ab.

37

»Nein, ich bin nicht aufgeregt. Das ist etwas ganz Normales. Wir sind alle schon groß!«

Allerdings war Autosuggestion noch nie meine Paradedisziplin gewesen. Es half alles nichts. Ich war nervös.

Ein wenig beruhigte mich der Entschluss, mich aufs Kochen zu konzentrieren und die beiden sich selbst zu überlassen.

Steffi war auch angespannt. Ines tat extrem cool.

»Klar, Paps. Super. Ich bin schon gespannt auf sie. Was kochst du?«

Steffi war vor allen Dingen besorgt bei der Vorstellung, dass sie im Themenkreis Beruf herumrudern würden.

»Soll ich ihr etwa auf die Nase binden, dass ich bis vor kurzem eine Nutte war?«

»Du musst ihr ja nicht erzählen, was du warst. Sag ihr doch einfach, was du bist!«, meinte ich.

»Hmmm … Ok. Wenn sie dann nicht nachhakt. Und was soll ich anziehen?«

Ich beschrieb ihr mein kleines Punkermädchen, um ihr den Druck zu nehmen.

»Du gehst nicht zu einem Vorstellungsgespräch und nicht zu einem Debütantinnenball. Wie wär's mit Sachen, in denen du dich wohl fühlst?«

Das Gespräch hatte lachend geendet. Die beiden Alten machten sich ins Hemd, und die Junge würde ganz »gechillt« nach Hause kommen, »hallo« sagen und sich an den Tisch setzen.

»Nichts Besonderes«, erklärte ich Ines. »Ich mach einfach eine Hackfleischsoße. Du weißt schon, mit Zwiebeln, Knoblauch, Sellerie, Karotten, mindestens zwei Stunden köcheln. Die Nudeln werfen wir ins Wasser, wenn alle da sind.«

»Das ist gut. Ich weiß nämlich nicht, ob ich es pünktlich schaffe.«

Ines hatte es pünktlich geschafft. Wir saßen zusammen in der Küche, tranken Rotwein, wickelten Spaghetti, und das Gespräch zwischen den beiden glitt vollkommen stresslos dahin. Es plätscherte an mir vorbei. Mich kannten sie ja beide schon.

Steffi war Verkäuferin bei DM und Ines Jurastudentin. Steffi lachte bei Ines' Schilderung ihrer männlichen Kommilitonen. Ihrer Kleidung und ihrer Taschen und ihrer Frisuren. Irgendwann begannen sie über mich zu sprechen, wurden noch lustiger. Ich fand das albern, war aber sehr froh über den Verlauf des Treffens. Dann kam die WhatsApp an Ines.

Sie las, ich sah, wie ihr Gesicht jede Fröhlichkeit verlor, sie reichte mir das Smartphone.

Ein Selfie und ein kurzer Text. Ich erkannte sie nicht sofort. Susan ohne Sonnenbrille mit blaugeschlagenen Augenhöhlen, von ihrer blonden Mähne waren nur noch ungleich lange hässliche Fransen übrig.

»Ich kann nicht mehr!«, las ich. »Ich fahr hin. Ich bring es zu Ende.«

Noch während ich diese wenigen Worte las und das Foto betrachtete, formten sich lose Gedanken zu einem zusammen. Beobachtungen, Erkenntnisse, die ich achtlos liegen gelassen hatte, weil ich in den Krieg ziehen wollte gegen Maiwald.

Mike, der Stalker, der sich an Anja Maiwalds Leben klammerte. In Steffis Club, im Hotel Olymp, in Anjas Laufgruppe, als Lover der Tochter. Mike, der sein Haus vor seiner Freundin verbarg. Das Geräusch, als ich bei ihm war. Die Katze, die er mit lauter Rockmusik übertönt hatte.

Und Ludwig Fendt, der Krieger gegen rechts. Ludwig Fendt, der Windmühlenkämpfer, der Blinde, der begnadete Ermittler.

Ich sprang auf.

»Ich fahre zu Mike«, sagte ich.

Das Smartphone hatte ich Ines zurückgegeben. Steffi hatte es ihr aus der Hand genommen. Sie begriffen beide.

»Ich komme mit«, sagte Steffi.

»Ich komme auch mit«, sagte Ines.

»Den Teufel werdet ihr!«

Bei Ines schaffte ich es, stur zu bleiben. Ich erklärte ihr, was ihre Mutter mit mir anstellen würde, wenn ich das erlaubte, egal, wie die Sache ausging.

»Karin wird mir das nie verzeihen und ich mir selbst auch nicht.«

Sie wusste, dass es mir ernst war und dass ich nicht mit mir reden lassen würde.

»Ok. Aber ich will jetzt auch nicht allein hier sitzen bleiben. Ich gehe zu Jan, und du meldest dich, ja?«

Ich versprach es. Gegen Steffi hatte ich keine Chance. Sie wartete bereits an der Tür.

Ich scherte mich nicht um Geschwindigkeitsbegrenzungen. Wir sprangen eine Viertelstunde später vor Mikes Haus aus dem Wagen und hörten einen Schuss, noch bevor wir die Türen zugeschlagen hatten.

Ich wusste in diesem Augenblick noch nicht, dass es bereits der zweite war. Und dass ich viel zu spät kam.

XXI

Sie warf sich über den Körper ihrer Tochter. Susan! Warum? Ein wildes verzweifeltes Tier schrie in ihr. Warum? Warum du? Warum nicht ich? Ihr innerer Schrei wurde zu einem, der sich ihrem Körper entrang. Susans Kopf unter ihr. Da war kein Gesicht mehr. Nur Blut. Überall Blut. Warum lebte sie, Anja? Sie war schuldig. Mike war schuldig. Susan nicht. Sie hörte nicht auf zu schreien. Konnte nicht aufhören. Sie hielt Susans Kopf umklammert. Drückte ihn an ihre Brust. Ihre Hände wühlten im Blut. Warum lebe ich? Warum muss ich leben? Plötzlich wusste sie, dass es einen Sinn hatte. Einen einzigen! Es war noch nicht zu Ende. Sie griff nach der Waffe, die neben Susan auf dem Boden lag. Nahm sie in die Hand. Sie erhob sich. Ein fremder Mann war durch die Tür gekommen. Stand vor ihr. Sie standen sich gegenüber. Sie wusste nicht, wer dieser Mann war.

Aber sie wusste, dass es noch nicht zu Ende war.

38

Dann ein Schrei, ein grauenhafter Schrei, der mir das Blut eindickte. Ich stieß die Eingangstür auf, die nur angelehnt war. Vor mir stand eine Frau. Ein Bild, das sich mir einbrannte. Ich konnte in diesem Moment fühlen, dass dieses Bild immer zu meinen Nächten gehören würde. Eine Frau in einem schwarzen Cocktailkleid. Die Haare, lang und dunkel, hingen wirr über ihre Schultern. Ihre Augen weit aufgerissen. Sie hatten die Hölle gesehen, nun blickten sie mich an oder durch mich hindurch. Nichts an ihr war ohne Blut.

Steffi stand neben mir. Ich schob meinen Körper vor sie. Ein hilfloser Versuch, ihr diesen Anblick zu ersparen.

Am Boden lagen zwei Körper. Mike sah überrascht aus. Erstaunt. Ein großer roter Fleck auf seinem Hemd. Dass die Tote zu Füßen der Frau Susan war, erschloss ich aus ihren Haaren, die ich eben gesehen hatte. Sie hatte kein Gesicht mehr.

Ich musste irgendetwas tun. Etwas sagen.

»Sie sind Anja Maiwald?«

Keine Antwort. Keine Regung.

»Warum haben Sie das getan, Frau Maiwald?«

Erst jetzt hatte ich den Eindruck, dass sie mich wirklich ansah.

Sie hob die Hand mit der Pistole. Richtete sie auf mich.

»Wer sind Sie?«

»Ludwig Fendt. Privatdetektiv. Ihre Tochter hatte mich engagiert, um Sie zu suchen. Warum haben Sie das getan, Frau Maiwald?«

Ihr Blick klärte sich. Sie schien etwas zu verstehen. Steffi, die hinter mir stand, beachtete sie nicht.

»Haben Sie einen Wagen?«, fragte sie mich.

Ich nickte.

Sie reckte den Arm mit der Waffe in Richtung meiner Brust.

»Fahren wir!«

XXII

Susan hatte von einem Detektiv gesprochen, der geahnt hatte, welche Rolle Mike spielte. Der Mann, der Mike hier besucht hatte. Das musste er sein. Aber eigentlich war es völlig egal, wer dieser Mann war. Wer die Frau war ebenso. Der Mann hatte einen Wagen. Das war nicht egal.

Sie richtete die Pistole auf ihn.

»Gehen Sie zu Ihrem Wagen!«

Beide drehten sich langsam um, sie folgte, die Stufen hinunter, auf denen ihr bei ihrer Flucht die Beine versagt hatten.

Der Wagen war ein Taxi, stellte sie verwundert fest.

Aber das alles war nicht wichtig.

»Steigen Sie ein!«, befahl sie ihm, und als er zögerte, bedeutete sie ihm mit der Pistole, dass sie nicht zögern würde. Sie wusste nicht, was sie tun würde, wenn er sich weigerte. Auch das war nicht wichtig. Es war noch nicht zu Ende.

Er stieg ein. Die Frau setzte sich neben ihn. Sie setzte sich nach hinten.

»Wohin fahren wir?«, wollte er wissen.

»Wir fahren nach Bogenhausen, Böhmerwaldplatz. Ich sage Ihnen, wie Sie fahren müssen.«

»Das ist nicht nötig. Ich weiß, wo Ihre Eltern wohnen, Frau Maiwald.«

Es war auch nicht wichtig, woher dieser Mann wusste, wo ihre Eltern wohnten. Wichtig war, dass sie schnell dorthin gelangten. So schnell wie irgend möglich.

39

Nun hatte ich meinen ersten Fall doch noch gelöst. Ich hatte Anja Maiwald gefunden. Sogar lebend.

Ich fuhr. Ich hatte keine Angst um mich. Anja Maiwald wollte mich nicht erschießen. Aber das war nur ein Gefühl, und meine Gefühle waren nicht verlässlich. Sie hatte ihre eigene Tochter erschossen. Und Mike.

Um Steffi hatte ich Angst. Was tat sie hier? Warum hatte ich sie nur mitkommen lassen? Die Angst um Steffi wollte mich nicht loslassen. Sie umklammerte mich, machte mich stumm. Ich fuhr einfach und sagte nichts. Ich hätte sie nicht mitkommen lassen dürfen. Niemals!

Wir näherten uns dem Haus der alten Maiwalds.

»Parken Sie hier vor der Garageneinfahrt!«

Sie stieg aus. Es war niemand auf der Straße. Jeder, der sie gesehen hätte, wäre sofort zum Telefon gestürmt und hätte eins eins null gewählt.

Sie stand neben dem Wagen, direkt vor meinem Fenster. Der Lauf ihrer Pistole deutete in mein Gesicht.

»Fahren Sie! Fahren Sie weg! Jetzt sofort!«

Ich fuhr.

XXIII

Es war immer noch so wie früher. Die Garagentür ließ sich mit einem Nummerncode öffnen. Der Todestag des einzigen Wesens, das sie je geliebt hatten. Ihres Cockerspaniels Clarissa. Ein Grabstein stand im Garten zwischen zwei Thujen. In der Garage lag der Schlüssel für die Kellertür immer noch an derselben Stelle.

Sie rief nicht, als sie die Kellertreppe hochkam. Sie schlich auch nicht. Sie ging, als ob sie hierher gehörte. Sie hörte niemanden. Sie sah niemanden in der Diele, im Wohnraum, in der Küche, im Salon. Die Tür zum Arbeitszimmer ihres Vaters stand offen.

Sie nahm die Waffe aus ihrer Tasche, öffnete, trat ein.

Er hing vom Deckenbalken. Ein Seil war durch einen Ringhaken gezogen, verknotet, sein Kopf in einer Schlaufe, seine Beine in der Luft, ein umgefallener Stuhl. Zwischen den Lippen sah sie seine Zungenspitze.

»Du verdammtes feiges Arschloch!«

Sie richtete die Waffe auf den leblosen Körper, schoss das Magazin leer. Der Körper begann zu schaukeln, fand langsam wieder zurück in seine Ausgangsposition.

Anja wusste nicht, warum er das getan hatte. Als sie versuchte, darüber nachzudenken, fanden ihre Gedanken keinen Halt.

Sie setzte sich auf den Fußboden, lehnte sich an die Wand und wartete. Irgendetwas würde geschehen, irgendjemand würde kommen. Irgendwann. Anja Maiwald war das alles vollkommen egal.

40

Ich fuhr um die nächste Ecke, kramte mein Handy aus der Tasche und rief Mutzer an. Er ging sofort ran.

»Seien Sie nicht ungeduldig, Herr Fendt!«, sagte er. »Ich bin noch nicht dazu gekommen, zu den Maiwalds zu fahren.«

»Böhmerwaldplatz 4«, sagte ich. »Kommen Sie sofort!«

Und ich erzählte ihm in den kürzesten Worten, die mir möglich waren, was ich erlebt hatte. Und wo Anja Maiwald gerade war. Mit einer Pistole in der Hand. Und ich sagte ihm, was ich bei Mike vorgefunden hatte.

Die Pause, die er zum Atmen brauchte, war nicht lang. »Fahren Sie nach Hause, Herr Fendt! Sofort. Ich melde mich bei Ihnen.«

Wir fuhren zu mir. Setzten uns auf die Couch, starrten die Wand an. Steffi begann zu zittern. Ich legte meine Arme um sie, zog sie an mich. Sie war ganz kalt. Ich hielt sie fest, hielt mich an ihr fest, verlor das Gefühl für das Verstreichen der Zeit.

Dann läutete es Sturm.

Die Haustür musste offen gewesen sein, denn Hauptkommissar Mutzer stand bereits vor meiner Wohnungstür.

»Lassen Sie mich rein!«

Er schob sich an mir vorbei, ging durch die Diele, sah sich nicht um, landete in der Küche und ließ sich auf einen Stuhl fallen. Ich holte Steffi, setzte sie neben ihn, setzte mich auch.

Mutzer warf einen kurzen fragenden Blick auf Steffi, fragte aber nicht. Ich wartete. Noch hatte keiner von uns gesprochen. Ich holte Wasser, Gläser, schenkte ein. Mutzer trank sein Glas in einem Zug aus. Ich schenkte nach, trank selbst. Steffi trank nicht. Sie saß einfach da.

»Maiwald ist tot. Ich habe alles andere für den Augenblick einem Kollegen übertragen, weil ich mit Ihnen reden wollte.«

»Was ist passiert?«

»Er hing an einem Seil, den Kopf in einer Schlinge, und er hatte mehrere Einschüsse im Körper. Daneben lag ein Stuhl.«

»Und die alte Maiwald?«, fragte ich.

»Wir wissen noch nicht, wo sie ist. Dann waren wir bei Mike. Er hat ein Einschussloch in der Brust. Daneben lag Susan. Sie muss sich den Lauf in den Mund gesteckt und abgedrückt haben. Die Spurensicherung ist an der Arbeit, aber es sieht ganz eindeutig nach Tötung und Selbsttötung aus.«

Ich schwieg, und er sprach auch nicht weiter. Nach einer Zeit, für deren Dauer ich nicht das geringste Gefühl hatte, formte sich eine Frage zu einem Satz: »Dann war es nicht Anja, die die beiden getötet hat?«

»Wie gesagt, die Spurensicherung ist noch bei der Arbeit, aber ich glaube kaum. Sie war dort gewesen. Die Tür zu einem Keller stand offen. Er hat sie dort gefangen gehalten.«

»Haben Sie Anja gefunden?«

»Ja, sie saß am Boden, betrachtete den baumelnden Maiwald, regte sich nicht und sprach kein Wort.«

»Der alte Maiwald, erhängt und erschossen? Bitte erklären Sie mir das, Herr Kommissar!«

»Das kann ich noch nicht. Es gibt zwei Möglichkeiten.«

Ich schwieg.

»Entweder war Anja gekommen, um ihn zu erschießen, musste feststellen, dass er selbst schneller gewesen war, und schoss ihm die Kugeln in den Leib, die noch im Magazin waren.«

»Und die andere Möglichkeit?«

»Sie zwang ihn mit vorgehaltener Waffe, das Seil an die Decke zu hängen, den Kopf in die Schlinge zu stecken. Er gehorchte in der Hoffnung, Zeit zu gewinnen und nicht gleich erschossen zu werden. Und dann trat sie den Stuhl um und schoss.«

»Zu welchem Hergang tendieren Sie?«

»Zu ersterem. Er hatte ein Motiv für einen Selbstmord. Seine Existenz war vernichtet. Der Mann war am Ende. Und vielleicht hatte Anja ein Motiv, ihm diese Flucht so übelzunehmen, dass sie seinem entschwundenen Leben hinterherschoss.«

»Mir gefällt auch die Variante besser, bei der Anja keine Mörderin ist«, sagte ich.

»Übrigens …«

Ich sah ihn fragend an.

»Wir müssen das natürlich noch genau untersuchen lassen. Aber es sieht so aus, als wäre Sabine Mertens mit der gleichen Waffe erschossen worden. Dasselbe Kaliber. Höchstwahrscheinlich Susans Waffe. Und wenn wir die Kugeln zusammenzählen, die in Mike, in Maiwald und in ihr selbst stecken, fehlt eine.«

»Das heißt, nicht Mike, sondern Susan?«

»So sieht es aus.«

»Es ist meine Schuld. Susan hat mir so nachdrücklich, fast flehentlich versichert, dass Anja heute eine andere war. Und nun kam diese Frau und nahm ihr diesen Glauben, machte ihre Mutter zur Hure. Und ich habe ihr diese Nachricht um die Ohren gehauen. Ungefiltert. Grob. Ich hatte keine Ahnung, was ich damit anrichtete. Nichts habe ich verstanden. Absolut gar nichts. Ich habe alles versemmelt. Und mein Täter war nicht Mike, sondern der alte Maiwald. Aber diese Spur hat mich nicht in den Keller zu Anja geführt.«

»Und was soll dann ich sagen, Herr Fendt? Ich bin der Profi.«

»Hört auf!«, sagte Steffi. »Das bringt doch jetzt nichts mehr. Anja lebt.«

41

Der Brief lag in der Küche. Ines hatte ihn aus dem Briefkasten genommen und ungeöffnet auf den Tisch gelegt.

Sehr geehrter Herr Fendt,

ein Kommissar Mutzer hat meine Ferienwohnung am Genfer See ausfindig gemacht und mich vom Tod meines Mannes und meiner Enkelin verständigt. Ich bin keine gute Schauspielerin. Deshalb habe ich auch nicht versucht, die trauernde Witwe oder Großmutter zu geben. Aber natürlich habe ich nicht erzählt, dass ich den Stuhl unter Ernst weggetreten habe. Er wäre wieder abgestiegen, der Feigling.

Er war schwach, hatte kein Pflichtbewusstsein, kein Ehrgefühl und keine Moral. Das, was er Anja angetan hat, war unverzeihlich. Er war ein Tier, eine Bestie! Ich habe ihn gehasst, verachtet. Er hat alles beschmutzt. Ich hätte damals handeln müssen. Ich habe es nicht getan. Auch das ist unverzeihlich. Ich wollte unsere Familie schützen, meine Familie, meinen Namen. Hielt das für meine Pflicht. Das war es auch, aber es war der falsche Weg.

Ich hätte Ernst schon viel früher beseitigen müssen. Den Krebsherd entfernen, bevor er wachsen konnte. Als ich mich zum Handeln entschloss, war es zu spät. Das Geschwür hatte sich fortgepflanzt. Gestreut! Ernst, Anja, Susan. Zu spät für die Schuldfrage. Es musste getan werden. Alle Wucherungen mussten herausgeschnitten werden.

Sind Sie bibelfest, Herr Fendt?

Ärgert dich aber dein rechtes Auge, so reiß es aus und wirf's von dir. Es ist dir besser, daß eins deiner Glieder verderbe, und nicht der ganze Leib in die Hölle geworfen werde.

Unser Münchner Zweig der Familie Maiwald ist zum verdorbenen Auge geworden. Ich musste es ausreißen.

Eines Tages kam Anja. Sie hat uns mitgeteilt, dass sie unseren Deal platzen lassen würde. Die Abmachung bestand aus Stillschweigen gegen üppigste finanzielle Versorgung ein Leben lang. Für sie und ihre Tochter. Aber sie wollte nicht mehr. Erzählte von Susans Forderungen, ihren leiblichen Vater kennenzulernen. Erzählte davon, dass Susan sie beschimpfte, ihr Lügen unterstellte. Sagte, dass sie nicht mehr konnte, dass sie nicht länger für ihre Tochter eine Schuldige sein wollte, die ihr den Vater vorenthielt. Dass sie alles aufklären würde, dass es an der Zeit wäre, unser Lügengebäude einzureißen.

An diesem Abend muss sie sich in unserem Bad genetisches Material für einen Vaterschaftstest besorgt haben.

Ich musste etwas unternehmen, aber ich wusste nicht was. Dieser junge Mann, Mike, war damals bereits in meiner Therapie. Ich kannte natürlich seine zwanghafte Fixierung auf ältere Frauen, die seiner Mutter so weit ähnelten, dass er seine Gefühle auf sie richten konnte. Oder gegen sie. Deshalb war er ja bei mir. Und ich wusste, dass er Anja kennengelernt hatte.

Als ich erfuhr, dass sie entführt war, hatte ich nur noch Eins und Eins zusammenzuzählen.

Irgendwann meldete sich Susan bei mir. Erzählte mir von dem Vaterschaftstest, der ihr in die Hände gefallen war, forderte Informationen. Ich wusste, dass sie niemals dichthalten würde. Das Geheimnis würde keines bleiben. Aber ich hatte meine Waffe. Musste sie nur laden.

Susan war meine Waffe. Ich erzählte ihr alles über ihre Herkunft. Dass ihr Großvater ihr Vater war. Dass sie ein Missbrauchskind war. Ausgeburt eines furchtbaren Verbrechens. Ungewollt, ungeliebt. Für ihre Mutter eine ständige Erinnerung an einen Schrecken ohne Ende, für unsere Familie eine Bedrohung. Ich machte die Fakten für sie fühlbar. Und ich erzählte ihr, dass Anja bei Mike war. In dem Haus, das sie noch nie betreten hatte dürfen. Dass er es von Anfang an nur auf ihre Mutter abgesehen hatte und sie, Susan, nur Werkzeug gewesen war.

Sie brach zusammen, aber ich war mitleidlos. Solche Gefühle kann ich mir nicht gestatten, Herr Fendt. Dieses Privileg haben andere, nicht ich. Anja, Susan und ich wussten, wo Ernst seine Pistole aufbewahrte. Ich habe sie geladen und dafür gesorgt, dass sie im rechten Moment zugänglich war.

Ich habe gesät, Herr Fendt, und die Saat ist aufgegangen. Natürlich waren da Unwägbarkeiten. Ich habe zum Beispiel nicht damit gerechnet, dass sie Anja verschonen würde.

Um Ernst habe ich mich selbst gekümmert. Ich habe ihm die Ausweglosigkeit seiner Lage geschildert. Die Vernichtung seiner Existenz, die Verachtung, die er von allen Seiten zu spüren bekommen würde. Niemand von Rang und Namen würde sich mehr mit ihm sehen lassen. Er hatte nur noch die Hölle vor sich. Schande, Gefängnis. Er war am Ende, und ich habe ihm klargemacht, wie sehr. Die Waffe war nicht mehr da, aber ein Strick tat es auch. Ich musste nur noch den Stuhl umtreten, bevor er es sich anders überlegen konnte.

Ich habe Sie noch ankommen sehen, Herr Fendt. Mit einer mir unbekannten Frau und einer blutverschmierten Anja, die mit Ernsts Waffe in der Hand aus Ihrem Taxi stieg.

Wenn ich das gewusst hätte … Ich hätte ihn ihr überlassen.

Und nun ist Anja verstummt, hat dieser Kommissar Mutzer mir berichtet. Das ist gut. Es ist alles gesagt.

Sie werden jetzt denken: Aber Sie sind doch noch da! Sie leben. Machen sich einen schönen Lebensabend in der Schweiz. Sie könnten fragen, ob ich mich schone. Nein, Herr Fendt. Ich bin eine Schuldige, und ich schone mich nicht.

Auch in meinem Körper hat ein Krebs gestreut. Ich werde nicht warten, bis mein Leben so armselig geworden ist, dass es nicht mehr lohnt, es wegzuwerfen. Ich habe einen Termin bei Dignitas.

Wenn Sie diesen Brief lesen, ist es bereits vorbei.

Leben Sie wohl, Herr Fendt.

42

»Sie spricht nicht«, erklärte die Schwester. »Sie ist ruhig, freundlich, tut alles, was sie soll, aber sie sagt kein Wort.«

Die Schwester öffnete die Tür zu einem Krankenzimmer. Zuerst sah ich ein vergittertes Fenster. Dann Anja Maiwald, die aufrecht in ihrem Bett saß.

»Frau Maiwald. Da ist Besuch für Sie. Ein Herr Fendt.«

Ich blieb bei meinem ersten Besuch etwa eine Stunde. Anja hörte zu, und es war ganz deutlich zu sehen, dass sie jedes Wort verstand, das ich sagte. Sie war aufmerksam, wach. Ich erzählte ihr von meinem Auftrag, den ihre Tochter mir erteilt hatte. Von meinen Recherchen in ihrem Leben.

Anja Maiwald sagte nichts.

Ich besuchte sie einmal pro Woche. Manchmal mit Steffi zusammen. Irgendwann war von unserer Seite zur Sache alles gesagt. Dann erzählten wir einfach von uns. Steffi war sehr offen, sprach über ihr Leben als Prostituierte, dass sie jetzt aufgehört hatte, sagte, dass sie ja einmal Kolleginnen gewesen waren, fragte, ob Anja sich erinnere. Anja lächelte. Sie schien Steffi zu mögen.

Irgendwann, nach Monaten, begann sie zu sprechen. Und sie erzählte die ganze Geschichte, an deren Ende klar war, dass es Anja Maiwald völlig egal war, ob und wofür man sie verurteilen würde, sollte es jemals eine Verhandlung geben.

Doch die gab es nicht. Mathildes Brief hatte eindeutig geklärt, dass Anja die Kugeln in einen toten Leib gejagt hatte.

Anmerkung:

Die Praxis der Vergabe von Fahraufträgen über Sprechfunk, die ich in Kapitel 1 geschildert habe, gibt es so nicht mehr. Heute nutzen Taxifahrer eine App, loggen sich ein, und die Taxizentrale erkennt den Standort der Fahrzeuge. Die Vergabe erfolgt dann automatisch auf dieser Grundlage. Das Smartphone hat auch die Taxiwelt verändert.

Bei Mitarbeitern der Zentrale und bei Fahrern gibt es durchaus eine gewisse nostalgische Traurigkeit über den Verlust des Kontakts. Andererseits ist natürlich die Vergabe auf diesem Weg schneller und gerade in Stoßzeiten entsteht kein Zeitverlust durch Auftragsfreigabe und Gespräche über Funk.

Ich fand die neue Praxis weniger erzählenswert.

Ich danke…

… Anne H. für sehr viel Geduld und äußerst wertvolle praktische Hinweise. Z.B. hätte die arme Anja einige Kapitel länger warten müssen, bevor ich ihr den Gang ins Bad und zur Toilette gestattet hätte.

… Klaus B. für viele und lange Gespräche über die oft generationenübergreifenden Folgen von Missbrauch und Liebesverweigerung und für wertvolle erhellende Literaturempfehlungen zu diesen Themen.

… Sonja H. für das gewissenhafte Korrekturlesen ebenso wie für wichtige Anmerkungen und ermutigende Worte.

… Verena H. für viele konstruktive Gespräche über Spannungsmomente im Plot und die innere Logik der seelischen Entwicklungen von Anja, Susan und Mike.

Ingrid Werner (Hrsg.)
Mordsmäßig Münchnerisch
20 Stadtteilkrimis & Rezepte
KRIMI

HEIMAT-NOIR

Ingrid Werner (Hrsg.)
Mordsmäßig Münchnerisch • 20 Stadtteilkrimis & Rezepte

Schwabing oder Giesing? Hasenbergl oder Bogenhausen? Isarvorstadt oder Westend? Jeder Münchner Stadtteil hat einen ganz eigenen Flair und bietet damit auch einen ganz individuellen Rahmen für mörderisch gute Geschichten! Wo mordet es sich leichter, böser, frecher oder schweißtreibender? Die Krimiautorin Ingrid Werner stiftete Kolleginnen und Kollegen dazu an, dieser Frage nachzugehen.

Zu jeder Geschichte gibt es zudem das Rezept zu einer bayerischen Spezialität, das totsicher gelingt und schmeckt.

Eine lesenwerte Blutspur quer durch zwanzig Münchner Viertel ziehen:
Martin Arz, Joachim Biedermann, Bettina Brömme, Angela Eßer, Werner Gerl, Lisa Graf-Riemann, Beatrix Mannel, Ursula Hahnenberg, Thomas Kastura, Iris Leister, Nicole Neubauer, Ottmar Neuburger, Manuela Obermeier, Ricarda Oertel, Regina Ramstetter, Heidi Rehn, B.a. Robin, Ingeborg Struckmeyer, Ingrid Werner und Moses Wolff

__3. Auflage__, Hirschkäfer Verlag München, 2017-2020,
Taschenbuch, 224 Seiten, 13 x 19 cm, 12,90 €, ISBN 978-3-940839-55-8

»Münchens literarische Kriminal-Statistik« *Süddeutsche Zeitung, 18. August 2017*

»Mehrere der Geschichten sind in ihrer Kürze derart spannend, dass man diese Lektüre einem Krimiabend im Fernsehen durchaus vorziehen sollte!« *Bayern im Buch, 02/2017*

Ingrid Werner (Hrsg.)
Mordsmaßig
Munchnerisch 2
20 Stadtgeheimnisse
KRIMI

HEIMAT-NOIR

Ingrid Werner (Hrsg.)
Mordsmäßig Münchnerisch 2 • 20 Stadtgeheimnisse

Mordsmäßig Münchnerisch geht in die 2. Runde! Meuchelten sich die Autorinnen und Autoren unserer ersten, kriminell erfolgreichen Noir-Anthologie durch verschiedene Münchner Stadtteile (»Mordsmäßig Münchnerisch • 20 Stadtteilkrimis und Rezepte«), drehen sich die Geschichten diesmal um Münchner Stadtgeheimnisse. Haben Sie beispielsweise schon vom Mord im versunkenen Dorf gehört? Nein? Oder von dem Ertrunkenen am Asphaltsee? Bei der Endlosen Treppe soll es eine Schießerei gegeben haben. Und in der Roten Stadt hats einen derbröselt … Ach, Sie wissen gar nicht, wo das ist? Na, dann lesen Sie!

Diese 20 Stadtteilkrimis entführen zu interessanten Münchner Orten abseits von Frauenkirche und Olympiaturm.

Wie schon bei »Mordsmäßig Münchnerisch • 20 Stadtteilkrimis«, gelang es der Herausgeberin Ingrid Werner für **»Mordsmäßig Münchnerisch • 20 Stadtgeheimnisse«** die besten partners in crime zusammenzutrommeln.

Den kriminellen Stadtspaziergang haben für Sie ausgekundschaftet: Lena Avanzini, B.a.Robin, Raoul Biltgen, Bettina Brömme, Max Bronski, Lisa Graf-Riemann, Ursula Hahnenberg, Thomas Kastura, Ivonne Keller, Iris Leister, Nicole Makarewicz, Beatrix Mannel, Nicole Neubauer, Manuela Obermeier, Elke Pistor, Jutta Profijt, Florian Scherzer, Sabine Trinkaus, Ingrid Werner und Fenna Williams

Hirschkäfer Verlag München, 2019, Taschenbuch, 224 Seiten, 13 x 19 cm, 12,90 €
ISBN 978-3-940839-59-6

Die Max Pfeffer-Reihe im Hirschkäfer Verlag

Martin Arz

Das geschenkte Mädchen • Max Pfeffers 1. Fall

Ein aufgeschlitzter Galerist, ein afrikanischer Fetisch und die schöne Helene … Was hat Afrika mit diesem Mord zu tun? Tod nach Kolonialherrenart? Max Pfeffer muss sich mit einer dunklen Epoche der deutschen Geschichte auseinandersetzen, denn die Wurzeln des Verbrechens gehen zurück in die Zeit, als über Kamerun die Flagge des Deutschen Kaiserreiches wehte. Damals schenkte ein schwarzer Fürst einem deutschen Kolonialpionier eine Sklavin …

Hirschkäfer Verlag München, 2. Auflage, 2014, Taschenbuch, 256 Seiten
ISBN 978-3-940839-15-2 | Gibts auch als E-Book

Martin Arz

Reine Nervensache • Max Pfeffers 2. Fall

Ein körperloser Toter hält die Öffentlichkeit in Atem. Max Pfeffer hat nur den abgetrennten Schädel eines erfolgreichen TV-Produzenten und äußerst dürftige Anhaltspunkte, um den Fall zu klären. Pfeffer legt sich mit den Mächtigen an – denn eine heiße Spur führt mitten hinein in die Schaltzentrale des Vatikans. Pfeffer lässt sich auf ein gefährliches Spiel mit Tatverdächtigen ein. Er muss erkennen, dass Abenteuer am Abend teuer werden und eine Begegnung mit der Muttergottes das ganze Leben aus der Bahn werfen kann. Ehe Max Pfeffer sich versieht, steckt er mitten in seinem ganz persönlichen Alptraum. Und er muss sich beeilen, daraus aufzuwachen, denn wer immer den TV-Produzenten köpfte, hat es nun auf das abgesehen, was Pfeffer liebt: seine Familie.

Hirschkäfer Verlag München, 2. Auflage, 2014, Taschenbuch, 304 Seiten
ISBN 978-3-940839-11-4 | Gibts auch als E-Book

Martin Arz

Die Knochennäherin • Max Pfeffers 3. Fall

Fritz Roloff, einst erfolgreicher Filmemacher, verbringt mit seiner Muse Nives Marell den Weihnachtsurlaub in Thailand. Beide er- und überleben den Tsunami. Doch die Katastrophe eignet sich hervorragend, einen Mord zu vertuschen. Zweieinhalb Jahre später geschieht ein Mord im Münchner Residenztheater. Die Ermittlungen von Kriminalrat Max Pfeffer konzentrieren sich schnell auf Ensemblemitglieder sowie Angestellte des Theaters. Dann wird auf dem großzügigen Anwesen der Nives Marell im hübschen Dorf Zacherlkirchen auch noch ein Skelett gefunden …

Hirschkäfer Verlag München, 2015, Taschenbuch, 326 Seiten
ISBN 978-3-940839-46-6 | Gibts auch als E-Book

Martin Arz
Pechwinkel • Max Pfeffers 4. Fall

Schock bei der Bachauskehr: Im Glockenbach wird eine Frauenleiche entdeckt. Wurde die alte Frau Opfer einer brutalen Entmietung, weil den Haien auf dem völlig überhitzten Münchner Immobilienmarkt jedes Mittel recht ist? Max Pfeffer entdeckt Parallelen zu weiteren Morden an alten Damen, die alle augenscheinlich nur wegen ein paar Euro Beute erwürgt wurden. Pfeffer stößt in ein Rattennest aus Habgier, und beinahe wird der eiskalte Glockenbach für ihn zum nassen Grab. Denn das Haus der Toten aus dem Bach birgt ein schreckliches Geheimnis …

Hirschkäfer Verlag München, 2. Auflage, 2012, Taschenbuch, 224 Seiten
ISBN 978-3-940839-18-3 | Gibts auch als E-Book

Martin Arz
Westend 17 • Max Pfeffers 5. Fall

Ein Toter hängt an der Hackerbrücke. Was zunächst nach einem Selbstmord aussieht, entpuppt sich als regelrechte Hinrichtung. Doch warum wurde der türkische Obsthändler aus Berlin so spektakulär mitten in München erhängt? Erste Spuren führen den Münchner Bullen Max Pfeffer zum ›Chinesen‹, einem ebenso aalglatten wie skrupellosen Geschäftspartner des Ermordeten. Doch auch ein Wohnheim für obdachlose Jugendliche im Westend rückt bald ins Zentrum der Ermittlungen. Es scheint, als wären einige der Zöglinge dort auf der Flucht – zum Beispiel vor ihren Familien, die sie unbedingt zwangsverheiraten wollen … Gehen die jungen Männer für ihre Freiheit auch über Leichen?

Hirschkäfer Verlag München, 2014, Taschenbuch, 240 Seiten
ISBN 978-3-940839-33-6 | Gibts auch als E-Book

Martin Arz
Geldsack • Max Pfeffers 6. Fall

Der Erbe einer Wirtedynastie liegt mit eingeschlagenem Schädel im Gebüsch. Die Familie scheint kaum zu trauern, obwohl das Oktoberfest bevorsteht und der Filius für die familieneigene Gelddruckmaschine, sprich das Bierzelt, zuständig war. Auch die Nachbarn reagieren eher gleichgültig. Ihre Sorgen drehen sich vielmehr um den Termin für die nächste Botoxparty oder die Preise für Luxus-Sportwagen. Denn Ort des Verbrechens ist die exklusivste Luxuswohnanlage Deutschlands, deren wenige Bewohner offenbar jeden Kontakt zur Normalität verloren haben. Der Ermittler Max Pfeffer stößt auf jede Menge Motive und dürftige Alibis. Stück für Stück wühlt er sich tiefer in die Welt der Operierten und Neureichen und entlarvt am Ende dabei nicht nur einen Mörder.

Hirschkäfer Verlag München, 2015, Taschenbuch, 224 Seiten
ISBN 978-3-940839-41-1 | Gibts auch als E-Book

www.hirschkaefer-verlag.de